dtv

Schon eine halbe Ewigkeit arbeitet Fred beim selben Radiosender und moderiert seit Kurzem *Radio Hearts*, eine Sendung, in der es um Herzschmerz und Romantik geht – obwohl das so gar nicht sein Ding ist. Leider bemerkt das auch Freds Chef Ewald und verordnet ihm eine Zwangspause, um seine romantische Seite wiederzuentdecken. Doch wie macht man das? Zum Glück scheint Freds Zufallsbekanntschaft Lena, die gerade seinen Lieblings-Plattenladen übernommen hat, eine Expertin auf diesem Gebiet zu sein. Von Musik hat sie allerdings wenig Ahnung. Und so beschließen die beiden, sich gegenseitig aus der Patsche zu helfen. Mit ungeahnten Folgen …

Florentine Krieger, 1971 im Rheinland geboren, studierte in Köln Politik und Afrikanistik und arbeitete viele Jahre als freie Journalistin. Sie hat bereits erfolgreich mehrere Bücher im Selfpublishing verlegt und lebt mit Mann und Hunden im Bergischen Land, wo sie mitten im Grünen ihre Romane schreibt.

Florentine Krieger

Radio Hearts

Roman

dtv

**Ausführliche Informationen über
unsere Autoren und Bücher
www.dtv.de**

MIX
Papier aus verantwortungsvollen Quellen
FSC® C019821
www.fsc.org

Originalausgabe 2018

Dieses Werk wurde vermittelt durch die
Agentur Editio Dialog, Dr. Michael Wenzel
Umschlaggestaltung: Katharina Netolitzky/dtv
Satz: Bernd Schumacher, Friedberg
Gesetzt aus der Minion Pro 10,4/14,25
Druck und Bindung: Druckerei C.H.Beck, Nördlingen
Gedruckt auf säurefreiem, chlorfrei gebleichtem Papier
Printed in Germany · ISBN 978-3-423-21732-3

Meinem Mann Sven, der nie müde wird,
mit mir um die wildesten und
abenteuerlichsten Kurven zu denken,
und der dafür sorgt,
dass ich immer wieder mein Lachen finde.

1.

»Hallo? Bin ich auf Sendung? Also, hier ist die Moni. Ich würde mir gern einen Song für meinen Freund Kurti wünschen!«

»Hi, Moni, und willkommen bei *Radio Hearts* auf RTR4. Dann erzähl mir doch mal was über dich und deinen Kurti!«

»Ich bin ja so aufgeregt, dass ich endlich live in der Sendung bin, Fred! Also, ich bin 36 und der Kurti ist 38. Wir sind seit sieben Jahren verheiratet und haben zwei Kinder.«

Moni holt geräuschvoll Luft.

»Kurti ist Fernfahrer und muss nachher noch nach München. Und ich würde ihm gern sagen, dass, egal, wie weit er weg ist, ich in Gedanken immer bei ihm bin, und zwar mit dem Song …«

Ich verdrehe die Augen. Lass mich raten: Céline Dion, *My Heart Will Go On …*

»… von Céline Dion, *My Heart Will Go On!*«

Bingo.

»Großartig, Moni, ein echter Klassiker, den man nicht oft genug hören kann. Da wird dein Kurti sich freuen. Also, ihr da draußen, hier kommt Céline Dion mit *My Heart Will Go On* von Moni für Kurti. Und wenn ihr auch jemandem einen tollen Song schicken und ihm sagen wollt, dass ihr ihn liebt: Ruft euren Fred an. Wir sind noch bis sieben auf Sendung mit *Radio Hearts*, wie immer auf RTR4.«

Ich schiebe den Regler hoch und Céline fängt an zu trällern, zum gefühlt 194. Mal.

Ich mache diese Sendung jetzt seit etwas über sieben Monaten, zweimal die Woche, immer freitags und mittwochs. Die Anrufer sind meist weiblich, irgendwo zwischen Mitte 20 und Anfang 40. Frisch Verliebte, frisch Verheiratete, frisch Verlassene. Und natürlich Leute wie Moni, deren Liebster ein paar Tage unterwegs ist.

Da dürfte man doch ein bisschen mehr Variation erwarten. Aber nein, sie wollen Céline. *Near, far, wherever you are* – logisch, der Refrain passt ja offenbar so ungefähr zu jedem, beinahe in jeder Situation. Oder, noch schlimmer: *Because You Loved Me*, denn alles, was man ist, ist man bloß, weil irgendjemand einen mal geliebt hat. Selbst wenn dieser irgendjemand inzwischen mit seiner neuen Freundin auf Hawaii Daiquiris schlürft und sich die Sonne auf den Bauch scheinen lässt. Wenn ich Glück habe, vielleicht mal Aerosmith, obwohl Steven Tyler garantiert schon Besseres gesungen hat als

I Don't Want to Miss a Thing. Und natürlich die Charts rauf und runter – nichts als Kitsch, Herzschmerz, Tralala.

Am Anfang, in der Euphorie über die erste eigene Sendung, ging es noch, aber in letzter Zeit kann ich das Zeug einfach nicht mehr hören.

Irgendwann, in meiner Teeniezeit, habe ich auch mal auf Lovesongs gestanden. Nicht gerade auf Céline, eher schon auf die Ramones, *I Wanna Be Your Boyfriend*, oder Nick Cave and the Bad Seeds, *Into My Arms*. Das waren noch Klassiker. Vermutlich war ich damals sogar ein ziemlicher Romantiker, einer von den Typen, die davon träumen, irgendwann einen eigenen Plattenladen zu haben, und ihrer Freundin Tapes mit den besten Songs aller Zeiten aufnehmen, um ihnen musikalisch zu sagen, was man sonst nicht über die Lippen bringt. Aber das war in einem anderen Leben.

Eine halbe Stunde später bin ich mit der Sendung durch. Meine letzte Anruferin war halbwegs gnädig mit mir: Foo Figthers, *Everlong*. Wenigstens hab ich jetzt nicht für den Rest des Tages irgendeine Megaschnulze im Kopf. Gerade habe ich die Kopfhörer weggepackt, meine leere Tasse und den alten Lederranzen geschnappt, als Sascha den Kopf durch die Tür steckt. Ihre Haare sind diese Woche hellrosa.

»Fred, der Chef will dich sprechen.«

Sascha ist noch nicht lange beim Radio, doch wir kennen uns schon ewig. Sie macht erfreulicherweise nicht nur die Assistenz für die Sendung, sondern auch regelmäßig obszöne Gesten hinter der Studioscheibe. Außerdem ist sie so was wie meine beste Freundin, und sie runzelt jetzt beim Sprechen besorgt die Stirn. Nicht gut.

»Irgendeine Ahnung, was er will?«

Sie schüttelt den Kopf, ihre farbigen Dreadlocks wippen im Takt. »Keinen Plan.«

Das kann ich heute wirklich nicht brauchen, einen von Ewalds nicht enden wollenden Monologen. Ewald ist das komplette Gegenteil vom Stereotyp eines ständig unter Strom stehenden Chefredakteurs – John-Lennon-Brille, lockiger Haarkranz, hagerer Körper, den er meist in wenig peppige Klamotten hüllt. Ewald verströmt eher die Aura eines Bioladenbesitzers und findet sein Team den Großteil der Zeit »echt dufte«. Meistens kommt man mit ihm ganz gut klar.

Alle paar Monate allerdings kriegt Ewald eine Art manischen Anfall. Er trinkt dann literweise Yogi-Tee – für geistige Erleuchtung, wie er mir mal bei einer Kneipentour anvertraut hat, auf der er zu meiner Erleichterung bei Bier geblieben ist – und bestellt nach und nach alle vom Team in sein Büro. Dort umrundet er wild gestikulierend seinen Schreibtisch und hält dabei ausschweifende Vorträge darüber, dass wir unbedingt kreativer und origineller werden müssen.

Offenbar ist es also wieder so weit.

Auf dem Weg zu Ewalds Büro checke ich mein Handy

und renne deshalb beinahe Franzi um, die mir trotzdem ihr nettestes Lächeln schenkt. Ich entschuldige mich dreimal und wünsche ihr einen schönen Feierabend, versuche aber, möglichst unverbindlich zu wirken – dass wir bei der Abschiedsfeier eines Sportredakteurs einen Abstecher in den Kopierraum unternommen haben, ist Jahre her, doch sie strahlt mich immer noch bei jeder Begegnung an, als würde sie uns am liebsten für eins dieser 50er-Jahre-Häuschen in der Vorstadt vormerken lassen. In der Küche gieße ich mir schnell Kaffee nach und klopfe dann drei Türen weiter bei Ewald an.

Als ich reingehe, bestätigen sich meine schlimmsten Befürchtungen: Die Zitrusnote von Ewalds Meditationsgebräu ist unverkennbar. Er selbst steht, mit dem Rücken zu mir, am Fenster.

»Setz dich doch, Fred«, sagt er, während er sich zu mir umdreht, und weist auf den Stuhl vor seinem Schreibtisch. Dann nimmt er selbst Platz und schaut mich mit einem seltsamen Blick an. Was kommt denn jetzt?

»Tja, Fred, wir haben da ein Problem«, legt er los, wobei er sich auf seinem Stuhl windet.

»Ein Problem?«, schicke ich als Echo in den Raum.

»Ja, weißt du, ich habe so ein bisschen den Eindruck, dass dir deine Sendung keine richtige Freude mehr macht. Du wirkst am Mikro in letzter Zeit etwas lieblos.«

Er hält kurz inne, um dann leise fortzufahren: »Jedenfalls habe ich darüber nachgedacht, ob dir nicht eine

Pause guttäte. Vielleicht mal wieder ein paar schöne Reportagen?«

Pause ist schlecht, *Pause* endet regelmäßig in der Warteschlange vorm Arbeitsamt. Der Typ aus der Morgensendung, von dem es letzten Sommer hieß, er würde eine *Pause* machen, soll neulich hinterm Lenkrad gesessen haben, als Sascha nachts um drei nach einer Party ein Taxi bestellt hat. Andererseits, Ewald würde mich nie rausschmeißen. Immerhin bin ich der Einzige, der ihn ab und an für einen Abend vom perfekten Vorstadtleben mit seiner Frau Susanne und seinen vier Töchtern befreit und mit ihm um die Häuser zieht.

Und außerdem ist *Radio Hearts* immer noch mein Baby. Ein Baby, das mir meistens extrem auf den Keks geht, aber eben meins, und ich werde es nicht kampflos aufgeben. Jedenfalls nicht, bevor man mir stattdessen die Sendung mit Kulthits der 70er bis 90er vermacht, von der ich seit gefühlten zwei Jahrzehnten träume.

»Hör zu, Ewald, ich hatte ein paar schwierige Wochen«, sage ich also, auch wenn es nicht stimmt. Nach der Trennung von Nora habe ich zwar tatsächlich etwas durchgehangen, aber auch nicht so schlimm, dass man mich zur Gruppentherapie hätte schicken müssen. »Vielleicht hab ich mich ein bisschen gehen lassen. Ganz klar, mein Fehler. Aber nimm mir das Format nicht weg. Von der nächsten Sendung an bin ich wieder ganz der Alte, versprochen.«

»Tja, du, ich weiß nicht recht, Fred. Ich muss dir ja

nicht sagen, dass man nirgendwo so schnell wie bei einer Live-Sendung merkt, wenn jemand nicht für das brennt, was er tut. Du, die Hörer spüren das einfach, wenn du ihre Songs nicht genauso liebst, wie sie es tun.«

Sei's drum. Wenn ich ihm jetzt nicht erzähle, was er hören will, kann ich mir die Hoffnung auf eine neue Sendung von der Backe putzen. Also hole ich einmal tief Luft und sage: »Aber das versuche ich dir ja gerade klarzumachen, Ewald. Ich stehe auf die Songs, ehrlich. Ich war nur mies drauf, kleiner Durchhänger, weißt du. Ist jetzt aber vorbei, wirklich.«

Ich sehe ihm an, dass er mit sich ringt. Er liebt seinen Sender, aber mich kann er auch gut leiden.

»Okay, Fred«, sagt er schließlich und ich atme auf. »Aber bei der nächsten Sendung will ich wieder echte Begeisterung in deiner Stimme hören.«

»Sicher, gar kein Problem, ich danke dir, Ewald«, entgegne ich, verabschiede mich erleichtert und verlasse eilig das Büro.

Als ich ein paar Minuten später im Gegenlicht der Abendsonne meinen R4 auf dem Parkplatz ansteuere, kommen mir allerdings Zweifel, ob ich das mit der Begeisterung tatsächlich hinkriegen werde. Es ist ja nicht so, als hätte ich den Hörern zugerufen, dass ich ihre Musikwünsche unfassbar öde und nervtötend finde, aber Ewald hat es trotzdem mitbekommen. Ich muss also entweder bis Freitag massiv an meinen Schauspielkünsten feilen oder – ja, was eigentlich? Oder sogar lernen, Céline, Mariah und Whitney zu lieben? Fred goes Kitsch? Schwer vorstellbar.

Ich beschließe, meinen Frust mit ein paar Plattenkäufen zu betäuben. Das wird mich der Lösung des Problems zwar vermutlich auch nicht näherbringen, aber zumindest werden ein paar schöne, alte Scheiben meine miese Stimmung heben. Außerdem ist es inzwischen mindestens sechs Wochen her, seit ich meinen Lieblingsplattenladen zum letzten Mal von innen gesehen habe.

Obwohl der höchstens zwei Kilometer vom Sender entfernt ist, muss ich mich über eine halbe Stunde durch den dichten Verkehr quälen. Immerhin ist mir in Sachen Parken das Glück hold: Rund 80 Meter entfernt vom Paradies der LP-Junkies finde ich eine Lücke. Doch die Freude darüber währt nur kurz, denn als ich über die Straße auf den Laden zugehe, wird mein Blick von der ungewohnten Deko im Schaufenster angezogen. Keine Spur mehr von Mannis üblicher angestaubter Plattenauswahl auf schwarzem Samtimitat. Das ist allerdings bei Weitem nicht das Schlimmste: Mitten aus der Auslage starrt mich ausgerechnet Céline von einem Plattencover an, das es bei Manni niemals auch nur in die Nähe des Ladens geschafft hätte. Darüber ein Schild mit der Aufschrift: »Unser Lieblings-Kitschalbum der Woche«. Das kann nur ein schlechter Scherz sein.

In der Hoffnung auf eine logische Erklärung für diesen Mist reiße ich die Tür auf – kein Manni. Und auch seine alten Plattenkisten, in denen ich jedes Album mit geschlossenen Augen gefunden hätte, sind wie vom Erdboden verschluckt. Stattdessen blitzweiße Regale an Wänden, die in Mädchenzimmer-Rosa erstrahlen, was bei mir augenblicklich starke Augenschmerzen verursacht.

Nachdem ich ein paarmal tief durchgeatmet habe, versuche ich, den Drahtzieher dieses Anschlags auf mein persönliches Musikmekka zu finden. Ich schicke ein fragendes und, wie ich hoffe, hörbar verärgertes »Hallo?!« in den Raum, woraufhin von dort, wo Manni sein kleines Lager hatte, ein glockenhelles »Moment, bin sofort da!« ertönt. Eine Frau.

Weil aber niemand auftaucht, beschließe ich, mir die Wartezeit mit einem Blick auf die spärliche Plattenauswahl zu vertreiben. Kurz mal drüber schauen kann ja nicht schaden, denke ich. Falsch gedacht. Weit und breit nicht ein Album, das eine Vinylpressung rechtfertigen würde. Dafür ist neben Céline die gesamte Herzschmerzriege vertreten. Ansonsten nichts als aktueller Mainstream, der Manni auf der Stelle die Tränen in die Augen getrieben hätte.

Angeekelt wende ich mich ab und schaue wieder in die Richtung, aus der eben die Stimme kam, und genau in diesem Moment tritt die mutmaßliche Anhäuferin dieser Geschmacklosigkeiten vom Lagerraum ins Ladenlokal. Sie sieht ein bisschen aus, als wäre sie eben frisch aus den 70ern hergebeamt worden: Weites, ultrakurzes Blümchenkleid, dazu ein Kopftuch in allen Farben des Regenbogens, das sie in Piratenmanier im Nacken verknotet hat. Unter dem Stoff quillt eine beträchtliche Menge brauner Locken hervor. Hübsches Gesicht, mit großen, grünen Augen und einer Nase, die zwar einen winzigen Tick zu lang, aber sehr sexy ist. Angesichts des Outfits sollte man in ihren Regalen eigentlich ein paar anständige Alben von The Doors, Janis Joplin oder Jimi Hendrix vermuten.

»Hey, ich bin Lena«, begrüßt sie mich und schenkt mir ein breites, offenes Lächeln. »Schön, dass du in meinem Laden vorbeischaust. Kann ich irgendwas für dich tun?«

»Dein Laden? Was meinst du damit? Wo ist Manni?«

Obwohl der Schock über ihre Worte mir vermutlich mit Signalfarbe ins Gesicht geschrieben steht, lässt sie sich nicht im Geringsten aus der Fassung bringen. Unbeeindruckt steht sie hinter dem Tresen, der nun offenbar ihrer ist, und lächelt mich weiter an, bevor sie auch noch den letzten Funken Hoffnung in mir erstickt. »Manni hat sich zur Ruhe gesetzt. Er lebt jetzt auf Ibiza«, teilt sie mir mit, als ob das das Normalste der Welt sei. Was es für Manni vermutlich auch ist. Für mich allerdings nicht.

Gerade hole ich Luft, um zu erwidern, dass wir auf der Stelle Manni auftreiben müssen, damit er diesen folgenschweren Fehler rückgängig machen kann, als neben mir, von schräg rechts unten, ein seltsames Geräusch ertönt. Etwa wie ein Schnarchen. Eigentlich eher eine Art Grunzen. Als ich runtergucke, starrt ein Mops zu mir hoch. Er trägt Kopfhörer.

»Das ist Herkules«, sagt Lena. »Herkules mag Musik. Er findet sie beruhigend. Zum Einschlafen hört er am liebsten The Clash.«

Ich will gerade loslachen, als mir klar wird, dass sie bei diesen Worten keine Miene verzogen hat. Sie meint das todernst. Herkules offenbar auch. Er wirft mir einen extrem lässigen, komplett relaxten Blick zu. Der Kleine ist eindeutig das Coolste, was der Laden zu bieten hat, mal abgesehen von Lena vielleicht.

»Und was soll das hier alles darstellen?« Ich mache eine vage Handbewegung in Richtung der merkwürdig bestückten Plattenregale.

»Das ist *Sunshine Music*«, verkündet Lena euphorisch.

In der Rückschau war Mannis *Der Plattenladen* vielleicht tatsächlich nicht übermäßig kreativ, aber immerhin brachte der Name die Sache irgendwie auf den Punkt. Keine Ahnung, was mir oder dem Durchschnittskunden *Sunshine Music* sagen soll. Mir fällt nichts auch nur halbwegs Höfliches ein, das ich zu diesem neuen Namen anmerken könnte, also schweige ich.

»Kann ich dir denn nun irgendwie helfen?«, will Lena abermals wissen.

Obwohl ich starke Zweifel daran habe, krame ich aus den Tiefen meines Ranzens einen Zettel hervor, auf dem ich mir in den letzten Wochen notiert habe, was ich an Vinyl brauche, und lege ihn auf den Tresen.

Sie runzelt die Stirn, während sie die Liste überfliegt.

»Das meiste müsste ich auftreiben können«, meint sie nach einer Weile. »Aber zwei oder drei davon sind, glaube ich, vergriffen.«

»Schon klar, dass ein paar davon vergriffen sind.« Ich versuche, mir meine Verzweiflung über so viel Unkenntnis so wenig wie möglich anmerken zu lassen. »Das gilt für eine ganze Menge Platten, würde ich sagen. Manni hat deshalb viel von dem, was hier stand, aus Privatsammlungen gekauft.«

»Verstehe, deshalb sahen die zum Teil so mitgenommen aus. Weißt du, mir fehlt hier noch ein bisschen der Überblick. Ich bin erst vor ein paar Wochen hergezogen, und das hier ist mein erster Plattenladen. Naja, genau genommen mein erster Laden überhaupt.«

Ihr Lächeln ist bezaubernd – umwerfender Mund und Grübchen zum Niederknien. Umso bedauerlicher, dass sie mit dem Zeug hier in spätestens zwei Monaten pleite sein wird.

Fakt ist: Mannis Laden lebte vor allem von seinen Stammkunden. Ein paar davon sind Jäger, die Originalpressungen und teure Raritäten horten wie kostbare Trophäen, andere kaufen schwerpunktmäßig Genres wie Rock, Punk oder Soul oder sammeln gezielt Sachen aus den 80ern oder anderen Phasen, die in ihren Augen eben Kultstatus haben. Eins allerdings dürften die meisten gemein haben: Sie würden sich vermutlich eher freiwillig ins Knie schießen lassen, als am Tresen nach dem neuesten Album von Silbermond zu fragen.

Ich erwäge, Lena meine Hilfe anzubieten. Immerhin sammle ich quasi schon immer Platten und habe in Mannis Laden eine Menge Zeit verbracht. Dann allerdings fällt mir ein, was mich ursprünglich hierhergeführt hat. Wäre vielleicht nicht schlecht, wenn ich mich erst mal um meinen eigenen Job kümmern würde.

»Dann guck einfach, was du von der Liste findest, okay?«, sage ich deshalb nur. »Ich komme am Samstag noch mal vorbei.«

2.

Am nächsten Tag habe ich frei. Beim Einschlafen habe ich noch mal über Ewalds Ansprache nachgedacht. So schwer kann es doch nicht sein, ein bisschen mehr Begeisterung in meine Moderationen zu legen. Kein Grund, gleich in Panik zu geraten. Bei meiner Sendung morgen werde ich ihm schon zeigen, dass ich den ganzen Herzschmerzkram voll professionell rüberbringen kann, schließlich mache ich seit fünfzehn Jahren Radio.

Gut gelaunt steige ich aus dem Bett, streife die Jeans von gestern über und suche im Regal nach einem frischen T-Shirt.

Weil das Wetter einfach traumhaft ist, beschließe ich, den Tag irgendwo mit einem späten Frühstück zu beginnen. Auf dem Weg klingelt Sascha auf dem Handy durch und fragt, ob wir abends ein Bier trinken wollen. Wir wollen.

Schließlich lasse ich mich in einem der Straßencafés

unweit meiner Wohnung auf einen Stuhl fallen und ordere Frühstück.

»Fred?«, höre ich in diesem Augenblick von schräg hinten links. Meine Ex. Nora. Nora, die seit über drei Monaten in der Antarktis weilt, um Pinguine zu zählen, wofür sie mich in die Wüste geschickt hat. Doch Nora zählt offenbar nicht länger Pinguine. Als ich mich umdrehe, stelle ich außerdem fest, dass sie ihre Zeit wohl nicht damit zugebracht hat, in einem Iglu in ihr eisiges Kissen zu weinen, weil sie erkannt hat, dass es der Fehler ihres Lebens war, mit mir Schluss zu machen. Nein, sie hat sich wohl eher prächtig amüsiert, jedenfalls schließe ich das aus dem blonden Kerl, den sie an ihrer Hand spazieren führt. Er misst locker 2,10 Meter, und seine Haarpracht hätte die arme Rapunzel vor Neid erblassen lassen. Ich kann ihn nicht ausstehen.

Nora hingegen scheint sich vor Begeisterung über ihre Neueroberung gar nicht einzukriegen, ihre Augen leuchten und ihre Wangen sind leicht gerötet. Was sich auch als Nachwirkung der kalten Polarluft und tagelanger Aufenthalte auf Gletschern und Eisschollen interpretieren ließe. Oder es bedeutet schlicht, dass sie sich mit ihrem muskelbepackten Lover den ganzen Vormittag in den Laken gewälzt hat. Während ich versuche, mir das nicht zu explizit vorzustellen, merke ich, dass er mir irgendwie bekannt vorkommt.

»Mensch, Fred…« Nora klingt beinahe gerührt. »Ist ja ein Ding, dass wir uns über den Weg laufen.«

»Ja, vor allem, wo man dich im Ewigen Eis vermutet ...«

Nora zuckt leicht zusammen, fängt sich aber sofort wieder.

»Ja, also: Das hier ist Sören«, stellt sie mir ihre Begleitung vor, und Sören nickt lässig und schickt ein sonores »Hej« in meine Richtung, das aus seinem Mund natürlich klingt wie die coolste Begrüßung des gesamten Erdballs. So wie er könnten die Wikinger ausgesehen haben. Jedenfalls wären seine Hände vermutlich groß genug, um ganz allein ein Drachenboot über den Atlantik zu rudern – ohne Ruder. »Wir sind erst seit ein paar Tagen wieder in der Stadt. Sören ist Schwede«, ergänzt Nora, als würde das für mich irgendwas besser machen.

»In Schweden haben die also auch Pinguine?« Mir ist klar, dass ich sie gerade ziemlich auflaufen lasse, aber ich kann nicht anders. Mich für ihre sogenannte Karriere nach fast drei Jahren Beziehung zu verlassen, um keine 48 Stunden später zu irgendeiner Expedition am Südpol aufzubrechen, ist eine Sache. Sich bei erstbester Gelegenheit einen neuen Vögelfreund zuzulegen, eine andere. Wir haben zwar nicht zusammengelebt und standen auch nicht kurz davor, uns unter einem Rosenbogen bei Geigenklängen das Jawort zuzuhauchen, trotzdem finde ich die ganze Nummer scheiße.

Nora merkt das offenbar auch und starrt einige Sekunden lang auf die Spitzen ihrer Wildlederstiefel. Als sie mich wieder ansieht, hat sie einen leicht säuerlichen Gesichtsausdruck.

»Nein«, sagt sie, und es klingt ein bisschen spitz, »in Schweden haben sie keine Pinguine. Sören hat ehrenamtlich bei dem Antarktisprojekt mitgearbeitet. Hauptberuflich ist er Model.«

Schlagartig wird mir klar, wo ich Sören schon gesehen habe. Seit Wochen läuft im Spätprogramm ein affiger Limonaden-Werbespot mit einer langhaarigen Bikinischönheit und einem Rettungsschwimmer, gegen den David Hasselhoff in *Baywatch* blass ausgesehen hätte. Sie ruft am Strand verzweifelt um Hilfe, woraufhin er sich heldenhaft in die Fluten stürzt. Natürlich denkt jeder, ihr kleiner Bruder würde gerade vom Weißen Hai gefressen oder so. In Wahrheit ist der Tussi aber nur ihr schwimmender Getränkehalter mit der eisgekühlten neuen Trendlimo abhandengekommen. Selbstverständlich enden die beiden knutschend im Sand, nachdem sie gemeinsam die stylische Limo genuckelt haben. *Das* ist Sören.

Womit ich um die überflüssige Information reicher bin, dass der neue Freund meiner Ex in Badehosen noch besser aussieht als der Typ aus der Davidoff-Werbung. Vermutlich haben die beiden überhaupt nur deshalb ihre Zelte in der Antarktis abgebrochen, weil Sörens Auftreten bei der lokalen Frauenwelt zu einem solchen Temperaturanstieg geführt hat, dass eine akute Polkappenschmelze drohte. Manchmal hätte ich echt nichts dagegen, wenn der Neandertaler-Anteil in mir etwas stärker ausgeprägt wäre – dann würde ich jetzt nicht lange fackeln und ihm sein heldenhaftes Grinsen aus dem Gesicht entfernen. Allerdings hätte Sören vermutlich die deutlich besseren Argumente – rein körperlich gesehen.

Weiter angucken will ich mir das neue Liebesglück aber auch nicht. Also lege ich die 15 Euro für mein unberührtes Frühstück auf den Tisch und lasse Nora samt ihrem Lover einfach stehen.

Auf dem Weg nach Hause entscheide ich mich spontan, einen Abstecher zu Kalli zu machen, der sich nur drei Straßen von meiner 2-Zimmer-Bude entfernt eine überteuerte Maisonette-Wohnung mit seiner Freundin Bärbel teilt. Letztere steht um diese Zeit vermutlich hinterm Tresen ihrer Veggie-Bar, wo sie seit drei Jahren hippe Werbetypen mit Grünkern-Burgern und überteuertem Matcha-Tee versorgt. Kalli hingegen dürfte jetzt, kurz nach Mittag, voll damit ausgelastet sein, sich von seinem Teilzeitjob als Nachtwächter in der Gerichtsmedizin zu erholen.

Immerhin ist er wach und macht nach dem ersten Klingeln auf. Eine Dusche hat er aber heute noch nicht von innen gesehen, wie ich aus dem öligen Glanz seiner roten Haare schließe, als er seinen trotz konsequenter Sportverweigerung unverschämt muskulösen 1,80-Meter-Körper vor mir die Treppe rauf ins Fernsehzimmer unterm Dach schleppt.

Da oben in seiner Büroecke sollte Kalli eigentlich seit Wochen an einer Seminararbeit über die Bestattungsrituale der alten Römer oder ein Thema von ähnlich atemberaubender Brisanz sitzen. Aber irgendwie scheint er das Interesse an seinem Archäologiestudium verloren zu haben, seit ihm sein Prof vor einer Weile verklickert hat, dass ihn ein Abschluss in diesem Fach nicht automatisch zu Indiana Jones macht. Seither nutzt er seinen Schreibtisch hauptsächlich für seine Carrera-Bahn, wegen deren Abbau Bärbel ihm ungefähr seit Weihnachten in den Ohren liegt, und manchmal auch als Präsentationsfläche für seine Themenabende wie *In 100 Biersorten um die Welt*, bei denen er sämtliche Freunde nötigt, irgendein schräges Gesöff aus einer Brauerei in Kamerun oder einem Kaff in Guatemala zu probieren, bevor wir endlich was Vernünftiges trinken dürfen. Ich rechne täglich damit, dass Bärbel ihn irgendwann samt Carrera-Bahn vor die Tür setzt.

»Und, was geht?«, will Kalli wissen, während er sich vor seinem PC niederlässt und anfängt, sich eine Kippe zu drehen. Ich überlege, mir auch eine zu schnorren, aber ich habe vor eineinhalb Jahren aufgehört zu rauchen und werde jetzt wegen Nora nicht wieder anfangen.

»Nora ist wieder da«, lasse ich so beiläufig wie möglich fallen.

»Ist nicht wahr!«, ruft Kalli, ohne den Blick von seiner Zigarette abzuwenden. »Und? Will sie zu dir zurück?«

»Sieht nicht danach aus, sie hatte einen Kerl im Schlepptau.«

»Ach was. Ich dachte, da unten gibt's nur Seebären und so `nen Kram.«

»Anscheinend auch blonde Supermodels, die bescheuerte Limonaden-Spots in Badehose drehen.«

Diese Information lässt Kalli kurz innehalten.

»Du verarschst mich?«

»Nein.«

»Nora treibt es mit dem Kerl aus der »Cool Frizz«-Werbung?«

Ich nicke. Was bei Kalli einen Lachanfall auslöst, so heftig, dass Tabak, Blättchen und Filter zu Boden segeln und er sich an seiner eigenen Spucke verschluckt. Ich muss ihm ein paarmal auf den Rücken schlagen, bis er wieder normal atmen kann.

»Alter«, sagt er grinsend, immer noch Tränen in den Augen, »die Frau verlässt dich für einen Haufen Pinguine und kommt dann mit einem Typen zurück, dessen Badehosenfoto zurzeit vermutlich die Bildschirmschoner jeder Frau zwischen 20 und 45 ziert? Ehrlich, du solltest dir mal Gedanken um deine Ausstrahlung machen…«

»Sehr witzig.« Manchmal frage ich mich, wieso ich mit Kalli befreundet bin.

»Ja, was denn? Jetzt tu mal nicht so, als hättest du wegen Noras Trip zum Südpol Depressionen gekriegt.« Kalli klaubt seinen Krempel vom Boden auf und fährt mit dem Zusammenbasteln der Kippe fort. Dann guckt er kurz hoch. »Oder machst du dir etwa Sorgen, dass du ihr zu mies im Bett warst?«

»Bisher nicht«, sage ich, aber meine Laune ist endgültig im Keller.

»So ein Schwachsinn«, meint Sascha sechs Stunden später, als wir bei einer Partie am Kicker sind und ich ihr von meinen Bedenken erzähle. Sascha muss es wissen, immerhin waren wir ein paarmal miteinander im Bett, bevor ihr klar wurde, dass sie ein B- oder C-Körbchen viel netter findet als eine behaarte Männerbrust – eine Erkenntnis, die in keiner Weise mit mir in Zusammenhang stand, auch wenn sie sie nur wenige Wochen nach unserem letzten Sex erlangt hat. Jedenfalls hat sie mir das mehrfach versichert – auf Nachfrage.

Sascha winkt ab, meine Qualitäten im Bett seien völlig okay. Was mich zwar nicht euphorisch stimmt, aber halbwegs beruhigt. Zumindest, ergänzt sie kurz darauf, habe sie meine Leistung immer als solide empfunden. Subjektiv gesehen klingt das schon nicht mehr so toll, objektiv betrachtet auch nicht, weshalb ich an unserem Stehtisch erst mal mein Bier runterkippe und mir Nachschub besorge. »Höchstens an ein, zwei Details könntest du vielleicht noch feilen«, fügt Sascha schließlich hinzu, als ich zum Kicker zurückkehre, und versenkt dann mit einem Zungenschnalzen ihren Ball in meinem Tor. Ich bestelle eine Runde Tequila.

Als ich gegen zwei Uhr morgens in meine Wohnung wanke, erinnere ich mich dunkel, dass Ludger, der in unserem Stammlokal die Theke macht, die Tequila-Flasche irgendwann einfach auf dem Tisch gelassen hat. Dennoch befeuern mich ein paar hyperaktive Hirnsynapsen in Dauerschleife mit der These, dass Nora mich nur wegen meiner unzureichenden Performance im Bett verlassen hat.

Beim Einschlafen sehe ich förmlich vor mir, wie Nora Sören anschmachtet, während sie zusammen Pinguinbabys beim Plantschen zusehen. Eine riesige Sauerei, dass Typen wie der auch noch mit Tierschutz punkten. Es sollte dringend mal jemand einen Gesetzesentwurf einbringen, wonach Kerle, die auf der Aussehensskala von 1 bis 10 mit einer Zwölf abschneiden, zum Ausgleich wenigstens echte Arschlöcher zu sein haben.

3.

Als ich aufwache, fühlt sich mein Mund an, als habe die Vereinigung der Zwerghamster darin letzte Nacht ihre Jahreshauptversammlung abgehalten. Und dabei müsste ich das bisschen Tequila locker wegstecken, schließlich habe ich nicht nur aufgehört zu rauchen, sondern bemühe mich seit einer Weile sogar um die ausgewogene Ernährung, mit der mir meine Mutter seit 20 Jahren in den Ohren liegt. Vermutlich hatte sie dabei zwar eher so was wie Gemüse im Sinn, aber schließlich besagt der Slogan auf meiner Vitaminpillenpackung, dass ich mit einer einzigen Tablette mit allem versorgt würde, was ich brauche – weshalb ich mich ziemlich betrogen fühle, mit so einem Kater gestraft zu sein, nachdem ich vor dem Treffen mit Sascha gleich drei davon genommen habe.

Beim Kaffee kommt mir Sören wieder in den Sinn. Dem liegt vermutlich selbst nach dem übelsten Besäufnis höchstens ein Strähnchen schief. Falls er überhaupt trinkt. Wahrscheinlich lebt er von Quellwasser und überteuerten Algenpräparaten, und wenn er einen draufmachen will, gönnt er sich eine Handvoll Trockenobst. Ich fasse es immer noch nicht, dass Nora mich durch so was wie den ersetzt hat.

Meine Laune ist noch immer auf dem Tiefpunkt, als ich zur Arbeit fahre. Viel zu spät komme ich im Sender an. Freitags gibt es bei *Radio Hearts* außer den Wunschsongs der Hörer auch noch *Radio Date*, eine Kuppelshow, bei der ein Single einen von drei Kandidaten auswählt und von uns ein Pärchenwochenende spendiert bekommt. Nach dem Muster von *Herzblatt*, nur eben im Radio. Bislang habe ich keinen Schimmer, wer diesmal dabei ist, und meine Moderation ist auch nicht vorbereitet. Ich hasse es, die Sendung auf den letzten Drücker zu planen, erst recht mit solchen Kopfschmerzen.

Ich organisiere mir einen Pott Kaffee, dann wandere ich ins Büro, das ich mir mit Sascha und noch ein paar anderen Leuten teile. Dort hauche ich ein schwaches »Hi« in die Runde und lasse mich auf meinen Schreibtischstuhl fallen.

Sascha, die den Tisch gegenüber hat, tippt irgendwas. Trotz unseres nächtlichen Gelages sieht sie aus, als käme sie geradewegs von einer Wellnessfarm. Beneidenswert. Sogar ihre Haare hat sie umgefärbt, von Hellrosa auf Türkis.

Mir wirft sie einen Blick zu, als sei mir das Deo ausgegangen – vor einer Woche. »Mann, siehst du beschissen aus. Warst du noch fünf Stunden auf Tour, nachdem wir aus der Kneipe raus sind?« Während sie redet, tippt sie weiter.

»Nee, ich war brav in meinem Bettchen.«

»Fred, du musst dringend was für deine Fitness tun.«

»Aber nicht jetzt, ich liege im Sterben.« Der Tod wird mich vermutlich ereilen, wenn ich gleich im Studio das Gebalze der Kandidaten moderieren muss. Apropos. »Hast du die Infos zu den Date-Leuten?«

»Auf deinem Tisch.« Sie deutet auf einen Stapel Karteikarten neben meinem Telefon.

Ich versenke mich in die Infos, mein Kopf sackt dabei immer wieder nach vorn. Keine Ahnung, wie ich es nachher schaffen soll, am Mikro Begeisterung zu mimen.

Trotz aller Widrigkeiten startet die Sendung relativ relaxt. Es gelingt mir sogar, Euphorie in meine Stimme zu legen, obwohl ich mir immer noch vorkomme, als sei ich unter die Hufe eines Nashorns geraten. Aber ich habe nicht mit Kiki gerechnet.

Die *Radio-Date*-Kandidatin ist 31 und seit vier Jahren Single. Als ich ihre Stimme höre, glaube ich zu wissen, wieso. Zuerst denke ich, sie habe vor der Sendung einen Zug aus einem dieser Heliumballons genommen. Dann wird mir klar, dass das ihre Alltagsstimme ist. Sascha schickt mir eine Nachricht auf den Schirm: »Keine Ahnung, wieso die klingt wie eine Sirene – beim Vorgespräch hörte sie sich völlig normal an! Vielleicht war sie heiser? Sorry!«

Leider ändert das nichts an meinem Problem. Meine Ohren interpretieren Kikis Sound offenbar als etwas, das Gefahr bedeutet, jedenfalls senden sie jedes Mal, wenn ihre Stimme ansteigt, Schmerzsignale ins Innere meines Schädels.

Trotzdem gebe ich alles, als ich Kiki und ihre Kandidaten durch das Frage-Antwort-Karussell schleuse. Doch dann passiert es: Kiki hat Luis (FKK-Camper) aussortiert und muss sich zwischen Björn (Yogalehrer) und Hannes (Bonsaizüchter) entscheiden. Dabei eiert sie ziemlich rum, und plötzlich höre ich mich sagen: »Komm schon, du sollst ihn ja nicht gleich heiraten, Kiki. Ist nicht so, als wäre irgendwas für die Ewigkeit.«

Ich merke es noch in der Sekunde, in der ich es sage, genau wie Sascha, die mich hinter ihrer Scheibe entsetzt anstarrt. Hilflos versuche ich, den unglücklichen Spruch durch einen nachgeschobenen Lacher aufzufangen. Mit nur einem einzigen Satz habe ich es geschafft, die gesamte Idee von *Radio Dates* ins Lächerliche zu ziehen.

Ein paar Sekunden herrscht Stille im Äther. Dann fängt sich Kiki und entscheidet sich für Björn. Trotzdem steht zu befürchten, dass ich so bald kein Studio mehr von innen sehen werde. Es überrascht mich nicht, als Sascha nebenan kurz darauf einen Anruf erhält, und sie mir anschließend schreibt, dass Ewald seinen Feierabend nach hinten verlegt hat und mich nach der Sendung sprechen will.

Dass er mich mit einem Blick empfängt, als habe er soeben erfahren, dass die Welt-Teereserven für immer erschöpft sind, sorgt nicht dafür, dass ich mich besser fühle. Wenn er wenigstens herumbrüllen würde. Stattdessen sitzt er nur da und schaut mich über den Rand seiner Brille hinweg an. Dann seufzt er.

»Fred, was ist denn nur los mit dir?«

So gern ich würde, ich kann ihm meinen Auftritt nicht erklären. Ich weiß ja selbst nicht, was los war. Mag schon sein, dass mir die Geschichte mit Nora und ihrem neuen Superlover unter die Haut gegangen ist, aber so schlimm, dass ich jetzt innerhalb weniger Tage zum zweiten Mal vor Ewald sitzen müsste, ist es eigentlich auch nicht.

»War wohl nicht meine Woche, Ewald.« Ich zucke mit den Schultern. »Oder nicht mein Jahr.«

Ewald nickt nachdenklich. »Du, dir ist bewusst, dass ich dich unter diesen Umständen nächsten Mittwoch nicht wieder ins Studio lassen kann, oder?«

»Schon klar.« Ich starre auf meine Knie, merke aber, dass er mich weiter fixiert. Wir schweigen eine Weile.

»Eigentlich müsste ich dir das Format wegnehmen und die Sendung jemand anderem anvertrauen«, sagt er schließlich und schüttelt den Kopf.

Müsste? Deutet sich da ein *Aber* an?

»Aber ich finde, es ist zu früh, jetzt schon aufzugeben, Fred. Irgendwas sagt mir, dass du nur diesen grauenvollen Zynismus loswerden musst, du brauchst einfach eine optimistischere Lebenseinstellung!«

Bislang kam ich mir zwar so generell gesehen nicht besonders pessimistisch vor, aber Ewald sucht offenbar einen Weg, mich weiter moderieren zu lassen, also bin ich ganz Ohr. Ich deute ein Nicken an.

»Ich meine: Schau dir doch mal Susanne und mich an, Fred. Wir sind jetzt seit 26 Jahren glücklich verheiratet. Liebe ist etwas Wunderbares, wenn man sich darauf einlässt. Und genau darum geht es in deiner Sendung! Du musst dich nur dafür öffnen, deine romantische Ader rauskitzeln, verstehst du?«

»Meine romantische Ader?« Ich versuche, meine Skepsis zu verbergen.

»Genau, Fred. Die Leute, die bei *Radio Hearts* anrufen, sind empfindsame Seelen. Die sind verliebt oder wären es gern, sie vermissen jemanden, vermissen etwas in ihrem Leben, sie sehnen sich nach einem Seelenverwandten. Und die brauchen jemanden, der das versteht, einen, der tickt wie sie.«

Ich bin bereit, nach jedem Strohhalm zu greifen. »Bestimmt hast du recht, Ewald.«

»Ganz sicher, Fred!« In seinen Augen ist jetzt ein Leuchten, er steht auf und geht zum Fenster.

»Schau doch mal raus, Fred!« Die Silhouette der Häuserzeilen zeichnet sich vor einem Abendhimmel ab, der – passenderweise – rosarot ist. »Wir haben Frühling, die ganze Welt ist verliebt. Besser könntest du es nicht treffen! Geh einfach da raus, mach Urlaub in einer Hippiekommune oder fahr von mir aus ans Meer. Füttere Möwen, bau Sandburgen und leb von Luft und Liebe, aber finde deinen Sinn für Romantik wieder!«

»Meinen Sinn für Romantik?«, wiederhole ich flüsternd.

»Genau! Und in sechs Wochen kommst du zurück und moderierst *Radio Hearts* mit einer Leidenschaft, dass es die Hörer glatt vom Hocker haut!«

»Sechs Wochen?«

»Sechs Wochen. Und dann sehen wir weiter.« Er ist hinter seinem Schreibtisch stehen geblieben und schaut mir direkt in die Augen.

Ich überlege kurz.

»Okay, Ewald«, sage ich dann. »Wir haben einen Deal.«

4.

Obwohl ich nach dem Gespräch mit Ewald ziemlich deprimiert war, habe ich am nächsten Vormittag das Gefühl, dass schon alles irgendwie gut werden wird.

Vorläufig ist mir zwar schleierhaft, wie ich einen Sinn für Romantik wiederentdecken soll, den ich vermutlich noch nie hatte – jedenfalls nicht in der Form, die Ewald offenbar für die Sendung vorschwebt. Aber schließlich war ich auch schon mal verliebt. Kurz nach Aussterben des T-Rex oder so. Außerdem bleiben mir sechs Wochen. Zeit genug, um haufenweise Einhörner zu streicheln, Räucherstäbchen abzufackeln oder was es sonst braucht, um den verzückten Zustand eines Frischverliebten zu erreichen.

Zuversichtlich springe ich also unter die Dusche. Nur mit einem Handtuch um die Hüften, tanze ich anschließend vor dem Sofatisch zu *Surfin' USA*, bis ich sehe, dass mir von gegenüber aus dem 3. Stock die äußerst appetitliche Natalja zuwinkt. Wer ist schon Sören? Mit meinen 35 gehe ich aus dem richtigen Blickwinkel und im schwachen Schein der Kühlschrankbeleuchtung betrachtet locker als ein (deutlich) jüngerer Bruder von John Cusack durch, und der ist um Längen cooler als diese ganzen aalglatten Hollywood-Schönlinge. Gut gelaunt winke ich zurück, dann werfe ich Jeans und mein Iggy-Pop-Shirt über, verlasse die Wohnung und steige ins Auto. Mal sehen, ob Lena es inzwischen geschafft hat, ein paar von meinen Platten aufzutreiben.

Als ich zwanzig Minuten später in ihrem Geschäft aufkreuze, lehnt sie über dem Tresen, der vor Ordnern überquillt, gleich unter einem unfassbar hässlichen Ölschinken von Sissi und Franzl, der beim letzten Mal noch nicht da war. Ihre Stirn liegt in Falten, und ich könnte schwören, dass sogar ihre Locken traurig runterhängen. Selbst Herkules, der neben dem Tresen hockt, schaut sorgenumwölkt zu mir hoch.

»Buchhaltung?«

Sie nickt. »Seit Stunden versuche ich, diesen Zahlensalat zu verstehen. Aber es ist ein einziges Chaos. Anscheinend ist die Erfindung des Computers vollständig an Manni vorbeigegangen.«

Ich sehe mich um. Keiner außer uns ist im Laden. »Und der Verkauf?«

Sie zuckt mit den Schultern. »Das meiste, was ich in den Regalen habe, wollen die Kunden nicht. Und was die wollen, habe ich nicht da.«

»Wo sind denn Mannis Platten hin?«

»Einen Teil hat er mitgenommen, den Rest hab ich ins Lager gepackt. Aber ich bin noch nicht dazu gekommen, alles durchzusehen. Von meinen Bestellungen steht auch noch einiges hinten.«

Was Lena braucht, ist ein Plan. Und mehr Auswahl. Wenn Manni ihr einen Grundbestand an vernünftigen Scheiben dagelassen hat, könnte man darauf aufbauen. Allerdings wird sich der Laden nicht in ein paar Stunden auf Vordermann bringen lassen. Aber schließlich habe ich Urlaub – mehr oder minder.

Als ich ihr meine Hilfe anbiete, schaut mich Lena an, als würde sie mir gleich um den Hals fallen. »Mensch, das wäre der Hammer!«

Ich grinse. Es gibt Unangenehmeres, als für eine Frau, die selbst in Latzhose hinreißend aussieht, der Held des Tages zu sein. »Könntest du mir eventuell auch so einen organisieren?« Ich deute auf ihren Kaffeebecher. »Ich wühle mich so lang durch deine Bestandslisten, wenn's recht ist.«

Es ist Nachmittag, bis ich endlich Land sehe. Inzwischen sind wir ins Lager umgezogen und haben uns auf dem Boden zwischen den Kartons niedergelassen. Der Raum ist winzig und hat kein Fenster, dafür aber eine Klimaanlage.

»Ich glaube, es sieht nicht mal schlecht aus«, sage ich, als wir durch sind.

»Nicht?« Lena sitzt im Schneidersitz vor mir, Herkules auf dem Schoß.

»Naja, dein größtes Problem dürfte der neuere Popkrempel sein, den du massenhaft eingekauft hast. Vinyl ist zwar auf dem Vormarsch, aber das ist nicht unbedingt die Art von Musik, für die sie dir hier die Bude einrennen werden. Das eine oder andere dürftest du aber trotzdem mit der Zeit an Laufkundschaft loswerden. Oder du versuchst es online.«

Sie nickt nachdenklich.

»Dafür sollte das Zeug aus den 60ern und 70ern gut weggehen, wenn du ein bisschen Werbung machst. Davon hast du mehr, als ich dachte. Auch Reggae verkauft sich eigentlich easy.«

Ihre Miene hellt sich augenblicklich auf.

»Und deine Ska-Auswahl kann sich echt sehen lassen. Stehst du selbst drauf?«

»Ich stehe auf so ziemlich alles, was einem an einem verregneten Tag gute Laune macht.« Sie lächelt. »Dann werde ich also nicht pleitegehen?«

»Du hast schon ein paar ziemlich ansehnliche Lücken im Sortiment, aber das meiste, was wir brauchen, finden wir vermutlich in Mannis Kisten.« Ich klopfe auf einen der Kartons neben mir. »Den Rest treiben wir irgendwo Second Hand auf. Falls du also deinen Dispo nicht schon jetzt bis zum Anschlag ausgereizt hast, solltest du's hinkriegen.«

»Danke, echt.« Sie atmet auf. »Mir liegt viel daran, dass das hier klappt, weißt du?«

Ich warte gespannt, ob sie mehr erzählen will.

»Mein Vater sammelt Vinyl, seit ich denken kann«, fährt sie fort, während sie Herkules den Rücken krault. »Als kleines Mädchen bin ich oft auf seinen Schoß geklettert, wenn er sonntags im Musikzimmer seine neuen Platten begutachtete. Als ihm klar wurde, wie sehr es mir gefiel, wenn er mir Songs vorspielte, hat er mir eigene Kopfhörer besorgt, sodass wir zusammen Musik hören konnten. Ich schätze, er ist wohl dafür verantwortlich, dass ich nie Prinzessin oder Tierärztin werden wollte – sondern immer nur Plattenladenbesitzerin.«

»Wir bekommen *Sunshine Music* schon zum Laufen, mach dir keine Sorgen«, sage ich – und meine es. »Wenn du Mannis Kunden halten willst, würde ich an deiner Stelle allerdings die Deko überdenken…«

Sie lacht glucksend. »Rosa ist nicht dein Fall, was?«

Ich grinse. »Dafür bin ich ein riesiger Fan von Ölschinken mit blaublütigen Pärchen drauf. Doch, ich schwöre – meine Bude ist voll davon. Über dem Klo zum Beispiel hängen Lisbeth und Philip.«

»Blödmann.« Sie droht mir mit einem Aktenordner. »Ich gehe mal in mich«, verspricht sie aber.

»Mannis Kisten gucken wir dann demnächst durch?«

»Das wäre echt klasse.« Sie wirkt schon viel entspannter als bei meiner Ankunft.

Ich lasse ihr meine Nummer da, damit sie sich melden kann, wenn sie mit den Kartons loslegen will.

Als ich mich verabschiede, habe ich meinen Job-Ärger fast vergessen.

Bis Sonntagmittag. Pünktlich um 12 Uhr biege ich mit dem R4 in die verschlafene Vorortstraße ein, in der ich vor über dreißig Jahren meine ersten Runden auf dem Dreirad gedreht habe. Sonntage, jedenfalls die meisten davon, gehören meiner Mutter. Seit mein Vater irgendwann in den 90ern abgehauen ist, lebt sie allein, und wenn ich kann, fahre ich – ganz der vorbildliche Sohn – am Wochenende hin.

Sie öffnet die Tür keine Sekunde, nachdem ich geklingelt habe. »Gut, dass du da bist. Ich muss mit dir reden, sobald ich nach dem Braten gesehen habe…« Sie verschwindet durch die Küchentür. Ich schmeiße meine Tasche auf die Kommode im Flur und folge ihr.

In der Küche finde ich sie mit gebeugtem Rücken vor dem Backofen, wo sie in dem herumstochert, was mein Mittagessen werden soll.

»Ich habe deine Nora getroffen«, eröffnet sie mir, als sie mit dem Gestocher fertig ist, ohne Umschweife. Dabei sieht sie mich an, als hätte ich eine schlechte Note mit nach Hause gebracht.

Ich hätte es ahnen können – Noras Schwager gehört die Konditorei ein paar Straßen weiter, außerdem hat sie Freunde in der Gegend. Und dabei hatte ich sie und Blondie schon fast verdrängt.

»Dass sie mal meine Nora war, hatten wir eigentlich abgehakt, Mutter – als sie vor über drei Monaten an den Südpol geflüchtet ist, du erinnerst dich?«

»Das ist es ja«, sagt sie, und es klingt, als sei es meine

Schuld, dass Nora sich mehr für Pinguine interessiert hat als für mich. »Aber jetzt, wo nicht mehr der halbe Globus und all die Eisberge zwischen euch liegen, könntet ihr euch doch wieder zusammenraufen.«

Ich schüttle den Kopf. »Ich habe meine Zweifel, ob der Hüne, den Sie als Souvenir mit nach Hause gebracht hat, von deiner Idee so angetan wäre.«

»Ein neuer Freund? Und das weißt du sicher?« Ihrem Gesichtsausdruck nach hat Nora auf der mütterlichen Beliebtheitsskala soeben grob geschätzt vier Millionen Punkte eingebüßt.

Ich nicke. »Sie hat ihn mir höchstpersönlich vorgestellt.«

»Und du könntest da nicht eventuell etwas falsch verstanden haben?« Sie scheint zu überlegen. »Vielleicht zeigt sie dem Mann ja bloß die Stadt?«

»Glaub mir, er ist nicht der Typ, mit dem Frauen bloß befreundet sein möchten. Abgesehen davon bin ich auch nicht ganz so unglücklich, dass die Sache vorbei ist, Mutter.« Das ist nicht mal gelogen. Die Geschichte mit Sören stinkt mir zwar ungemein, trotzdem ist Nora mir das letzte Jahr ganz schön auf den Wecker gefallen. Vor allem damit, dass wir endlich zusammenziehen sollten.

»Aber du musst dich doch mal binden.« Meine Mutter klingt besorgt.

Ich könnte ihr jetzt sagen, dass ich überhaupt nicht scharf bin auf eine Frau, die mehr als eine Zahnbürste bei mir lässt. »Irgendwann läuft mir schon die Richtige über den Weg«, murmele ich stattdessen nur.

Sie seufzt, dann wendet sie sich wieder dem Herd zu. »Und bei der Arbeit? Alles in Ordnung?«

Sie verfolgt jede meiner Sendungen. Es wird ihr kaum entgehen, dass ich plötzlich nicht mehr hinterm Mikro sitze.

»Du wirst mich vielleicht ein Weilchen nicht mehr hören«, gebe ich also zögerlich zu.

Ihre Hand, die gerade noch den Kartoffelbrei gerührt hat, hält augenblicklich inne, und sie dreht sich ruckartig zu mir um.

»Was hast du denn nun schon wieder angestellt?« Irgendwann finde ich raus, wo sie diese Seminare abhalten, in denen Müttern gezeigt wird, wie sie ihren Söhnen das Gefühl vermitteln, sie seien immer noch fünf.

»Ewald und ich fanden bloß, dass mir eine Auszeit guttäte. In ein paar Wochen habe ich die Sendung wahrscheinlich wieder.«

»Wahrscheinlich?«

»Es wird eine Art Probelauf geben. Aber kein Problem, echt.«

Ihre Augen füllen sich mit Tränen, und mein Magen zieht sich zusammen. Ich gehe zu ihr und nehme sie in den Arm.

»Mach dir keinen Kopf, ich kriege das schon hin.«

Sie durchforstet ihre Schürze nach einem Taschentuch, dann schnäuzt sie sich leise in meinen Armen.

»Und wenn nicht, Fred? Was, wenn man dir kündigt?«

Auf der Rückfahrt in die Innenstadt drei Stunden später geht mir ihre Frage nicht aus dem Kopf. Bislang war ich einigermaßen sicher, dass ich die ganze Angelegenheit schon irgendwie schaukeln werde. Aber was, wenn sie recht hätte? Nach fünfzehn Jahren beim selben Sender dürfte man mir anderswo die Jobs kaum hinterherwerfen. Außerdem hätte ich null Lust, wieder ganz von vorn anzufangen.

Ich beschließe, das Thema gleich morgen anzugehen, dann schalte ich das Radio an. Doch aus meinem Sender tönt mir ausgerechnet die Stimme der Nervensäge Dominik entgegen. Ich hasse diesen Schleimscheißer, der sich von morgens bis abends bei Ewald anbiedert. Genervt schalte ich das Radio wieder aus.

5.

»Romantik, die: (…)

1. *a) Epoche des europäischen, besonders des deutschen Geisteslebens vom Ende des 18. bis zur Mitte des 19. Jahrhunderts, (…)*
   b) die romantische Bewegung
2. *das Romantische, die romantische Stimmung o. Ä., die einer Sache anhaftet«*

Manchmal ist das Internet einfach vollkommen für den Arsch. Zugegeben, es ist ein Armutszeugnis, dass ich auf der Suche nach Lösungen für mein Karriereproblem ausgerechnet Google bemühen muss. Aber mein Versuch, mir stundenlang Céline und Mariah anzuhören, in der Hoffnung, mich kitschmäßig zu desensibilisieren, hat leider nur das Gegenteil bewirkt. Also google ich, während im Hintergrund weiterhin sämtliche Popdiven des Abendlandes vor sich hin trällern. Soll keiner sagen, ich würde nicht unter härtesten Bedingungen mein Bestes geben.

Erhellenderes als den Eintrag im Online-Duden finde ich allerdings nicht. Hauptsächlich Fotos von knutschenden Pärchen, außerdem unzählige Hotels, deren Betreiber mir unvergessliche Augenblicke der Zweisamkeit versprechen, falls ich mit meiner Liebsten ein sinnliches Wochenende bei ihnen buche. Die meisten davon liegen so abgelegen, dass Paarmassagen mit anschließendem Romantikdinner ihre einzigen Attraktionen sein dürften. Es sei denn, man beobachtet gern Waldameisen bei der Arbeit oder sieht Rotwild bei der Fortpflanzung zu. In meiner Verzweiflung tippe ich sogar »Romantikseminar« in die Suchmaske ein. Heute bietet schließlich jeder für irgendwas Kurse an. Aber auch da: Fehlanzeige.

Gerade lass ich mich ein bisschen ablenken, indem ich checke, welche Bands in den nächsten Wochen in der Gegend auftreten, als das Telefon klingelt. Es ist Lena.

»Fred, ich weiß, es ist eine riesige Zumutung, und ich traue mich eigentlich kaum zu fragen…«

»Was ist denn los?«

»Aber du bist der Einzige, den ich bisher in der Stadt kenne…«

»Jetzt rück schon raus mit der Sprache.«

»Also, mein neuer Vermieter behauptet plötzlich, ich hätte nie erwähnt, dass ich einen Hund habe. Er sagt, ich dürfe Herkules hier nicht halten.«

»Und?«

»Naja, wir wollen uns nachher noch mal treffen – da will ich ihm Herkules nicht einfach vor die Nase setzen. Und so lange allein lassen will ich ihn in der neuen Wohnung auch nicht.«

Sie klingt völlig zerknirscht. »Lena, jetzt spuck aus, was ich machen soll.«

Sie seufzt. »Könntest du Herkules nehmen? Nur für ein paar Stunden?«

Ich habe von Hunden nicht die geringste Ahnung, aber Herkules wirkt eigentlich ganz umgänglich. Und im Prinzip nimmt er auch nicht mehr Platz weg als eine Büropflanze.

»Von mir aus. Aber leg mir eine Pflegeanleitung bei, ja?«

Sie lacht leise. »Mann, Fred, ich schulde dir echt was!«

»Ich komme drauf zurück.«

Es dauert keine zwanzig Minuten, bis Lena da ist, im Schlepptau Herkules, der bei meinem Anblick den Hauch eines Schwanzwedelns zeigt.

»Komm rein«, schlage ich vor, aber sie winkt ab.

»Ich muss schnell noch in den Laden und ein Schild in die Tür hängen.«

Aus einem Strickbeutel, in dem sie anscheinend ihren halben Haushalt transportiert, kramt sie zwei Näpfe, eine Decke und eine Dose Hundefutter hervor und drückt mir alles in die Hand – mitsamt der Leine, an deren anderem Ende Herkules sitzt.

»Hier, damit kommst du bis heute Abend aus. Pipi hat Herkules schon gemacht.«

Ich grinse. »Wie schön für ihn.«

Sie lächelt. »Sorry, ich weiß, ich bin eine totale Glucke. Jedenfalls noch mal danke.«

»Kein Ding.«

»Ich hole ihn dann heute Abend, ja?«

Sie zieht los und Herkules starrt ihr hinterher. Ich bin darauf gefasst, dass gleich das große Geheule losgeht, aber offenbar sieht er die Lage entspannt. Herkules wartet, bis unten die Haustür ins Schloss fällt, dann marschiert er, einmal abgeleint, zielstrebig Richtung Wohnzimmer, wo er aufs Sofa hopst und sich zusammenrollt. Sieht aus, als würde es mit uns unkompliziert werden.

Vor dem Computer starte ich ohne große Hoffnung einen zweiten Anlauf in Sachen Romantikrecherche, merke aber schnell, dass ich so nicht weiterkomme. Lustlos drehe ich mich mit dem Bürostuhl ein paarmal um die eigene Achse, als mein Blick auf das aufgeschlagene Stadtmagazin auf dem Sofa fällt. Das Kinoprogramm.

Kitschfilme sind eigentlich die große, böse Schwester von Kitschsongs und eins von rund 12.000 Dingen, mit denen selbst die tollsten Frauen einem das Leben unnötig schwermachen. Sobald man nämlich offiziell *zusammen* ist, ändert sich auch in Sachen Kino alles. Statt Tickets für den neuen Vin-Diesel-Streifen löst man plötzlich Karten für irgendwas mit Titeln wie *Auf Engelsschwingen in dein Herz* und erträgt Filmabende nur noch mit den Pillen von der letzten Zahn-OP. Aber vielleicht schafft es ja einer dieser Streifen, mich kitschmäßig einzunorden.

Ich beschließe, der Videothek um die Ecke einen Besuch abzustatten. Jörg, der Besitzer, war zwei- oder dreimal bei Kallis Bierrunde dabei und kämpft chronisch mit der Pleite. Sich dort Filme zu leihen ist also quasi auch noch eine gute Tat.

Zu Jörgs Laden sind es eigentlich höchstens fünf Minuten, doch ich habe nicht mit der Wirkung gerechnet, die ein Mops auf offener Straße erzielt. Sobald wir das Haus verlassen haben, können wir uns nur in Etappen vorwärtsbewegen, weil alle paar Meter irgendeine Frau kreischend vor Herkules in die Knie geht und ihn ausgiebig krault und herzt. Ich komme mir vor wie bei einer Autogrammstunde mit Justin Bieber.

Jörg hingegen schaut wie üblich kaum von seinem Heavy-Metal-Magazin hoch, als wir beide reinkommen. Diesmal brauche ich aber seinen Rat. Um nicht dazustehen wie der letzte Idiot, greife ich zu einer Notlüge.

»Meine Freundin will zu Hause so einen romantischen Filmabend machen«, sage ich, und Jörg nickt betroffen. »Und jetzt hab ich keine Ahnung, was ich da am besten nehme.«

Jörg steht tatsächlich auf und schlurft vor mir her Richtung Liebesfilme.

»Also, wenn du romantische Klassiker willst…«

»Nicht ich, meine Freundin«, betone ich.

»Ist klar.«

Er lässt seinen Blick über die ausgestellten DVDs gleiten, dann drückt er mir *Titanic* und *Dirty Dancing* in die Hand.

»Kennst du die schon?«

Ich schüttle den Kopf. »Bislang konnte ich das irgendwie vermeiden.«

»Du Glücklicher«, sagt Jörg. »Macht dann 5,20 bis morgen.«

Zurück in meiner Bude tue ich, was ich kann, um dem anstehenden Filmerlebnis zu größtmöglicher Wirksamkeit zu verhelfen. Erst ziehe ich die Vorhänge zu, dann zünde ich eine Kerze an, die Nora vor Urzeiten angeschleppt haben muss. Schließlich tue ich das alles für meine Karriere.

Anschließend werfe ich *Titanic* an, haue mich zu Herkules aufs Sofa und mache mich auf das Schlimmste gefasst.

Rose hat gerade ihre Kabine bezogen, als mich das Telefon im Flur rettet. Sascha.

»Ich hab beschissene Neuigkeiten.«

»Danke für das zärtliche Vorspiel. Was ist los?«

»*Radio Hearts* soll während deiner Auszeit ohne dich weiterlaufen.«

»Davon hat Ewald keinen Ton gesagt, den rufe ich sofort an.«

»Vergiss es, Fred. Alles schon festgezurrt. Die haben sogar schon entschieden, wer die Vertretung für dich machen soll.«

»Ohne mit mir zu reden? Das darf ja wohl nicht wahr sein!« Den Hörer zwischen Ohr und Schulter geklemmt, marschiere ich zurück ins Wohnzimmer. »Und wer?«

»Das wirst du jetzt nicht gern hören.«

»Sag mir nicht, dass…«

»Doch. Es ist Dominik.«

Ich lasse mich aufs Sofa fallen. »Scheiße.«

»Ja, scheiße.«

Nach dem Telefonat mit Sascha starre ich nur vor mich hin. Dass meine Sendung ohne mich weiterläuft, ist ätzend genug, auch wenn ich mir das irgendwie hätte denken können. Doch dass ausgerechnet Dominik das Ruder übernehmen soll, ist die absolute Totalkatastrophe.

Jeder im Sender hasst Dominik. Jeder außer Ewald, bei dem er sich seit geraumer Zeit mit so vielen Wochenendschichten einschleimt, dass Ewald bei seinem Anblick jedes Mal ein Gesicht aufsetzt, als würde er ihn am liebsten adoptieren. Das Einzige, was diesem karrieregeilen Arschloch noch fehlt, ist eine eigene Sendung. Unschwer zu erraten, dass er alles daransetzen wird zu beweisen, dass er besser für den Job geeignet ist als ich.

Mir muss etwas einfallen. Irgendwas, das mich voll auf diesen Romantikzug aufspringen und so gefühlsduselig rüberkommen lässt, dass sich Ewald bei meiner Moderation in sechs Wochen glatt in mich verknallt.

Als es an der Tür klingelt, zucke ich zusammen. Lena. Ich hatte völlig vergessen, dass sie Herkules abholen wollte.

»Störe ich irgendwie?« Von der Eingangstür aus kann sie ins Wohnzimmer sehen. Aus dieser Perspektive dürfte sie nicht nur die brennende Kerze bemerken, bei *Titanic* summt auch ausgerechnet in diesem Moment Céline los. Erfreulicherweise kommt im selben Augenblick Herkules mit beeindruckender Geschwindigkeit den Flur runtergeflitzt und springt an Lenas Beinen hoch.

Auf der Fußmatte kniend, berichtet sie mir von dem Date mit ihrem Vermieter. Offenbar ist es mies gelaufen. Doch ich höre nur mit halbem Ohr zu, denn ich bin immer noch bei der Sache mit Dominik.

»Und?«, will Lena wissen, als sie wieder auf Augenhöhe ist. »Habt ihr Männer euch gut verstanden?«

Ich nicke, und sie redet davon, dass sie gar nicht wisse, wie sie das alles wiedergutmachen solle, und dass ich nur einen Ton sagen müsse, falls ich mal Hilfe bräuchte, da macht es bei mir *Klick*.

»Sag mal«, unterbreche ich sie, »du verstehst nicht zufällig was von Romantik?«

6.

»Du moderierst eine Sendung, bei der es ausschließlich um Gefühle geht, und hast selbst nichts damit am Hut?«

»Das hab ich nicht gesagt.«

»Was denn dann?«

Noch an der Wohnungstür habe ich Lena grob mein Problem umrissen. Inzwischen haben wir es uns im Wohnzimmer vor dem offenen Fenster bequem gemacht. Sobald ein Hund im Spiel ist, scheint man überhaupt nur noch auf dem Fußboden zu sitzen.

»Ich behaupte ja nicht, dass gegen Gefühle was einzuwenden wäre«, setze ich vage an.

»Sondern?«

»Gegen das ganze kitschige Theater drum herum.«

»Aber was Kitsch ist, empfindet doch jeder anders.«

»Also, für mich ist das eindeutig.«

»Erzähl, ich lausche gespannt.« Aus den Tiefen ihrer Tasche fördert sie eine dieser Tütchen-Brausen zutage, die ich zuletzt am Freibadkiosk gesehen habe, als ich elf war. Sie schüttet etwas vom Inhalt in ihre Handfläche, dann steckt sie sich den Zeigefinger der anderen Hand in den Mund und tunkt ihn in das Pulver, um ihn anschließend abzulecken. Der Anblick bringt mich für einen Moment aus der Fassung.

»Naja«, sage ich und linse auf das *Titanic*-Cover auf dem Wohnzimmertisch, »es ist doch eine Sache, wenn man sich mag, und eine völlig andere, deshalb am Bug eines Schiffs irgendein bescheuertes König-der-Welt-Theater abzuziehen. Warum muss man sich vor allen zum Affen machen, bloß weil man verknallt ist?«

Sie zuckt mit den Schultern. »Gehört das nicht dazu? Dass einem genau das komplett egal ist?«

Wenn ich's genau betrachte: keine Ahnung.

Lena merkt das offenbar und hakt nach. »Wann warst du überhaupt das letzte Mal verliebt?«

»Zur Zeit der Napoleonischen Kriege oder so. Da war so eine kleine Ziegenhirtin, die...«

»Nun sag schon. Vor einem Jahr? Zwei?«

Ich denke nach. Ich hatte Nora echt gern, immerhin waren wir ewig zusammen. Aber war ich in sie verliebt? Vielleicht ein bisschen Herzklopfen, am Anfang. Mehr? Eher nicht. Und vor Nora? Ein paar Monate mit Isa, die als Frontfrau einer lokalen Hardrockband auf der Bühne auf sexy und unabhängig gemacht hat, in Wahrheit aber einen Hang zu hautfarbener Unterwäsche und Telenovelas hatte.

Davor? Leonie, einen Sommer lang. Blitzweiße Zähne und das ansteckendste Lachen der Welt. In Leonie hätte ich mich verlieben können – vielleicht. Wäre da nicht ihr Exfreund gewesen, der jedes Wochenende unter meinem Schlafzimmerfenster von Heulkrämpfen geschüttelt wurde. Und Leonies Drang, mich für morgendliche Grünkohl-Smoothies zu begeistern.

Ansonsten bedeutungslose Geschichten für eine Nacht oder zwei. Davor lange nichts, was mir nachhaltig in Erinnerung geblieben wäre.

»Okay, andere Frage. Glaubst du überhaupt an die Liebe?«

»Hab ich nie drüber nachgedacht.«

Sie legt den Kopf leicht schief. »Dann tu's jetzt.«

»Du meinst, die eine große Liebe, die einen völlig umhaut, samt Seelenverwandtschaft und so? Etwas, das für immer hält?«

»Genau.«

»Ehrlich, ich bin mir nicht sicher.«

»Verstehe.« Sie nickt, dann starrt sie eine Weile ins Leere.

»Okay«, sagt sie schließlich. »Du brauchst eindeutig Hilfe.«

Ich grinse. »Ist das ein Angebot?«

»Wieso nicht? Ich sagte doch, ich schulde dir was. Sieh es als Ausgleich dafür, dass du dem Plattenladen noch ein bisschen Starthilfe gibst.«

»Geht klar. Und was hast du mit mir vor?«

»Na, ich gebe dir Unterricht.«

»In Romantik?«

»Exakt. Wie es aussieht, müssen wir allerdings bei den Grundlagen anfangen.«

Wie immer gibt es nichts im Leben umsonst. Lenas Vermieter hat darauf bestanden, dass Herkules binnen 24 Stunden aus der Wohnung verschwindet. Während Lena unter Hochdruck nach einer neuen Wohnung sucht, wird der Mops also mangels Alternativen die Nächte bei mir verbringen. Freunde oder Familie hat Lena in der Gegend nicht, und ihn für ein paar Tage in einer Tierpension unterzubringen, würde Herkules das Herz brechen, sagt sie. Und ihr sowieso.

Gewiefterweise hat sie mich mit dieser Info erst nach ihrem großzügigen Hilfsangebot versorgt. Außerdem musste ich, sozusagen als Mops-Vertretungsherrchen-Einstellungstest, einen Kompaktkurs samt Prüfungsfragen über zentrale Belange des Hundelebens absolvieren, um sicherzustellen, dass Herkules bei mir auch wirklich in besten Händen ist. Aber immerhin verbreitet der kleine Kerl gute Laune. Davon abgesehen kann man nie wissen, ob sich sein Talent als Frauenmagnet nicht noch als nützlich erweisen könnte.

Als Lena am nächsten Abend zu meiner ersten Romantikfortbildung auftaucht, schleppen wir kistenweise Krempel, der sich dann aber unromantischerweise lediglich als Herkules' Besitz herausstellt. Unter anderem sichte ich einen Karton mit *Intelligenzspielzeug*.

Es brennt mir unter den Nägeln zu fragen, ob sie sich für Herkules schon zwischen einer Schule mit wissenschaftlichem Schwerpunkt und einer mit musischer Ausrichtung entschieden hat, aber ich reiße mich zusammen.

Wie selbstverständlich verteilt Lena den Kram in meiner Wohnung. Auch im Schlafzimmer, wo sie mit dem Fuß einen Berg Wäsche zur Seite schiebt, um stattdessen ein großes Kissen gleich neben meinem Bett zu platzieren.

»Herkules pennt also im Schlafzimmer?«

»Wo denn sonst?« Sie wirkt tatsächlich so entgeistert, dass ich nicht weiter nachhake.

»Dann erzähl mal, was du bisher versucht hast«, fordert sie mich auf, als wir wieder auf dem Teppich im Wohnzimmer sitzen.

»Ich hab gegoogelt«, gebe ich zu.

Sie liegt auf dem Rücken, die Hände hinterm Kopf verschränkt, und gibt ein ungläubiges kleines Kichern von sich.

»Und? Was hatte das Netz in Sachen Romantik zu bieten?«

»Also, die Tourismus- und die Gastrobranche fahren voll darauf ab. Ich überlege, mich mittelfristig mit einem Romantik-Drive-In selbstständig zu machen: Blondgelockte Kellner im Amorkostüm reichen Erdbeeren und Schampus durchs Fenster, im Hintergrund spielt eine italienische Combo was mit *Amore*. Anschließend bleiben zwanzig Minuten Zeit fürs Knutschen auf der Rückbank – das wird der Renner.«

»Was du nicht sagst.«

»Ein paar Gedichte habe ich auch gelesen.«

Sie blinzelt in den Sonnenschein. »Und, warst du ergriffen?«

»Geht so.«

Sie grinst noch immer, sagt aber nichts weiter dazu.

»Und die Filme auf dem Tisch? Auch Forschungsobjekte?«

Ich nicke.

»Was stand auf dem Programm?«

»Außer *Titanic*? *Dirty Dancing*. Empfehlung des DVD-Händlers meines Vertrauens. *Dirty Dancing* hab ich aber nicht gesehen.«

»Damit können wir nicht arbeiten«, sagt sie und ist plötzlich hellwach. »Los, zeig mir mal deine Videothek.«

Jörg sitzt auf seinem Stammplatz hinterm Tresen, selbes T-Shirt, selbes Magazin. Ich bin noch nicht mal sicher, ob er seit gestern umgeblättert hat.

»Und? Netten Pärchenabend gehabt?«

Meine Notlüge von gestern.

Lena grinst mich von der Seite an.

»Ja, war echt schön, wahnsinnig romantisch. *Titanic* wollte Fred sogar zweimal sehen. Jetzt will er unbedingt Nachschub.« Sie guckt unschuldig und streicht sich eine Locke aus dem Gesicht, dann lächelt sie mich an, als könnte sie kein Wässerchen trüben. Das Ganze macht ihr sichtlich Spaß.

Jörg geht unterdessen in Gedanken offenbar gemeinsame Bekannte durch, die er zu einer Intervention für mich zusammenrufen könnte. Jedenfalls guckt er, als hätte ich ihm eben eröffnet, dass ich in meiner Küche ein Crystal-Meth-Labor betreibe. »Cool«, sagt er, als ich ihm die DVDs von gestern über den Tresen schiebe, aber es klingt wie eine Beileidsbekundung.

»Danke auch«, raune ich ihr zu, während wir Richtung Liebeskomödien schlendern.

Zurück in meiner Wohnung studiere ich die DVDs, die Lena unter Hunderten mit zielsicherem Griff aus dem Regal gezogen hat. Immerhin spielen bei ein paar der Filme Drew Barrymore oder Sandra Bullock mit.

Lena verzichtet auf Verdunklung und Kerzenschein. Stattdessen durchstöbert sie meine Küchenschränke, bis sie eine Tüte Chips findet, die sie mit aufs Sofa bringt. Nachdem ihr Mops jetzt quasi bei mir wohnt, fühlt sie sich wohl auch schon wie zu Hause.

Als der Film anfängt, bin ich noch einigermaßen hoffnungsvoll, auch wenn kurz nach Beginn ausgerechnet Kate Winslet über den Bildschirm flimmert, obwohl sie doch gerade erst knapp dem Tod im eisigen Ozean entronnen ist. Immerhin scheint das Ganze aber streckenweise in England zu spielen, und die Briten haben im Vergleich zu den Amis nicht nur den schwärzeren

Humor, sondern sind überhaupt viel bodenständigere Typen.

Genau dieses Gesetz allerdings versucht der Film offenbar auszuhebeln. Als Jude Law Cameron Diaz gesteht, er flenne häufiger als jede Frau, bin ich raus. Ich neige ja zu der Ansicht, dass man sich seine Tränen als Kerl für Situationen aufsparen sollte, die allermindestens das Prädikat »extrem finster« verdienen – wie beispielsweise, fröhlich und unbeschwert durchs Polarmeer zu schippern und sich urplötzlich mit der unausweichlichen Kollision mit einem gigantischen Eisberg konfrontiert zu sehen.

Mit dieser Auffassung stehe ich aber offenbar allein da. Lena hängt Jude an den Lippen und weint meterweise Klopapier voll. Selbst Herkules, der zwischen uns sitzt, starrt gebannt auf den Bildschirm.

»Und?«, will Lena wissen, als der Abspann läuft. In ihren Wimpern glitzert eine Träne. »Irgendwas angekommen?«

Ich schüttle entschieden den Kopf.

Sie überlegt kurz. »Okay, wir müssen härtere Geschütze auffahren. Ich denke mir was aus, aber gib mir ein paar Tage, ja?«

7.

Am Mittwoch lege ich mich vor dem Radio auf die Lauer. Dominik moderiert. Treffender müsste man sagen, Dominik schleimt, und zwar schlimmer als eine Großfamilie Nacktschnecken.

Bislang konzentrierte er seine Energien ganz auf Ewald, aber jetzt gibt er auch bei den Hörern den Speichellecker. Nach zehn Minuten bin ich kurz davor zu kotzen und schalte das Radio aus. Ich kann nur hoffen, dass so viel Enddarm-Akrobatik sogar Ewald anwidert.

Zum Glück steht am Donnerstag ein Ausflug mit Lena in Sachen LPs und Laden an. Wir fahren zu einem Typen, der seine Sammlung auflöst. Der Kerl wohnt in seiner Kleingartenlaube und müffelt wie ein Yeti, hat aber Preisvorstellungen, als hätte er einen Liveauftritt von Nirvana mit dem wiederauferstandenen Kurt Cobain zu verkaufen. Ich verhandle hart und schinde Eindruck bei Lena. Schließlich nehmen wir zwei Kisten mit und sie ist happy.

Am Freitag, bei seinem zweiten Auftritt als Interims-Moderator, mutiert Dominik zum Frauenversteher. Eigentlich lautet die Vorgabe, die Hörer halbwegs zügig durchzuwinken, denn der Schwerpunkt der Sendung ist ja die Musik, nicht das Gequatsche. Dominik hingegen scheint entschlossen, sich als Domian-Nachfolger zu etablieren. »Ehrlich, ich versteh dich da voll, Kirsten…«, höre ich ihn ins Mikrofon flöten, »aber der Ruben hat das bestimmt nicht so gemeint, dass er ohne dich mit seinen Kumpels an den Ballermann fliegen will. Wenn du ihm so einen schönen Song im Radio spielst, bucht er bestimmt gleich drei Wochen Malediven für euch beide.« Wäre Dominik nicht so ein stinklangweiliger Saubermann, würde ich angesichts dieses weichgespülten Gefasels annehmen, er habe sich vor der Sendung einen Joint genehmigt. Vielleicht hat er aber auch vor lauter Lampenfieber etwas von Ewalds Entspannungstee gesüppelt – so drei bis zwölf Liter.

Könnte mir alles komplett egal sein, würden die Hörer nicht voll auf den Schmus abfahren. Sascha, die falsche Schlange, stellt reihenweise Anruferinnen durch, die sich gar nicht mehr einkriegen vor lauter Begeisterung und Dominik für seine Einfühlsamkeit über den grünen Klee loben.

Ich registriere einen leichten Anflug von Panik und bimmle bei Lena an. »Hör zu, wir sollten vielleicht einen Zahn zulegen mit der Romantiknummer«, erkläre ich ihr. »Der Trottel, der mich vertritt, geht auf Kuschelkurs mit meinen Hörerinnen – und die klingen, als würden sie künftig statt rosa Herzchen sein Antlitz über ihre i's malen. Wenn ich im Rennen bleiben will, sollte ich bald einen Plan haben.«

»Mach dir keinen Kopf, ich hab schon eine Idee«, beruhigt mich Lena. »Holst du mich morgen Mittag ab?«

»Und wohin geht's?«

»Wir haben ein Date«, lässt sie mich wissen. »Und vergiss Herkules nicht.«

Zwei Minuten später ruft sie noch mal an.

»Entspann dich. Ist nur ein Fake-Date«, sagt sie bloß, dann legt sie auf. Dafür, dass sie mich kaum kennt, durchschaut sie mich ziemlich gut.

Am Samstag fahre ich pünktlich bei Lena vor. Herkules sitzt auf dem Rücksitz, wofür Lena eigens ein Mops-Anschnallsystem mitgebracht hat.

Sie trägt ein Batikkleid, um das man sie in Woodstock beneidet hätte, und ihr türkisfarbener Schlapphut ist so groß, dass Herkules darunter Campingurlaub machen könnte. Ich komme allerdings kaum dazu, sie zu bewundern, denn sie steigt mitsamt Picknickkorb und Strickbeutel hinten ein und drückt mir nur einen Zettel mit der Adresse in die Hand.

»Sorry«, sagt sie zur Begrüßung, »ich bin auf Mops-Entzug.«

Während sie und Herkules auf der Rückbank Wiedersehen feiern, gebe ich die Straße ins Navi ein und fahre los. Die Route führt raus aus der Stadt. Was genau das Ziel ist, verrät Lena mir auch auf Nachfrage nicht. »Lass dich mal überraschen.« Sie zwinkert mir über den Rückspiegel zu, Herkules auf dem Schoß. Wiedersehensfreude schlägt Verkehrssicherheit offenbar um Längen.

Die Gegend hinter den Toren der Stadt verschwimmt für mich bald im grünen Einerlei. Nichts als Bäume, Wiesen, Schafe, Kühe. Sogar Bären haben sie hier draußen, wie ich einem Schild entnehme, das auf einen Park in der Nähe hinweist – und genau dorthin lotst mich das Navi.

»Ein Bärenpark?«, frage ich, als ich vor dem Eingang den Picknickkorb aus dem Auto wuchte. »Und da lerne ich was über Romantik?«

»Du wirst schon sehen.«

An der Kasse bezahlen wir 6,50 Euro pro Person, dann wandern wir ewig lang durch den Wald. Die Bären, die im Bärenpark wohnen, scheinen nicht zu wissen, dass es hier Besucher gibt, die sich gern Bären ansehen würden. Jedenfalls lassen sie sich nicht blicken.

Ich frage mich gerade, wieso irgendjemand freiwillig Eintritt zahlt, nur um ein paar Bäume zu bewundern, als wir eine Felsformation umrunden und auf einer abschüssigen Wiese plötzlich jede Menge Leute vor uns haben.

»Auf was warten die denn? Ein Livekonzert von AC/DC?«

Lena lächelt geheimnisvoll und lässt ihren Blick suchend über das Gelände hinter der Einzäunung schweifen.

»Da drüben, Bruno und Bea.« Über die Köpfe der Leute hinweg deutet sie auf zwei Braunbären, die auf einem umgekippten Baumstamm sitzen und tatsächlich zu schmusen scheinen.

»Und deshalb der ganze Trubel?«

»Das mit den beiden ist total romantisch«, sagt Lena und breitet eine Decke auf dem Boden aus. »Bruno war Zirkusbär in Rumänien und sollte eigentlich eingeschläfert werden, weil er den Besitzern zu alt war. Bea wurde aus illegaler Privathaltung in Polen befreit. Sie haben sich auf den ersten Blick verliebt, und seither füllen sie das Sommerloch und sind Wallfahrtsort für sämtliche Frischverliebten der Umgebung.«

Ich sehe mich um. Tatsächlich, keine Familien mit Bollerwagen oder Opas, die stolz die Enkelin auf den Schultern spazieren tragen. Stattdessen jede Menge Pärchen, die sich knutschend auf Decken lümmeln oder auf Parkbänken Händchen halten. Ewald hatte recht, wie's aussieht, ist die ganze Welt verliebt.

»Und jetzt? Hältst du mir einen Vortrag zum Thema Romantik? Hätte ich was zu schreiben mitbringen sollen?«

»Jetzt entspann dich mal, Fred. Genieß einfach den Nachmittag und lass dich von der Atmosphäre anstecken. Vielleicht ist dein Problem mit der Romantik ja bloß, dass du noch nie welche erlebt hast.«

Ich grinse. »Und du meinst, ein paar Stunden Braunbär-Voyeurismus könnten in meinem schwarzen Zyniker-Herz den zarten Samen der Empfindsamkeit säen?«

Sie zuckt mit den Schultern. »Ich würde sagen, für heute ist das jedenfalls deine einzige Option.«

Ich gebe mich geschlagen. Schadet ja nicht, es zumindest zu versuchen.

Lena ist bestens vorbereitet. Als wir es uns auf der Decke bequem gemacht haben, zaubert sie Baguette, französischen Käse, Weißwein, Wasser und Ratatouille aus ihrem Korb. Sogar Kissen hat sie mitgeschleppt.

Während Bruno Bea den Kopf streichelt, machen wir es uns gemütlich. Aus Lautsprechern, die vermutlich für Tierparkansagen gedacht waren (»Der kleine Beppi möchte von seinen Eltern aus dem Bärenkindergarten abgeholt werden«), klimpert Kuschelrock, allerdings so leise, dass es nicht nervt. Dazu rauschende Blätter, Vogelgezwitscher und Sonnenstrahlen, die durch die Baumkronen blitzen und einen in der Nase kitzeln. Eigentlich ganz nett alles.

Wir dösen auf der Decke, und fast färbt ein bisschen was von der ganzen gefühlsduseligen Stimmung auf mich ab, als ich zwischen den halb geöffneten Lidern Richtung Nachbardecke linse:

Ein Mittvierziger in Jesuslatschen und seine Freundin sitzen beim Picknick und füttern sich gegenseitig – was halb so tragisch wäre, wenn es sich dabei um etwas Harmloses wie Weintrauben und nicht um ölige Sardinen, Zwiebelmett und knoblauchtriefendes Tzatzikibrot handeln würde. Erschwerend kommt hinzu, dass das Füttern ausschließlich von Mund zu Mund stattfindet – für beide offenbar ein hocherotisches Erlebnis. Dass der Barttrimmer des Typen allem Anschein nach schon vor Wochen den Geist aufgegeben hat, macht die Sache auch nicht besser.

Ich weiß, ich *muss* weggucken, weil ich sonst auf der Stelle diese ganze unschöne Zwiebel-Sardinen-Bart-Kombi vor Augen haben werde, falls ich in den nächsten Wochen tatsächlich mal in so etwas wie romantische Stimmung kommen sollte – aber ich kann nicht.

Stattdessen stoße ich Lena mit dem Ellenbogen in die Seite. Die folgt meinem Blick. Zusammen mit Herkules begaffen wir das Grauen, bis der Typ es bemerkt und uns bitterböse anstarrt. Ertappt lassen wir unsere Köpfe zurück auf die Decke sinken und kriegen beide einen Lachanfall – und dann geht alles ganz schnell.

Herkules fängt an zu kläffen, was wiederum Brunos Aufmerksamkeit erregt. Er verliert das Interesse an Bea und trabt zur Einzäunung, von wo er erst uns und dann die zwei auf der Nachbardecke ins Visier nimmt, die gerade in inniger Umarmung versunken sind.

Ich scherze noch mit Lena, ob Bruno sich vielleicht von den beiden inspirieren lässt und demnächst mit Bea nach dem Honigschlecken kleine Bärenkinder macht, da schweift Brunos Blick zurück zu uns. Und zu Herkules.

Den findet Bruno offenbar zum Fressen. Jedenfalls fängt er an, mit aller Kraft am Zaun zu rütteln und bedrohlich zu knurren. Durch die vordere Pärchenreihe geht ein besorgtes Raunen, einige weichen zurück und geraten in leichte Panik.

Nicht so Herkules. Der ist von Brunos Drohgebärden völlig unbeeindruckt und bellt immer lauter, was Bruno veranlasst, noch entschiedener an der Einzäunung zu zerren.

Schließlich tritt ein sichtlich nervöser Parkwächter an uns heran und bittet uns zu verschwinden, und zwar *pronto*. In Windeseile stopfen wir die Sachen in Lenas Korb, können aber nicht aufhören, idiotisch zu giggeln. Dann klemme ich mir den kläffenden Herkules unter den Arm und wir sprinten zusammen durch den Wald Richtung Ausgang.

Zurück beim Auto sind wir außer Atem und halten uns die Seiten.

»Fasst du das? Der wollte uns tatsächlich fressen!« Lena blickt alle paar Sekunden zurück Richtung Eingang, kichert aber weiter.

»Du bist dir schon darüber im Klaren, dass dein Hund an Größenwahn leidet und offenbar davon ausgeht, er habe in etwa das Schultermaß eines Berggorillas?«, sage ich.

»Ach was. Herkules hätte Bruno mit links erledigt. Wir haben den Park nur mit Rücksicht auf Bea verlassen – schließlich darf man sie nach allem, was sie durchgemacht hat, nicht auch noch ihres Liebsten berauben.« Sie zwinkert mir zu.

Wir kichern noch, als wir fast schon wieder in der Innenstadt sind. Mission Romantik ist für heute gescheitert, aber der Tag war einfach toll.

8.

Als ich am nächsten Tag zum Sonntagsbesuch bei meiner Mutter auftauche, lässt sie sich von der Misere ihres Sohnes erfreulicherweise halbwegs durch Herkules ablenken. Ich hab ja geahnt, dass seine Wirkung aufs weibliche Geschlecht mir noch mal nützlich sein würde. Frauen sind halt keine Braunbären. Bei Rollbraten und Salzkartoffeln kläre ich sie darüber auf, dass ich jetzt an einer Fortbildung teilnehme. Dass es eine eher unkonventionelle Maßnahme ist, die den Besuch knutschender Bären umfasst, verschweige ich. Mütter sind ja modernen Unterrichtsmethoden gegenüber häufig furchtbar unaufgeschlossen.

Heute fällt die Romantiknachhilfe sowieso aus, auch wenn es mir nach dem gescheiterten Bärenparkexperiment anders lieber wäre. Aber schließlich müssen Lena und ich uns nicht nur um meinen, sondern auch um ihren Job kümmern. Begleitet vom Rattern der Klimaanlage, machen wir uns nach meiner Rückkehr aus der

Vorstadt am Nachmittag im Lager über Mannis Kisten her und hören uns bei der Gelegenheit ein paar seiner Scheiben an.

»Na, sieh an«, bemerkt Lena, als *Hedonism* aus den Boxen tönt. »Wenn es die Frontfrau von Skunk Anansie ist, die dramatisch ins Mikrofon jault, ist das also kein Kitsch-Overkill?«

»Wieso?«

Sie deutet in Richtung meiner abgewetzten, schwarzen Sneaker. »Du wippst mit dem Fuß, also kannst du zumindest nicht völlig angewidert sein.« Sie hievt einen Stapel Platten zurück in die Kiste.

Ich starre auf meinen Fuß. Tatsächlich, er wippt. »Naja«, räume ich ein, »wenn ich mich zwischen einer wie Mariah und der Sängerin von Skunk Anansie entscheiden müsste, würde ich nicht lange überlegen.«

»Weil Skin eine Glatze hat und die coolere Frau ist?«

»Erstens mal ist Skin eine Rockerin und keine überdrehte Popdiva.«

»Und zweitens?«

»Zweitens: Ja.«

»Was, ja?«

»Ja, Skin ist einfach die viel, viel coolere Frau.« Ich grinse breit.

»So, so.« Sie schmunzelt.

»Und?«, will sie nach einer Weile wissen, als sie im Licht eines Deckenspots Mannis Platten auf Kratzer untersucht. »Ist das der Typ Frau, auf den du stehst? Wunderschön, aber hart wie Stahl?«

»Meine letzte Freundin hat bis vor Kurzem bei einem Antarktisprojekt Pinguinkinder gezählt.«

»Und was treibt sie jetzt?«

»Jetzt vögelt sie ein schwedisches Supermodel.«

»Oh.« Sie lässt die Platte, die sie gerade ins Licht gehalten hat, sinken und sieht mich an. »Magst du deshalb keine Balladen? Hat sie dir das Herz gebrochen?«

»Nö.« Ich überlege kurz. »Nur die Art, wie sie's beendet hat, war irgendwie nicht so toll.«

»Verstehe.« Sie verstaut die Platte wieder in der Hülle, dann geht sie zum Kühlschrank in der Ecke, holt zwei Flaschen Limo raus und entfernt die Kronkorken geübt an der Kante der Kühlschranktür. Ich mag Frauen, die praktisch veranlagt sind.

»Und du?«, erkundige ich mich, als sie vor mir sitzt, »hast du jemanden?« Fragen kann man ja mal.

Sie nimmt einen tiefen Zug aus der Flasche. »Hatte ich. Eine Weile, bevor ich hergezogen bin.«

»Und jetzt nicht mehr?«

Sie weicht meinem Blick aus und tätschelt Herkules' Kopf. »Er wollte keine Kinder.«

»Und weiter?«

»Ich habe mich von ihm getrennt.«

»Wie jetzt? Wegen der Kindersache?«

»Findest du, dass das kein Grund ist?«

»Ein bisschen krass ist es schon, oder? Jemanden in

die Wüste zu schicken, weil er nicht dasselbe will wie du?«

Sie schüttelt den Kopf. »Ich finde, so kann man das nicht sehen.«

»Wie dann?«

»In einer Beziehung sollten doch beide glücklich werden, oder?«

»Sicher.«

»Und das hätten Ben und ich eben nicht werden können.« Sie spielt mit den Kronkorken. »Ich hatte das Gefühl, wir können nicht zusammenbleiben, ohne dass einer von uns Zugeständnisse machen muss, die einfach zu groß sind.«

»Du meinst, du hast nicht bloß deinetwegen Schluss gemacht, sondern irgendwie für euch beide?«

»So in der Art. Verstehst du das?«

Ich nicke, doch ich bin mir nicht ganz sicher.

»Willst du mal Kinder?«

Ich zucke mit den Schultern. »Vielleicht irgendwann mal. Ist nicht unbedingt so, als könnte ich es kaum noch erwarten, meine Freizeit endlich mit Zoobesuchen, Makkaroni-Ketten-Basteln und Vater-Kind-Schwimmen zuzubringen, weißt du?«

Der letzte Teil sollte eigentlich witzig rüberkommen, doch sie nickt nur nachdenklich und starrt dabei auf ein Plattencover von The Cure. Ich überlege, ob ich nachhaken soll, da klingelt mein Handy. Es ist Sascha.

»Fred, du musst unbedingt ganz bald deinen Arsch in die Redaktion bewegen. Am besten gestern!«

»Jetzt komm mal runter. Was ist denn los?«

»Ich ertrage diesen bescheuerten Schwachkopf von Dominik nicht mehr. Wenn ich mir dieses Süßholzgeraspel am Mikro noch eine weitere Sendung lang anhören muss, flippe ich aus! Aber was viel wichtiger ist: Der Schleimscheißer macht die Übernahme von *Radio Hearts* jetzt anscheinend zu seinem wichtigsten Projekt.«

Ich gehe mit dem Handy rüber ins Ladenlokal. »Die Übernahme? Was soll denn das heißen?« Irgendwie kommt es mir in Lenas Geschäft plötzlich ganz schön schwül vor.

»Seit ich hier bin, hab ich den noch nie so arbeiten sehen, Fred! Der bereitet sich auf jede Sendung vor, als wäre es eine Weltumseglung! Und seit Neuestem ist er vor allen anderen da und geht als letzter raus.«

»Naja, ist ja nicht gerade so, als ob er sonst irgendwas rasend Spannendes zu tun hätte.«

»Das ist doch jetzt nicht der Punkt, Fred!« Ich höre förmlich, wie sie mit den Augen rollt. »Mensch, der hat jetzt sogar Sondermeetings anberaumt, nur für ihn und mich – für *die Erarbeitung potenzieller Maßnahmen zur Optimierung von Radio Hearts*. Zieh dir das mal rein! Meint der eigentlich, ich hätte sonst nichts zu tun? Mann, der überhäuft mich hier mit Memos! Hast du in all der Zeit beim Sender vielleicht schon mal ein Memo gekriegt?«

Ich denke nach. »Höchstens die Einladung zur Weihnachtsfeier von Ewald.«

»Eben. Fred, wach endlich auf! Deine Hörer fahren komplett auf den ab. Wenn du nicht bald was unternimmst, mausert der sich hier zum Romantikexperten für alle Lebenslagen!«

»Ich hatte ja das Gefühl, dass du dich ganz gut mit ihm verstehst.«

»Sag mal, spinnst du jetzt total? Wie kommst du denn auf so einen Scheiß?«

»Na, du hast ihm doch neulich reihenweise diese zuckersüßen Tussen in die Leitung gelegt, die sich gar nicht mehr eingekriegt haben darüber, wie unfassbar toll er die Sendung macht und was er für ein wahnsinnig dufter Typ ist.«

»Fred, ich verdiene hier meine Brötchen! Soll ich vielleicht meinen Job riskieren, bloß weil dir jedes Mal die Sicherungen durchkokeln, wenn du Céline oder Witney hörst?«

Sie hat recht. Ist schließlich nicht ihre Schuld, dass Ewald mich kaltgestellt hat.

Erfreulicherweise beruhigt sich Sascha meistens binnen Sekunden, so auch diesmal. »Hör mal, Fred, ehrlich«, sagt sie, jetzt schon entspannter, »komm vorbei. Du könntest eine Runde Platzhirsch spielen und Dominik zeigen, dass das Revier noch lange nicht ihm gehört. Oder noch besser: Du überzeugst Ewald davon, dass du dich wieder eingekriegt hast, und zwar schon vor Ablauf dieser beknackten 6-Wochen-Frist. Vielleicht lässt er mit sich reden.«

Ich denke nach. Eher unwahrscheinlich, dass Ewald plötzlich seine Meinung ändert. Aber wenn Dominik sich so ins Zeug legt, sollte ich nichts unversucht lassen. Falls ich meine Sendung tatsächlich verlieren sollte, dann wenigstens nicht an diese Arschgeige mit seinen peinlichen Streifenhemdchen.

»Alles klar. Ich komme morgen rein und sehe zu, dass ich noch mal mit Ewald spreche. Dominik knöpfe ich mir auch vor. Und, Sascha?«

»Ja?«

»Danke.«

»Kein Ding.«

Nachdem wir aufgelegt haben, bleibe ich noch eine Weile bei Lena und wir sortieren Platten und arbeiten uns weiter durch Mannis Kisten. Aber irgendwie habe ich das Gefühl, wir sind beide nicht ganz bei der Sache.

9.

Am nächsten Morgen bin ich mit Herkules um acht Uhr im Sender, was, verglichen mit meinen üblichen Arbeitszeiten, mitten in der Nacht ist. Genauso fühle ich mich auch. Aber ich will Ewald gleich nach seinem Montags-Yoga erwischen, da ist er sicher tiefenentspannt. Wenn ich Schwein habe, drückt er noch mal ein Auge zu, und ich kann diesem Blödmann Dominik gleich freundlich mitteilen, dass er sich *Radio Hearts* abschminken kann.

Ich schaue kurz im Sekretariat vorbei, nicke Elvira zu, die hinter ihrem Schreibtisch sitzt und mit dem Paketboten gerade die Widrigkeiten der Orchideenzucht erörtert, dann sehe ich meine Post durch. Das Übliche: Ein paar Musikmagazine, dazu diverse Demos von Nachwuchsbands, die hoffen, dass ich einen ihrer Songs in der Show bringe. Meistens sind sie allerdings grottenschlecht, und wenn nicht, ist es doppelt frustrierend, weil ich stattdessen eine Schnulze nach der anderen spielen muss.

Ich will mich gerade Richtung Kaffeeküche aufmachen, als Dominik reinkommt. Der Schleimer scheint tatsächlich in der Redaktion zu übernachten.

»Hey, Fred. Echt cool von dir, dass du mal wieder bei uns reinschaust.« Er klingt, als gehörte ihm bereits der ganze Sender. Zu allem Überfluss lehnt er sich bei seiner kleinen Ansprache so betont lässig an den Aktenschrank, dass ich wegschauen muss. »Und, was machst du im Moment so, Fred?« Er zeigt auf Herkules und setzt ein herablassendes Grinsen auf. »Bist du jetzt Hundesitter?«

Dieser Wichser. »Gehört einer Freundin.«

Er tätschelt Herkules den Kopf. Der guckt Dominik an, als sei er eine nervige Schmeißfliege. Der Hund hat eindeutig Menschenkenntnis.

»Tja, wie auch immer. Hast du mal fünf Minuten?«

Wenn's sein muss. »Worum geht's?«

»Also, du hast ja vermutlich mitgekriegt, dass ich vorläufig die Moderation von *Radio Hearts* übernommen habe. Ich hoffe natürlich, das war in deinem Sinn.«

Dieser verlogene Arsch, als würde es ihm nicht genau da vorbeigehen, was ich von der Sache halte.

»Jedenfalls ist mir natürlich wichtig, dass ich den Charakter der Sendung nicht verfälsche, falls du verstehst, was ich meine. Klar, letztlich hat natürlich jeder seine eigene Note beim Radiomachen...«

Genau – in deinem Fall schraubt die den regionalen Verbrauch an Medikamenten gegen akute Übelkeit vermutlich drastisch nach oben.

»Aber trotzdem wäre ich dir natürlich dankbar, wenn du irgendwelche Ratschläge für mich hättest. Also, worauf ich besonders achten sollte. Deine Hörer sollen sich ja gut aufgehoben fühlen, das ist schließlich das Wichtigste, meinst du nicht auch?«

Selbst wenn es nicht so unfassbar geheuchelt wäre, wäre sein Gefasel nicht zu ertragen. Soll ich dem Typen jetzt auch noch verraten, wie er mir mein Format am besten wegnehmen kann?

Ich hätte wahnsinnige Lust, ihn kopfüber in einem von Elviras Blumenkübeln zu versenken. Angesichts meiner aktuellen Lage wäre das aber wohl eher kontraproduktiv.

»Das ist schon okay so, wie du's machst, Dominik«, sage ich also stattdessen. Er lächelt und entblößt eine Reihe schlecht gemachter Jacketkronen. »Nur das mit der Empathie könntest du mehr betonen. Du musst dich noch stärker in die Hörer einfühlen, vor allem in die Männer. Viele von denen warten ja nur darauf, dass sie endlich mal jemandem ihre sensible Seite offenbaren dürfen. Häng dich da ruhig voll rein.«

»Ehm, ja, danke.« Man kann sehen, wie es hinter seiner Stirn arbeitet. Er ahnt vermutlich, dass ich ihn verarsche, ist sich aber nicht ganz sicher. Mit etwas Glück schluckt er die Geschichte und säuselt demnächst auch bei den männlichen Anrufern so süßlich ins Mikro, dass den Hörern endlich das Hören vergeht.

Zum Abschied verpasse ich ihm einen kumpelhaften

Klaps auf die Schulter. »Aber freut mich für dich, Dominik, dass du auf die Art Gelegenheit hast zu üben. So in fünf bis sechs Jahren hast du dann bestimmt mal eine eigene Sendung.«

Sein blödes Gesicht ist filmreif. Ich drehe mich um und lasse ihn stehen.

Auf dem Weg zu Ewald springt mich Sascha von hinten an. Im wahrsten Sinne des Wortes. Sie hängt quasi auf mir wie ein Koala und kreischt mir dabei in die Ohren, als hätten wir uns mindestens fünf Monate nicht gesehen.

»Freeed! So geil, dass du da bist!« Über meine Schulter hinweg drückt sie mir einen Schmatzer auf die Wange und rutscht dann von meinem Rücken.

»Was machst denn du um die Zeit im Sender?«, frage ich, als sie vor mir steht. Ich bin nicht sicher, ob ich Sascha überhaupt schon mal vor 10 Uhr morgens gesehen habe, außer auf irgendwelchen Partys.

»Wieder einer von Dominiks spitzenmäßigen Extraterminen. Frag lieber nicht.« Sie verdreht die Augen. »Warst du schon bei Ewald?«

»Nee. Dafür weint sich Dominik vermutlich gerade bei Mami aus.«

»Sehr gut. Wurde echt Zeit, dass diesen Widerling mal jemand in die Schranken weist. Ist ja nicht auszuhalten, mit was für einer Arroganz der hier die letzten Tage über die Flure geschwebt ist. Hast du dir inzwischen überlegt, was du Ewald sagen willst?«

»Ich lasse das mal auf mich zukommen.«

»Gib alles, ja? Bevor ich Falten kriege, weil deine übermotivierte Vertretung mir permanent das Schlafpensum kappt.«

Ich grinse. »Geht klar.«

»Wem gehört überhaupt die mordsgefährliche Riesendogge?«, ruft sie mir giggelnd hinterher, als ich mit Herkules schon halb den Flur hinunter bin.

»Das ist ein Mops«, kläre ich sie auf. »Von einer Freundin.«

»Freundin? Ich will sämtliche Details! Klingel mal durch nachher, ja?«

Drei Minuten später sitze ich vor Ewalds Schreibtisch, der an einem der Fenster gerade mit der Jalousie kämpft. Ich nutze den Umstand, dass ich noch nicht seine volle Aufmerksamkeit habe, und schnuppere im Raum herum. Kein Hinweis auf die Meditationsmischung, nur ein Hauch Minze liegt in der Luft, was ich spontan zu meinen Gunsten dahingehend interpretiere, dass seine Stimmung heute eher neutral ist.

»Toll, dass du mal vorbeikommst, Fred!« Er lässt sich auf den Schreibtischstuhl fallen. »Wie geht's dir denn?« Unter den Augen hat er dunkle Ringe, wirkt aber sonst ganz gut gelaunt.

»Viel besser, Ewald. Echt. So eineinhalb Wochen Urlaub wirken Wunder. Denkt man ja gar nicht.«

»Ich bin wirklich froh, das zu hören, Fred. Und was stellst du an mit deiner Freizeit?«

Berichte ich ihm jetzt von Bruno und Bea?

»Wie du siehst, betreue ich aktuell einen Pflegehund.« Zum Beweis halte ich die Schlaufe der Leine hoch – von seiner Position aus kann Ewald Herkules nicht sehen.

Ewald steht auf Hunde. Augenblicklich rollt er mit dem Stuhl ein Stück zurück, dann senkt er den Oberkörper auf Kniehöhe, um unter dem Schreibtisch durchgucken zu können. »Ja, wo isser denn?«

Herkules wirft mir einen Blick zu, den ich als irritiert bis hilfesuchend interpretiere, und ich nicke, was er wohl als Aufforderung versteht. Jedenfalls trottet er rüber und legt sich auf einen von Ewalds Füßen – für Ewald wiederum Anlass, Herkules eingehend den Nacken zu kraulen.

»Super, Fred. Finde ich unheimlich toll«, meint Ewald, als sein Kopf wieder oberhalb der Tischplatte auftaucht. »Hunde sind ja wahnsinnig gut für den Gefühlshaushalt, weißt du?«

»Ja, genau, das dachte ich mir nämlich auch.«

»Und ansonsten? Alles gut?« Inzwischen sitzt er wieder aufrecht.

Ich kann ihm schlecht von meiner Romantikfortbildung mit Lena erzählen. Andererseits … »Du hattest ja die Sache mit den Hippies vorgeschlagen, Ewald. Weißt du, es ist jetzt nicht direkt so, dass ich in eine Kommune gezogen wäre, aber …«

»Ist doch kein Drama, Fred. Auf die Details kommt's nicht an, wirklich. Du musst da ganz nach deinem eigenen Gefühl gehen. Mach einfach, was dir guttut.«

»Das mache ich. Im Moment versuche ich es auch noch mal mit einer ganz anderen Herangehensweise an die Musik, sozusagen als Berater – eine Art Coaching, wenn du so willst, für eine Bekannte.« Streng genommen ist das zwar alles Blödsinn, aber komplett gelogen ist es immerhin auch nicht.

»Wunderbar, dass du was für dich tust. Du wirst sehen, das wird einen ganz neuen Menschen aus dir machen.«

Jetzt oder nie: »Wo du gerade davon anfängst, Ewald. Ich habe den Eindruck, das bin ich schon – also, ein neuer Mensch. Wenn ich jetzt wieder ins Studio ginge, würde ich *Radio Hearts* bestimmt ganz anders anpacken.«

Seine Miene verfinstert sich. »Es ist zu früh, Fred.«

»Nein, ehrlich, ich bin relativ sicher, dass ich jetzt super mit dieser Romantikgeschichte klarkomme.« Ich weiß selbst nicht, warum ich das sage, zumal es ja überhaupt nicht stimmt. Mein Problem hat sich nicht im Geringsten erledigt, ich bin schon genervt, wenn ich nur daran denke, wieder stundenlang das übliche Trallala spielen zu müssen. Es ist eher das Gefühl, dass ich irgendetwas unternehmen muss, und zwar sofort. Und dass ich auf gar keinen Fall Dominik weitere viereinhalb Wochen meine Sendung überlassen sollte.

Doch Ewald schüttelt den Kopf. »Du hast schon mal gedacht, dass du mit mehr Leidenschaft moderieren könntest, und im Studio hat es dann trotzdem nicht hingehauen.« Er sieht mich eindringlich an. »Du solltest dir mehr als nur relativ sicher sein, Fred. Ich sage nicht, dass wir nicht auch woanders einen Platz für dich finden, aber was *Radio Hearts* angeht, ist das deine letzte Chance. Du solltest das nicht versauen.«

Ich schlucke. Es ist eine Sache, zu ahnen, dass man auf der Abschussliste steht, aber eine völlig andere, wenn es einem jemand ganz konkret sagt.

Was habe ich mir denn gedacht? Dass diesmal alles anders ist, wenn ich ins Studio gehe? Dass ich plötzlich wie durch ein Wunder wirke, als würde ich in meiner Freizeit rund um die Uhr Herzchen aus Wunderkerzen basteln?

Ewald hat recht. Ich sollte die verbleibende Zeit lieber nutzen, statt meine Gnadenfrist abzubrechen, bevor ich überzeugt bin, dass sich wirklich was geändert hat. Und genau das sage ich ihm auch.

Ich bin schon fast aus seinem Büro raus, als er mich zurückruft. »Hier.« Er schiebt mir eine Visitenkarte rüber. »Vielleicht liegt dir ja irgendwas auf der Seele, wovon du gar nichts ahnst, Fred. Falls du mal jemanden zum Reden brauchst…«

Ich sehe mir die Karte an: *Dietmar Moebius, Psychologischer Psychotherapeut.*

Ich auf der Couch? Ich muss grinsen. »Danke, Ewald«,

sage ich, »aber ich glaube, bevor es so weit ist, zaubere ich selbst noch ein paar Tricks aus dem Hut.«

Zurück zu Hause zeigt mein Anrufbeantworter vier neue Nachrichten an. Verwundert greife ich in die Hosentasche – alles klar, Handyakku leer –, dann drücke ich die Wiedergabetaste.

Drei der Nachrichten sind von Sascha, die wissen will, wie es mit Ewald lief und wer die ominöse Freundin »mit den Möpsen« ist. Sie sagt das genau so und lacht sich eine geschlagene Minute schief, bevor sie auflegt. Nummer vier ist von meiner Mutter, die mich mit der unverzichtbaren Information versorgt, dass ihr Trockner gestern Abend den Geist aufgegeben habe und sie unmöglich einen weiteren Tag ohne existieren könne.

Die nächsten Stunden bin ich damit beschäftigt, Mutter abzuholen, mit ihr sämtliche Elektrofachgeschäfte der Stadt abzuklappern und am Ende das Gerät in ihrem Keller anzuschließen, auf das ihre Wahl schon im ersten Laden gefallen war, das sie aber erst im siebten gekauft hat. Zum Glück konnten wir das Ding wenigstens gleich mitnehmen.

Bis ich zu Hause bin und Sascha telefonisch mit den Basics zu Lena und Ewald versorgt habe, ist es später Nachmittag.

Am liebsten würde ich mich aufs Sofa legen, aber ich habe Ewalds warnende Worte noch im Ohr, also setze ich mich erneut vor den Laptop.

Zwei Stunden später bin ich keinen Schritt weiter. Dafür hat sich mein Paniklevel von halbwegs gechillten 5,5 auf ungemütliche 7 erhöht. Eineinhalb Wochen meiner Auszeit sind schon rum, und wenn mir nicht bald was einfällt, darf ich die nächsten Jahre vermutlich O-Töne bei Veranstaltungen einfangen, deren Spannungsfaktor den einer durchschnittlichen Kaninchenzüchterversammlung nur knapp übersteigt.

Der Spaßpegel meines Lebens dürfte somit vermutlich auf den der Leute in der Hilfeecke des *Love & Romance*-Online-Forums sinken, durch das ich gerade lustlos scrolle. Im Livechat heult »Tina«, 28, der restlichen Truppe vor, dass mit ihrem Mann nach sechs Jahren Ehe sexuell nichts mehr laufen würde. »Sugarcube« schlägt sofortige Trennung vor (»Das Leben ist zu kurz für schlechten Sex!«), »Einsameherzin91« ist überzeugt, dass der Kerl längst die Tussi vom Tennisverein vögelt. Nur »Verständnisfrau2000« bleibt konstruktiv und plädiert für eine Paartherapie.

Ich stelle mir eben vor, wie Tina und ihr Liebster mit irgendeinem Typ mit Nickelbrille die Vorteile von essbarer Unterwäsche und Leuchtkondomen diskutieren, da kommt mir Ewalds Visitenkarte wieder in den Sinn. Und wenn ich mich probehalber doch mal auf die Couch lege?

Bisher war ich ja der Überzeugung, dass man von dem ganzen Gequatsche bloß weich wird in der Birne. Aber vielleicht ist es genau das, was ich brauche – dass meine markant-männlichen Synapsen mal von so einem Psychoheini flauschig gespült werden. Allerdings hab ich keine Lust, mich vom selben Typ durchleuchten zu lassen, bei dem schon Ewald, seine Frau Susanne und vermutlich alle ihre Töchter ihre verschütteten Traumata von links auf rechts gedreht haben.

Die Suchmaschine spuckt auf Anhieb 74 Therapeuten aus, alle aus meiner Stadt. Offenbar ist nicht nur die ganze Welt verliebt, sondern mindestens die Hälfte davon auch reif für die Klapse.

Ich telefoniere mich durch die Liste, kriege aber andauernd was von monatelangen Wartezeiten zu hören. Also rufe ich bei S. Hirschhöfler an. Den Eintrag hatte ich bislang ausgelassen, weil anhand des vereinsamten S. vor dem Nachnamen nicht auszumachen war, ob es sich um eine Frau oder einen Mann handelt, und mir eine Frau irgendwie lieber wäre.

»Sieglinde Hirschhöfler?« Ich habe Glück.

»Tagchen, Frau Hirschhöfler, Fred Körner hier. Ich habe mir überlegt, es mal mit ein paar Stunden auf der Couch zu versuchen. Sie wissen schon: Einmal alle Synapsen durch den TÜV bringen und so. Hätten Sie da eventuell kurzfristig was frei?«

Keine Reaktion, obwohl ich den Spruch mit dem TÜV echt okay fand. Die potenzielle Retterin meiner tiefschwarzen Seele hat offenbar wenig Humor, kein gutes Zeichen. Immerhin höre ich Papiergeraschel – wahrscheinlich ihr Terminkalender für die nächsten fünf Jahre, weil auch bei ihr schon 1200 Neurotiker Schlange stehen.

»Morgen Früh um 8 Uhr? Ginge das bei Ihnen?«

Die Uhrzeit finde ich eine ziemliche Herausforderung. Aber angesichts der offenkundigen Schwemme von Durchgeknallten im Stadtgebiet darf man nicht zimperlich sein.

Herkules guckt mich bedeutungsschwanger an. Mist, den hatte ich ganz vergessen. Lena meinte, er sei nicht gern allein. Ob man einen Mops mit zum Therapeuten nehmen darf? Ich frage Sieglinde.

»Ist es für Sie emotional von großer Bedeutung, dass Sie den Hund bei sich haben?«

Ich sage vorsichtshalber ja. Nicht, dass ich mir als Mopssitter noch einen Mopssitter besorgen muss.

»Dann ausnahmsweise.«

Später, beim Einschlafen, plagen mich doch Zweifel. Ob eine Therapeutin in meinem Fall tatsächlich das Richtige ist? Aber immerhin heilen diese Psychotanten auch Spinnenphobien – wieso also nicht eine Romantikphobie?

10.

Sieglindes Praxis befindet sich im 5. Stock eines schnieken Altbaus in einem der teureren Viertel der Stadt, mit Stuck an den Decken und allem Pipapo. Nur einen Fahrstuhl hat das Haus nicht. Oben angekommen, warte ich eine oder zwei Minuten und klopfe erst, als ich überzeugt bin, dass Herkules lauter hechelt, als ich atme.

Keine drei Sekunden später steht Sieglinde vor mir und sieht kein bisschen aus, wie ich es erwartet hatte. Meine Vorstellung von einem Dutt (bei ihrem Namen hatte ich irgendwie eine Bibliothekarin vor Augen) war vielleicht ein wenig unpassend, aber zumindest mit einem leicht angestaubten Look hätte ich gerechnet. Vielleicht etwas Selbstgestricktes oder wenigstens ein paar Gesundheitslatschen.

Stattdessen trägt sie ein knalliges Kostüm in Violett und farblich passende Schuhe. Die glatten, schwarzen Haare reichen ihr exakt bis zum Kinn und rahmen zusammen mit dem Pony ein etwas rundliches Gesicht mit blauen Augen und elegant geschwungenen Brauen ein. Ich schätze sie auf Anfang 30. Sie ist wirklich nicht mein Typ, aber zweifelsohne attraktiv. Auch ihr Händedruck ist überraschend fest – von einer Psychotherapeutin hätte ich eher so einen Schlaffi-Handschlag erwartet.

»Tag, Herr Körner, kommen Sie doch rein«, begrüßt sie mich und lächelt freundlich. Dann führt sie mich einen Flur hinunter und durch eine hohe Flügeltür ins Behandlungszimmer.

»Suchen Sie sich schon mal aus, wo Sie sitzen möchten, ich hole nur noch die Unterlagen.« Ich höre, wie sich ihre Schritte auf dem teuren Fischgrätparkett entfernen.

Während Sieglinde sucht, was immer sie braucht, schaue ich mich um. Der Raum ist größer als meine gesamte Wohnung, aber gemütlich, was auch am gedimmten Licht liegen dürfte. Mit den riesigen Kunstdrucken an den Wänden könnte Sieglinde glatt eine Galerie eröffnen. Außerdem hat sie massenhaft Bücherregale, hauptsächlich Fachbücher sowie eine Abteilung Kunstbände, die aber vermutlich bloß von dem Kram über indische Liebestechniken ablenken sollen, der nebendran steht. Vielleicht sollte ich »Tina« oder »Einsameherzin91« den Laden mal empfehlen.

Genau in der Mitte hat Sieglinde auf einem gigantischen Patchworkteppich ein Ensemble verschiedener

Sitzmöbel arrangiert. Einem modernen Ohrensessel nebst antikem Sekretär, wahrscheinlich für Sieglinde selbst, stehen ein eleganter Zweisitzer aus Leder, ein grüner Sitzsack und ein orientalisch anmutender Diwan gegenüber, letzterer sicher für Patienten, die sich ihre Probleme im Liegen von der Seele reden wollen. Zusätzlich hat sie einen dieser überteuerten orthopädischen Stühle, die man dank unzähliger Scharniere und Gelenke in alle denkbaren und undenkbaren Positionen bringen kann.

»Fällt Ihnen die Entscheidung schwer?«

Sieglinde hat hinter mir den Raum betreten und lässt sich, wie vermutet, auf dem Ohrensessel nieder. Ich nehme das Sofa.

»Schön, hätten wir das geklärt.« Sieglinde strahlt mich an. Offenbar hält sie es für ein vielversprechendes Zeichen, dass ich doch noch ein Sitzmöbel gewählt habe, ohne mir dabei die Haare zu raufen oder mich weinend auf dem Fußboden zu wälzen.

Wir besprechen Formalitäten. Sieglinde lässt mich wissen, dass mir mehrere Probestunden zustehen, um herauszufinden, ob es mit uns passt. Bis zur nächsten Stunde soll ich außerdem einen ellenlangen Fragebogen ausfüllen. Wir verabreden, uns weiter dienstagsmorgens zu treffen, einen anderen Termin habe sie derzeit nicht frei. Ich habe eher den Verdacht, dass sie meine Motivation checken will.

Als wir mit dem offiziellen Teil durch sind, schnappt

Sieglinde sich einen Kugelschreiber und ein Notizbuch von ihrem Sekretär.

»Was kann ich denn nun für Sie tun, Herr Körner?« Die Spitze ihres Stifts wartet nur Millimeter vom Papier entfernt darauf loszuschreiben, was ich äußerst irritierend finde. Wird sie jetzt jedes Wort notieren, das ich sage?

»Das ist ein bisschen kompliziert.«

Ihr Kuli bleibt in Warteposition. »Ich verstehe. Was genau hat Sie denn veranlasst herzukommen? Oder war es vielleicht eine Person?«

»Der ursprüngliche Vorschlag kam von meinem Chef. Der wollte mich allerdings zu einem anderen Therapeuten schicken.«

»Ach?« Sieglinde streicht sich eine Strähne aus dem Gesicht, dann macht sie eine Notiz.

»Was tun Sie beruflich?«

»Ich mache Radio. Moderation.«

Sieglinde notiert. »Und was, glauben Sie, könnte Ihren Chef auf die Idee gebracht haben, dass Ihnen eine Psychotherapie guttäte? Haben Sie aktuell Probleme? Bestimmte Symptome, die sich mit Ihrer Arbeit in Verbindung bringen ließen?«

»Es ist weniger ein Symptom.« Ich suche nach einer passenden Formulierung. »Mein Chef würde es vermutlich eher als eine Art Defizit bezeichnen, wobei ich selbst das jetzt eigentlich nicht so sehe.«

»Wenn Sie das konkreter formulieren könnten?«

Ich umreiße die Sache mit *Radio Hearts*, dem Aussetzer in der Sendung und meiner sechswöchigen Zwangsauszeit. Das Projekt mit Lena verschweige ich vorerst, schließlich soll Sieglinde sich selbst was einfallen lassen.

»Sie sagen also, Sie haben so etwas wie eine Phobie gegen Kitsch und Romantik? Darf ich fragen, wie sich das äußert? Bekommen Sie feuchte Hände, Panikattacken oder etwas in der Art?«

»Nee.« Ich winke ab. »So ist das nicht.« Sieglinde sieht mich weiter fragend an. Herkules, dem es wohl zu blöd geworden ist, permanent zwischen uns hin- und herzugucken, haut sich vor dem Sofa aufs Ohr.

»Ich stehe bloß nicht auf diesen ganzen überkandidelten Schmalz«, versuche ich Sieglinde die Lage zu erörtern. »Und das ist jetzt irgendwie zum Problem geworden, weil es in der Sendung, die ich moderiere, eben genau darum geht.«

»Um Schmalz?«

»Um Leute, die sich schwülstig ihre Liebe erklären oder am Telefon rumheulen, weil sie glauben, es keine Nacht ohne einander auszuhalten. So einen Blödsinn eben, und das inklusive entsprechender musikalischer Untermalung.«

»Und das stört Sie?«

»Es geht mir halt auf den Sender.«

»So sehr, dass Sie sich beruflich selbst boykottieren.«

»So würde ich das jetzt nicht ausdrücken.«

»Aber es ist ja Tatsache, dass Ihr Verhalten zu einer beruflichen Pause geführt hat. Sie haben sich im Prinzip selbst eine Auszeit verschafft, könnte man es so formulieren?«

»War ja nicht direkt Absicht.«

»Das Unbewusste kann eine potente Waffe sein, Herr Körner.«

»Von mir aus. Ich hätte ja auch bloß gern, dass mich dieser ganze romantische Kram nicht mehr so nervt, damit ich wieder unbehelligt arbeiten kann.«

»Obwohl Sie Ihren Job gar nicht mögen?«

»Den Job schon, die Sendung nicht so. Aber ich hoffe ja, dass ich irgendwann eine andere kriege.«

»Aha.« Es entsteht eine kurze Pause, während Sieglinde eifrig schreibt. Ob ich mir das alles irgendwann mal durchlesen darf?

»Haben Sie selbst schon etwas in dieser Angelegenheit unternommen?«

»Nichts, was geholfen hätte.«

Eine Din-A4-Seite hat Sieglinde jetzt voll. »Und was erwarten Sie nun konkret von einer Zusammenarbeit zwischen uns?«

Sie ist doch die Therapeutin. Wieso muss jetzt *ich* wissen, wie *sie* dafür sorgen will, dass sich mein Problem verflüchtigt?

»Keine Ahnung.« Ich zucke missmutig mit den Schultern. »Anderen Leuten erzählen Sie doch vermutlich ständig, wie sie ihre Phobien loswerden, oder?«

»Im eigentlichen Sinne haben wir es aber hier nicht mit einer Phobie zu tun, Herr Körner. Phobien sind durch eindeutige Symptome gekennzeichnet, die Sie nicht aufweisen. Meiner ersten Einschätzung nach handelt es sich eher um eine starke Abneigung, die sich nun allem Anschein nach im Sinne einer aktiven Ablehnung manifestiert hat.«

»Das kann man doch beheben?«

»Dafür müsste man nachforschen, was Ursache dieser Gefühle ist.«

»Aber dann könnte man etwas dagegen tun?«

Sie balanciert nachdenklich den Stift zwischen Zeige- und Mittelfinger und schaut über meine Schulter hinweg Richtung Fenster. »Das lässt sich zum jetzigen Zeitpunkt noch nicht sicher einschätzen. Wissen Sie, Herr Körner, wenn Sie eine Frage an Ihr Inneres richten, kann niemand garantieren, dass Sie die Antwort erhalten werden, die Sie sich wünschen.«

Die Typen, die damals das Orakel von Delphi befragt haben, waren hinterher vermutlich so schlau wie ich jetzt. »Und was soll das heißen?«

Sie schaut mich wieder an, dann holt sie tief Luft. »Dass ich Ihnen nicht sagen kann, wie das Ergebnis ausfällt, wenn wir an dieser Frage arbeiten.«

»Und was *können* Sie tun?«

»Ich kann Ihnen helfen herauszufinden, was das Problem ist.«

»Ich empfinde es jetzt eigentlich nicht als Problem,

dass ich nicht Ehrenvorsitzender im Club der Romantikbesessenen bin.«

»Ihre Haltung verursacht aber Konflikte, für die Sie eine Lösung suchen.«

»Auch wieder wahr.«

Sie nickt und wir schweigen eine Minute oder zwei.

»Und, Herr Körner? Wollen Sie denn nun versuchen, der Frage auf den Grund zu gehen, warum Sie Romantik und das, was Sie als Kitsch bezeichnen, derartig ablehnen?«

Von wollen kann keine Rede sein, aber angesichts der Tatsache, dass mir nur viereinhalb Wochen bleiben, um mich wieder in den Griff zu kriegen, wäre es wohl besser, wenn ich, abgesehen von Lena, ein zweites Pferd im Rennen hätte. Also nicke ich.

»Sehr schön.« Sieglinde lächelt mir aufmunternd zu. »Für heute ist unsere Sitzung auch schon beinahe vorbei, Herr Körner.«

»Supi.«

»Allerdings würde ich Ihnen gern eine Hausaufgabe mit auf den Weg geben.«

»Soll ich 100 Mal schreiben: ›Ich bin kein Romantikmuffel‹?«

Sieglinde kichert leise, wobei sie klingt wie eine Maus mit Schluckauf. »Das würde Ihren Widerwillen wohl eher steigern.«

»Und was soll ich dann tun?«

»Ich möchte, dass Sie darüber nachdenken, inwiefern

Ihr berufliches Problem in Bezug zu Ihrem Privatleben und Ihren Beziehungen stehen könnte, zu – ja, zu wem eigentlich: Männern, Frauen?«

»Frauen.« Ist vielleicht doch mal an der Zeit, mein Sex-Pistols-Shirt mit dem rosa Schriftzug endlich auszusortieren. »Aber das Ganze hat nichts mit meinen Beziehungen zu tun. Mir geht es bestens, privat. Meine Exfreundin mag vielleicht mit einem Limonaden-Model schlafen, aber da sehe ich so direkt keinen Zusammenhang.«

»Das kann ich nicht beurteilen, Herr Körner. Der Gedanke liegt aber nahe, dass dem Defizit in Ihrem Berufsleben, wie Sie es nannten, ein eben solches im Privaten zugrunde liegt.«

»Defizit? Ich habe kein Defizit!«

»Darüber unterhalten wir uns dann in der nächsten Sitzung, Herr Körner.«

11.

Am nächsten Tag bin ich mit Lena verabredet. Anscheinend plant sie wieder eine Outdoor-Aktion. Jedenfalls hat sie mich wissen lassen, ich solle eine Jacke und dicke Socken einpacken, wofür auch immer die gut sein mögen, bei 26 Grad.

Ich hoffe nur, dass sie mich nicht zu einem dieser beknackten Dates im Iglu entführt, über die ich neulich im Netz gestolpert bin. Mir schleierhaft, wie irgendwer auf die Idee kommen kann, sich in einer beengten Behausung aus Eis den Hintern abzufrieren, wäre romantisch.

Hauptsache, die heutige Aktion verläuft erfolgreicher als das Bären-Date und die Sitzung mit Sieglinde. Langsam wäre es echt klasse, wenn sich mal irgendetwas täte, was mir einen Karriererückschritt in Richtung Praktikantenniveau ersparen würde.

Weil das Treffen mit Lena erst am Abend stattfindet und ich nicht in Versuchung kommen will, mir erneut

Dominiks Gesülze in meiner Sendung anzuhören, beschließe ich, früher in den Laden zu fahren. Lena und ich wollten uns sowieso Gedanken um die Umgestaltung von *Sunshine Music* machen.

Als Herkules und ich eine halbe Stunde später bei ihr auflaufen, spielt Lena allerdings erst mal die Entrüstete.

»Hey, das ist aber nicht im Sinne des Erfinders!« Auf Knien neben dem Tresen begrüßt sie Herkules.

»Wieso?«

»Immerhin haben wir nachher so was wie ein Date. Die Richtlinien sehen vor, dass ich mich mindestens eine halbe Stunde zu Hause aufhübsche, bevor du mich zu Gesicht kriegst.«

»Hast du doch gar nicht nötig«, sage ich, was eindeutig stimmt. Lena kann sich sehen lassen. Sowieso immer, aber heute besonders. Seit Sonntag hat sie wohl ein paar Stunden in der Sonne verbracht, ihre Haut ist jetzt leicht gebräunt. Das kommt besonders gut zur Geltung, weil sie Jeansshorts trägt, aus denen zwei überaus hübsche lange Beine ragen. Die weiße Flatterbluse, die ihre Hüften umspielt, ist transparent, aber gerade nur so viel, dass man die Haut darunter erahnen kann. Ganz schön sexy. Und was auch immer ihr am letzten Sonntag die Stimmung versaut hat, ist offenbar vergessen, denn sie strahlt übers ganze Gesicht.

»Hast du kürzlich ein Eisbärenjunges adoptiert oder so?«

Sie lacht. »Wie kommst du denn auf die Idee?«

»Du wirkst, als hättest du eine große Portion Glückshormone intus.«

»Habe ich auch.« Sie steht auf, zieht ein paar Geldscheine aus der Kasse und wedelt fröhlich damit in der Luft herum. »Ich hatte heute schon ganze vier zahlende Kunden. Und du wirst nicht glauben, was noch passiert ist.«

»Ich lausche mit Spannung.«

»Ich hab mich tatsächlich durchgerungen, mich vom Rosa an den Wänden zu verabschieden. Sogar Farbe habe ich schon besorgt. Gib es zu, du kannst dein Glück kaum fassen, oder?«

Ich lache. »Meine Begeisterung kennt quasi keine Grenzen. Und du bist auch ganz sicher, dass du das Trauma dieses drastischen dekorativen Einschnitts unbeschadet überstehen wirst?«

»Im Zweifel schließe ich mich einfach einer Selbsthilfegruppe an.«

Weil es bis zum Abend noch einige Stunden hin ist, nehmen wir das Streichen gleich in Angriff. Lena hat zwei Blaumänner mitgebracht. Beim Umziehen im Lager drehe ich mich höflich weg, obwohl ich ziemlich gerne einen Blick riskieren würde.

Wir rücken Regale von den Wänden und decken alles mit Folie ab, dann bewaffnen wir uns mit Pinseln und Rollen. Zwischendurch kommt Chris rein, ein alter Kunde von Manni, den ich bei der Gelegenheit mit der Info versorge, er möge allen Bescheid geben, dass sie hier in Kürze wieder eine schöne Auswahl guten, alten Vinyls finden werden.

Es ist noch nicht mal vier, als wir fertig sind. Das Pastellgelb, für das sich Lena entschieden hat, wäre zwar nicht zwangsläufig meine Wahl gewesen, aber immerhin bin ich jetzt zuversichtlich, dass ich künftige Besuche im Laden ohne irreversible Augenschäden überstehe.

»Das ist viel besser als vorher, definitiv.« Lena betrachtet unser Werk und nickt anerkennend.

»Sag ich doch.« Ich schiebe das letzte Regal zurück an die Wand. »Jetzt müssen wir nur noch ein paar Platten ein- und aussortieren und die Werbetrommel rühren, dann brummt der Laden.«

Sie nimmt mich in die Arme. »Danke, echt«, flüstert sie mir ins Ohr. »Ohne dich hätte ich hier wahrscheinlich in ein paar Wochen einpacken können.«

Es ist nur ein kurzer Moment, trotzdem geht er mir unter die Haut. Ich weiß nicht, ob es ihr Duft ist – Sonnencreme und ein bisschen Wandfarbe – oder die leichte Berührung ihrer Wange an meiner, aber auf einmal bin ich tatsächlich nervös bei der Vorstellung, dass wir beide gleich ein Date haben.

»Und jetzt?«

»Jetzt pellen wir uns erst mal aus diesen Blaumännern«, sagt sie, »und dann fahren wir zu meiner Wohnung und holen ein paar Sachen.«

»Und anschließend?«

»Verrate ich dir noch nicht«, antwortet sie geheimnisvoll. »Aber eines kann ich dir versprechen: Es wird dir gefallen.«

Zwei Stunden später stiefle ich, bepackt wie ein Muli, durch die Pampa, Lena vor mir, Herkules hinter mir. Ich bin völlig ahnungslos, was Lena vorhaben könnte.

Zu meinem Erstaunen scheint es aber noch andere Leute zu geben, die diesen von Schnaken, Brennnesseln und Brombeergestrüpp heimgesuchten Ort für den Nabel der Welt halten, denn wir sind nur eins von diversen Grüppchen, die auf dem öden Trampelpfad durchs Nirgendwo marschieren. Ein paar schleppen kistenweise Bier und sogar ganze Grills mit. Und dem Gewicht des Rucksacks nach, den Lena mir auf den Rücken geschnürt hat, trage auch ich einen halben Hausstand spazieren.

Ich frage mich gerade, ob sie auch Malaria-Prophylaxe im Gepäck hat, als der schmale Streifen Wald, den wir eben durchquert haben, plötzlich endet und wir eine weitläufige Wiese betreten, die größtenteils von hohen Eichen und Buchen umgeben ist. Links grenzt sie an einen See mit Sandstrand. In der Mitte ist eine Bühne aufgebaut, daneben reihen sich im Halbrund Verkaufsstände aneinander.

»Hey, das gibt aber eine offizielle Beschwerde bei der Reiseleitung!«, rufe ich Lena zu, die vor mir läuft.

Sie dreht sich um und grinst. »Wieso?«

»Na, die da haben ihren Krempel garantiert nicht zu Fuß hergeschleppt.« Ich deute auf einen Fressstand ein Stück von uns entfernt. »Beim nächsten Mal will ich auch das Hubschrauber-Paket – mindestens.«

Sie lacht. »Da hinten gibt es eine Zufahrtsstraße.« Sie zeigt irgendwo ins Grüne. »Aber die ist nur für Veranstalter und Händler und so.«

Wir gehen noch ein Stück bis zu einem abgetrennten Teil des Geländes, wo ein paar Zelte aufgebaut sind. Dort macht Lena endlich Halt.

»Übernachten wir hier?«

»Keine Sorge, deine Jungfräulichkeit ist nicht in Gefahr.« Sie zwinkert mir zu. »Herkules spielt die Gouvernante, und getrennte Schlafkabinen haben wir auch.«

»Dann schleppe ich ein komplettes Familienzelt durch die Gegend?« Ich mime einen Ohnmachtsanfall und lasse mich mitsamt meinem Rucksack entkräftet ins Gras fallen.

Statt einer Antwort erschlägt sie einen etwa handtellergroßen Moskito auf meinem Oberarm, der offenbar kürzlich aus einem Genlabor entkommen ist.

»Heul nicht rum«, scherzt sie. »Hol lieber das Mückenspray aus dem Rucksack.«

Wir besprühen uns mit so viel von dem Zeug, dass es ein Mammut umhauen würde, dann machen wir uns an den Zeltaufbau. Erfreulicherweise hat Lena offenbar Erfahrung in der Materie. Ich bin aufgrund eines abwesenden Familienvaters und damit mangels einschlägiger Angelausflüge vollständig ahnungslos. Nach zwanzig Minuten steht das Ding trotzdem, wenn auch leicht windschief.

Das Gelände hat sich in der Zwischenzeit gefüllt. Auf der Wiese vor der Bühne ist es sogar ziemlich voll.

»Was auch immer da vorn gleich an Action steigt, es dürfte bald losgehen«, rufe ich ins Zelt, wo Lena in ihrem Schlafabteil beschäftigt ist.

Kurz darauf ist sie draußen, wirft ein paar Dosen Bier und Wasser in ihre Tasche und zieht den Reißverschluss zum Eingang zu. »Dann wollen wir mal.« Sie legt Herkules an die Leine. »Mach dich auf was gefasst.«

Nur wenige Minuten später fühle ich mich, als sei ich per Zeitmaschine nach Woodstock gereist. Fast alle sind, wie Lena, mehr oder minder im Hippieoutfit unterwegs. Sie trägt ein dünnes Lederstirnband und hat ihre Flatterbluse gegen ein Batikteil in Erdtönen eingetauscht. Entfernt erinnert sie an Pocahontas – die vermutlich einzige Frau, der ich vom Fleck weg einen Heiratsantrag machen würde.

»Bräuchte ich für die Teilnahme an der Jahreshauptversammlung der Blumenkinder nicht einen Mitgliedsausweis oder so?«

»Das ist *PeLoH*«, informiert mich Lena und klingt, als sei jedem Vierjährigen klar, wovon sie spricht.

»Und ich müsste wissen, was das ist?«

»*PeLoH* steht für *Peace, Love and Happiness* – ein

Minifestival, das jedes Jahr woanders steigt. Ich war schon mal dabei und total aus dem Häuschen, als ich hörte, dass es diesmal hier stattfindet.«

Das klingt zwar ganz nett, auf Anhieb leuchtet mir aber nicht ein, was das Ganze mit unserer Romantikmission zu tun haben soll. Ich kann mir wirklich keinen weiteren Fehlschlag leisten.

Lena versetzt mir einen leichten Schubser. »Nun guck nicht so skeptisch, Fred. Keine Sorge, ich habe unseren Auftrag nicht vergessen. Du wirst schon sehen: *PeLoH* ist was Besonderes, und romantisch wird's heute Abend auch, versprochen.«

In der Dämmerung schlendern wir übers Gelände und gucken uns die Stände an. In einem Zelt werden sogar Paarkurse in Tantra-Massage angeboten. Ich beschleunige meinen Schritt. Nach Ewalds Empfehlungen in Sachen Hippiekommune werde ich die Vorstellung nicht los, dass er und Susanne da drinnen gerade Turnübungen machen könnten, die in jedem Fitnessstudio der Welt lebenslanges Hausverbot nach sich ziehen würden.

Doch Lena hat recht, das Ganze hat was. Das *PeLoH*-Völkchen ist total entspannt – kein hektisches Gedränge, kein Rumgetrampel auf fremden Füßen. Sonst hätte Lena auch Herkules garantiert nicht mitgenommen. Die Leute sitzen in Grüppchen zusammen, quatschen, spielen Bongos, und sogar vor der Bühne, wo eine Band gerade Hendrix-Songs covert, geht es absolut entspannt zu. Außerdem sehe ich es als klaren Vorteil, dass, im Gegensatz zu Woodstock, alle halbwegs bekleidet sind – mal abgesehen von den Tantra-Typen, vermutlich.

Lena und ich lassen uns ein Stück abseits des Platzes vor der Bühne nieder, wo die Musik nicht zu laut ist und Herkules sich gemütlich ins Gras legen kann. Inzwischen ist die Sonne fast verschwunden und der Himmel leuchtet knallrot.

Könnte alles ganz relaxed sein, wenn es mir gelänge, mal zwei Minuten nicht daran zu denken, dass ich leider nicht zum Spaß hier bin. Ewald und meine schrumpfende Gnadenfrist gehen mir nicht aus dem Kopf. Das merkt offenbar auch Lena.

»Du kannst nicht abschalten, oder?« Sie sieht mich besorgt an.

Ich zucke mit den Schultern. »Ich war Montag noch mal bei meinem Chef. Es lief nicht so wahnsinnig.«

»Aber deine Bewährungsshow in ein paar Wochen kriegst du trotzdem?«

»Schon. Ich sehe nur noch nicht, wie sich bis dahin irgendwas ändern sollte.«

»Mach dir keinen Kopf, es ist viel zu früh, um schon aufzugeben. Versuch einfach, dich zu entspannen und den Abend zu genießen.« Lena legt mir beruhigend die Hand auf den Unterarm und sieht mir in die Augen – einen Augenblick zu lang. Oder bilde ich mir das nur ein?

»Seid ihr gut drauf?«, hallt es in diesem Moment aus den Lautsprechern, und wir blicken Richtung Bühne.

Die Leute fangen an zu johlen und zu klatschen, ein paar hüpfen aufgeregt auf und ab.

»Seid ihr bereit für den ultimativen Trip zurück in die 70er?«

»Jaaaaaaa!«, tönt es aus der Zuschauermenge.

»Was kommt denn jetzt?«, will ich wissen. »Noch eine Revivalband?«

»Lass dich überraschen«, sagt Lena.

»Ladies and gentlemen, I proudly present a couple of the most famous veterans of hippie music, the true kings of the Seventies…«

Vor der Bühne wird schon getanzt, viele scheinen echt aus dem Häuschen zu sein. Ich stehe auf, will besser sehen können, was da vorne los ist.

»Friends of *Peace, Love and Happiness* – please welcome: The Kyrds!«

»Das ist nicht dein Ernst!« Ich schaue runter zu Lena, die hochguckt und mich anstrahlt. »Woher hast du gewusst, dass ich total auf die abfahre?«

»Ich habe neulich mal einen Blick auf deine Plattensammlung geworfen.« Sie lächelt. »Schön, dass du dich so freust!«

»Freuen? Das ist die Untertreibung des Jahres! Ich hatte keinen Schimmer, dass die noch mal auf Tour gehen. Hey, die waren ganz groß in den 70ern! Ich hätte mir nie im Traum vorstellen können, die irgendwann mal live zu sehen. Ich könnte dich auf der Stelle küssen!«

Wieder so ein Blick zwischen Lena und mir, der sich einen Moment zu lang hinzieht. Aber vielleicht kommt es mir auch bloß so vor, weil ich inzwischen ein paar Bier intus habe. Und dann steht sie ohnehin auf und beginnt zu tanzen.

Wir tanzen zusammen die nächsten eineinhalb Stunden, wir lachen, wir recken die Hände gen Himmel und schwingen Feuerzeuge durch die Dunkelheit. Und irgendwann vergesse ich doch, zumindest für eine Weile, dass es Ewald gibt und Sieglinde und einen Job, um den ich mir Sorgen machen muss.

Als die Jungs kurz vor Mitternacht von der Bühne abtreten, schlendern wir rüber zum Strand. Inzwischen brennen überall Lagerfeuer, umringt von Menschen, die trommeln, tanzen und miteinander feiern. Wir setzen uns an eines der Feuer, lehnen uns mit den Rücken aneinander, Herkules neben uns. Ich spüre Lenas warme Haut an meiner, die Hitze des Feuers, und wir beobachten einfach das Treiben um uns herum. Dann und wann drehen wir uns zueinander um, unsere Blicke begegnen sich, und ich weiß nicht, ob es kitschig oder romantisch ist oder nichts von alledem, aber es ist mir auch egal. Denn auf jeden Fall ist es großartig.

Irgendwann, nach Stunden, stehen wir auf und gehen Richtung Zelt, und ich hätte ziemliche Lust, Lena zu küssen. Doch ob es daran liegt, dass die Musik inzwischen verstummt ist und die Feuer heruntergebrannt sind oder daran, dass die Wirkung des Alkohols nachlässt: Mit einem Mal wird mir wieder bewusst, wieso wir hier sind.

Lena und ich haben einen Deal. Einen, bei dem Romantik sozusagen im Vertrag steht. Könnte es sein, dass sie das alles nur spielt? Dass sie das Knistern zwischen uns, die langen Blicke nur inszeniert hat, damit ich mich endlich auf die ganze Sternenhimmel-Lagerfeuer-Atmosphäre einlasse? Ist es möglich, dass sie all das nur macht, um mir einen Gefallen zu tun?

Ich betrachte sie prüfend von der Seite. Sie merkt es und lächelt mich an, doch der Gedanke geht mir nicht mehr aus dem Kopf, bis wir das Zelt erreicht haben. Rundherum ist es still. Wie es aussieht, liegen die meisten Festivalbesucher schon in ihren Schlafsäcken.

Vor dem Zelteingang bückt sie sich nach dem Reißverschluss, hält dann aber kurz inne. »Willst du noch was trinken oder so?«

Ich würde das Ende des Abends gern noch hinauszögern, mit ihr vorm Zelt sitzen, reden, sehen, was passiert. Aber will sie das auch? Wirklich, meine ich.

»Möchtest du denn?«

»Ich bin ein bisschen müde.«

Aha. »Dann gehen wir schlafen, oder?«

Sie nickt. Drinnen, im Vorzelt, stehen wir einander gegenüber. Sie sieht mich an, ihre Haare duften, und wäre da nicht dieser blöde Deal, würde ich sie jetzt vermutlich küssen und hoffen, dass wir die Sache mit den getrennten Schlafplätzen vielleicht noch mal überdenken können. Aber unter diesen Umständen zögere ich …

Plötzlich ertönt von irgendwoher ein Schrei, dann ein zweiter. Kurz darauf hören wir jemanden laut und heftig fluchen.

»Was ist denn da los?« Lena guckt mich fragend an, da streift irgendwas Großes unser Zelt – eigentlich ganz gemächlich, aber immerhin so kraftvoll, dass das ganze Ding heftig wackelt.

»Was zum Geier …?« Leicht nervös ziehe ich den Reißverschluss zum Eingang wieder auf. Reflexartig nimmt Lena Herkules hoch. Mitten in Deutschland dürfte man beim Campen zwar keinem Grizzly begegnen, aber was auch immer da über den Platz streift: Es ist eindeutig größer als ein Waschbär. Die Rufe draußen werden auch immer zahlreicher.

Wir stolpern aus dem Zelt und trauen unseren Augen nicht. Im Mondlicht ist eine ganze Kuhherde aus Richtung Wald im Anmarsch. Das Exemplar, das unser Zelt gerammt hat, war anscheinend nur die Vorhut. Ein kleines Grüppchen löst sich gerade von der Herde und wandert direkt auf unsere Ecke der Campingwiese zu.

Lena schüttelt ungläubig den Kopf. »Wo kommen die denn her?«

»Vermutlich der Betriebsausflug der örtlichen Milchkuhgewerkschaft. Die Jungkühe wollten ursprünglich zu einem Gig von Miley Cyrus, aber die Althippiekühe haben sich durchgesetzt.«

Lena kichert. Dann machen wir es den Leuten rundherum nach und fangen an, wild auf- und abzuhüpfen und laut zu rufen, um die Kühe zu vertreiben.

Leider funktioniert die nächtliche Aerobiceinlage null. Im letzten Moment kann ich unseren Rucksack und die wichtigsten Sachen aus dem Zelt zerren. Dann trampeln fünf Kühe darüber hinweg. Nicht einmal Herkules' aufgebrachtes Kläffen auf Lenas Arm scheint ihnen zu imponieren.

Ein paar Minuten später ist die ganze Truppe weitergezogen. Doch unser Zelt ist nicht das einzige, das die Butterfahrt der Schwarzbunten nicht überstanden hat. Lena und ich sehen uns an, und eins ist glasklar: Der Ausflug ist vorbei. Wir raffen den Rest der Campingausrüstung und das kaputte Zelt zusammen, dann machen wir uns auf den Weg zurück zum Auto.

Es ist kurz vor Morgengrauen, als ich den R4 endlich vor Lenas Haustür parke. »Danke für den tollen Abend«, sage ich. »Es war wirklich was Besonderes – in absolut jeder Hinsicht.«

Sie grinst. »Beim nächsten Mal buche ich trotzdem was ohne tierische Showeinlage. Keine Braunbären, keine Kühe – versprochen.« Sie beugt sich nach vorn und drückt mir einen Kuss auf die Wange. Dann schnappt sie sich ihren Kram und ist auch schon verschwunden.

12.

Am Donnerstag schlafe ich bis kurz vor Mittag, dann stehe ich eine halbe Stunde unter der Dusche. Bei Cornflakes und Kaffee auf dem Sofa denke ich an Lena und das Festival.

Nüchtern betrachtet kommen mir Zweifel, ob die Aktion ein Erfolg war. Keine Frage, der Abend war klasse, aber ob er hinsichtlich des Kitschproblems tatsächlich etwas bewirkt hat? Bekomme ich nur wegen ein bisschen Lagerfeuerromantik demnächst vielleicht keinen allergischen Ausschlag mehr, wenn ich Céline höre?

Immerhin, eine neue Erkenntnis habe ich gewonnen: Irgendwas ist da zwischen Lena und mir, da bin ich fast sicher – allerdings eben nur fast.

Womit mein Leben noch komplizierter geworden ist, als es das ohnehin schon war. Jetzt ist da neben meinen Problemen im Job auch noch eine Frau, die mir nicht aus dem Kopf geht, ohne dass ich eine Ahnung hätte, was sie von mir will. Und was ich von ihr will, weiß ich auch nicht so genau.

Weil das ganze Chaos mir zunehmend auf die Nerven geht, ich für den Augenblick aber nichts daran ändern kann, rufe ich Sascha an und wir verabreden, uns in ihrer Mittagspause auf ein Stück Pizza zu treffen. Die verbreitet bei unserem Date im Imbiss um die Ecke des Senders allerdings auch keine Partylaune.

Dominik arbeitet seit meinem Abstecher in die Redaktion vor drei Tagen wohl noch verbissener und treibt Sascha mit seinen Aktionen in den Wahnsinn. Außerdem, erzählt sie, sei er gestern wieder spitze angekommen bei den Hörern. Als sie weg ist, ist meine Stimmung auf dem Nullpunkt.

Weil er der Einzige ist, dem ich von dem Schlamassel noch überhaupt nichts erzählt habe, fahre ich zu Kalli – vielleicht fällt dem ja was Sinnvolles ein.

Für den Anfang komme ich allerdings nicht dazu, Kalli irgendwas zu erklären. Sobald er Herkules an meiner Seite entdeckt hat, bin ich abgeschrieben. Gefühlte zehn Minuten wälzen sich die zwei auf dem Teppich im Wohnzimmer, dann schmeißt sich Kalli neben mich aufs Sofa – mit Mops auf dem Schoß.

»Wo hast du denn das knuffige Kerlchen her?«

»Von Lena, einer Freundin. Ist nur übergangsweise, bis sie eine neue Wohnung hat.«

Er macht sich nicht die Mühe aufzusehen, sondern krault weiter. »Eine Frau? Hast du was Neues am Start?«

Das mit der Romantikfortbildung behalte ich lieber für mich. Kalli würde sich garantiert königlich amüsieren. Und darüber hinaus bin ich, was Lena angeht, ja gerade selbst unsicher.

»Bloß eine Bekannte, die Mannis Laden übernommen hat«, sage ich also nur.

»Und sonst so?«

Ich erzähle ihm von dem Ärger mit *Radio Hearts*. Die Geschichte mit Sieglinde lasse ich aus, man muss sich ja nicht unnötig dem Spott seiner Freunde aussetzen.

»Wow, du steckst ja echt rekordmäßig tief in der Scheiße.«

Schön, wenn man Menschen um sich hat, die jederzeit wissen, wie sie einen aufmuntern können.

Kalli legt die Füße auf den Wohnzimmertisch. »Und was jetzt?«

»Was würdest du tun, wenn dein Chef dir hochoffiziell den Auftrag gäbe, die *romantische Seite* in dir zu entdecken?«

Kalli prustet los. »Du willst mich verscheißern, oder? *Das* hat er gesagt? Mit diesen Worten?«

Ich nicke.

»Ich beneide dich echt kein Stück, Alter.«

»Ja, schon klar. Fällt dir trotzdem was zu dem Thema ein?«

Man muss Kalli zugutehalten, dass er sich Mühe gibt. Vor lauter Grübeln legt sich seine Stirn sogar mächtig in Falten. Es kommt nur leider nicht allzu viel dabei heraus.

»Keine Ahnung, Mann, ehrlich.« Er schüttelt den Kopf. »Ich kriege von dem Gedudel ja auch einen Hörsturz. Aber solange die Kohle stimmt, würde ich mir zur Not den ganzen Tag Nana Mouskouri reinziehen. Wenn dir das alles so auf den Sack geht, was willst du da schon groß machen?«

»Weiß ich ja auch nicht.«

Langsam fürchte ich, dass ich komplett geliefert bin. Meine Genervtheit am Mikro zu überspielen gelingt mir offenbar nicht mehr, und dass mich ein paar Dates mit Lena umkrempeln können, so extrem nett sie auch sind, glaube ich auch nicht mehr so wirklich. Falls sich Sieglinde oder Lena nicht noch eine bahnbrechend brillante Idee aus dem Kreuz leiern, kann ich mich demnächst wohl vom Moderieren verabschieden.

»Immer schön geschmeidig bleiben«, meint Kalli und haut mir auf die Schulter. »Vielleicht passiert ja noch irgendwas, was das Steuer rumreißt.« Er klingt selbst nicht richtig überzeugt. »Mal was anderes: Nora war neulich hier.«

»Wieso das denn?«

»Sie und Bärbel sind irgendwie ganz dicke, seit Nora zurück ist.«

»Ach was. Und?«

»Naja, wo du jetzt eh schon mies drauf bist…«

»Hä?«

»Wie's aussieht, wird sie wohl mit dem Wikinger zusammenziehen.«

»Pah, von mir aus.« Ich zucke mit den Schultern. »Soll sie den Limonadentypen doch heiraten, dann können sie für immer aus einem gemeinsamen Strohhalm schlürfen.« Ich versuche, möglichst cool zu wirken, doch Kallis mitleidiger Blick spricht Bände. Wir beide wissen: Mein Tag ist endgültig versaut.

Am Freitag werde ich wach, weil es penetrant klingelt, obwohl ich sicher bin, dass ich mir keinen Wecker gestellt habe. Außerdem legt ein Blick in die Dunkelheit vor dem Fenster nahe, dass es mitten in der Nacht sein muss.

Ich brauche eine Minute, bis mir klar wird, dass das nervige Gebimmel von der Tür kommt. Ich puhle mir die Kopfhörer aus dem Gehörgang – zum Einschlafen habe ich mich von Whitney bedudeln lassen, man soll ja die Hoffnung nie aufgeben -, dann quäle ich mich aus dem Bett und stolpere zur Tür. Herkules sitzt im Flur und kläfft. Als ich aufmache, steht Lena auf der Matte.

»Raus aus den Federn, ihr Schlafmützen! Wir haben eine Menge vor.« Sie schiebt sich an mir vorbei Richtung Küche und fängt an den Tisch zu decken. »Ich habe Brötchen mitgebracht«, verkündet sie freudig, als könnte eine Tüte Backwaren darüber hinwegtäuschen, dass es mindestens vier Stunden zu früh zum Aufstehen ist – sechs, wenn man die Zahl der Biere bedenkt, die ich am Abend vorher noch mit Kalli geleert habe, um zu verdrängen, dass meine Ex offenbar so begeistert von ihrem schwedischen Supermodel ist, dass sie ihn gleich auf eine gemeinsame Wohnung festtackert.

»Gib mir ein paar Minuten«, sage ich und verabschiede mich unter die Dusche.

Als ich wenig später in die Küche zurückkehre, ist es immer noch dunkel. Dafür duftet es nach frischem Kaffee, und Lena erwartet mich am Frühstückstisch. Sogar morgens um fünf ist sie umwerfend hübsch.

»Wie sieht's aus?« Sie träufelt sich eine dicke Schicht Honig auf eine Brötchenhälfte. »Hast du schon Pläne fürs Wochenende?«

»Nicht dass ich wüsste.«

»Ich hätte da eine Idee. Romantik im Blockunterricht, wenn du so willst. Allerdings wären wir erst am Sonntag zurück. Ich weiß ja nicht, ob du es so lange in weiblicher Gesellschaft aushältst.«

»Das wäre nicht das Problem…«

Sie lässt die Hand mit der Brötchenhälfte sinken und sieht mich verdutzt an. »Wie jetzt? Willst du nicht? Ich dachte, dieser Dominik sitzt dir im Nacken und wir müssen uns reinhängen.«

Ich zögere. Sie hat sich wirklich viel Mühe gegeben mit unseren Dates und bestimmt auch mit der Planung für dieses Wochenende. Und ohne unseren Pakt hätte ich sogar jede Menge Lust, mit ihr ins Blaue zu fahren – trotzdem. »Ich bin einfach nicht mehr so überzeugt davon, dass man diese ganze Romantiksache lernen kann.«

Sie legt den Kopf schief. »Hey, den meisten Azubis kommen auf der Hälfte der Strecke Bedenken.«

Ich schaffe es nicht, mir mehr als ein gequältes Lächeln abzuringen. Aus dem Radio tönt gerade *Heroes* von David Bowie, und ich werde die düstere Ahnung nicht los, dass ich wohl nie die Gelegenheit bekommen werde, geniale Songs wie diesen im Radio zu spielen.

»Vielleicht hast du recht«, sagt Lena, als sie merkt, dass es mir ernst ist. »Absolut denkbar, dass wir total auf dem Holzweg sind. Möglicherweise ist auch mein Laden in zwei Monaten pleite und ich stehe mit Herkules auf der Straße. Aber weißt du was?«

»Was?«

»Falls es tatsächlich in die Hose geht, haben wir wenigstens alles versucht. Und was noch viel wichtiger ist…« Sie legt ihr Brötchen auf den Teller zurück, dann schaut sie mir direkt in die Augen.

»Sogar noch wichtiger als ein obdachloser Mops samt Frauchen?«

Sie grinst. »Auf jeden Fall hatten wir vorher eine Menge Spaß.«

Eine knappe Stunde nach Sonnenaufgang sind wir auf der Autobahn.

»Ist es weit? Ist eine Weile her, seit der Oldie hier mehr als fünfzig Kilometer am Stück fahren musste.«

Lena zögert kurz. »Du wirst es ja ohnehin mitkriegen«, sagt sie dann. »Wir fahren nach Holland. Meinst du, das schafft er?«

»Drück die Daumen.«

Weil der R4 nicht nur Geräusche von sich gibt wie ein Traktor, sondern auch nur unwesentlich schneller ist, sind wir ziemlich lange unterwegs. Abgesehen davon ist es weiter als gedacht. Ich hatte angenommen, Lena wollte nach Maastricht oder Venlo, gleich hinter der Grenze. Aber tatsächlich lotst sie mich weit nach Westen, Richtung Meer.

Als wir ankommen, ist es Nachmittag. Die letzten paar hundert Meter geht es durch die engen Straßen einer Kleinstadt mit unaussprechlichem Namen. Dann holpern wir über Pflastersteine an Kanälen entlang bis zu einem Stadthafen, der von einer Handvoll Geschäfte und ein paar urigen Backsteinhäuschen gesäumt wird.

»Nett hier.« Ich halte vor der Einfahrt einer kleinen Bäckerei. »Und was jetzt?«

Lena hält sich bedeckt. »Unsere Unterkunft ist ganz in der Nähe«, sagt sie ausweichend. »Such uns einen Parkplatz, dann zeige ich sie dir.«

Fünf Minuten später steigen wir aus. Es riecht nach Meer, über uns kreischen die Möwen. Ich rechne damit, dass Lena vor einem der schmalen Häuschen Halt macht.

Stattdessen steuert sie aufs Hafenbecken zu, wo sie über eine Leiter die Kaimauer hinabsteigt, sich Herkules reichen lässt und dann auf einen Steg zugeht. Vor einem Segelboot bleibt sie stehen. *Yacht* trifft es besser, das Ding misst locker zwölf Meter.

»Ist das deins?«

Sie lacht. »Das wäre der Hammer. Das Schiff gehört einer Freundin meiner Eltern. Dann und wann überlässt sie es mir für ein paar Tage.«

»Kannst du denn segeln?«

»Nein. Aber es ist auch schön, nur darauf zu wohnen, glaub mir.«

Wir klettern über die Reling, dann schließt Lena die Kajüte auf und steigt über eine weitere Leiter hinab ins Boot. Drinnen ist es geräumiger als gedacht. Links vom Eingang gibt es eine Kochecke, geradeaus eine Sitzgruppe mit Tisch, an dem problemlos acht Mann Platz hätten. Rechts vom Einstieg zeigt Lena mir ein Bad mit allem Drum und Dran.

»Willst du vorn oder hinten schlafen?«

»Ich habe freie Auswahl?«

»Klar.« Lena öffnet die Türen zu zwei Kajüten an den jeweils entgegengesetzten Enden des Schiffs, am Bug und im Heck. Ich überlasse ihr, ganz Gentleman, die Größere, und wir fangen an, uns einzurichten.

Als wir fertig sind, ist es Zeit fürs Abendessen.

»Wollen wir was kochen?« Lena steht vor dem Kühlschrank.

»Viel mehr als Fertigpizza geben meine gastronomischen Fähigkeiten nicht her, fürchte ich.«

Sie grinst. »Ich glaube, ich habe da eine bessere Idee.«

Diesmal versuche ich den Abend lockerer anzugehen. Vielleicht war ich bei den ersten Dates einfach zu verkrampft. Außerdem: Falls das Wochenende in Sachen Romantikfortbildung nichts bringen sollte, bin ich zumindest entschlossen herauszufinden, was zwischen Lena und mir los ist.

Auf der Terrasse eines Bistros mitten in den Dünen sieht es eine dreiviertel Stunde später fast aus, als könnte der Abend in jeglicher Hinsicht ein Volltreffer werden. Als ich mich das letzte Mal zu einem romantischen Restaurantbesuch habe überreden lassen (von Leonie mit den Smoothies), endete es traumatisch. Die Rote-Bete-Mousse, zu der mich Leonie genötigt hatte, erfüllte den Tatbestand der Körperverletzung. Außerdem wurden wir von einem sadistischen Kellner gequält, der sich für ein verkanntes Musikgenie hielt.

Lena und ich hingegen sitzen zusammen bei Fackelschein, essen Stockfisch und Brot, die extra für uns über einem Lagerfeuer geröstet wurden, und erzählen uns unsere Lebensgeschichten. Das heißt, soweit wir dazu kommen, denn die meiste Zeit lachen wir. Darüber, wie Lena in Afrika fast von einem Babynashorn zerquetscht wurde, das sie offenbar mit seiner Mutter verwechselt hatte. Oder wie sie bei der Feuerwehr anrief, weil sie aus Versehen den Epilierer im Klo versenkt hatte und auch nach dessen Beseitigung nicht sicher war, ob vielleicht das Toilettenwasser unter Strom stehen könnte.

»Keine Ahnung, was ich mir dabei gedacht habe«, giggelt Lena und wischt sich zum x-ten Mal die Lachtränen aus den Augenwinkeln. »Die Geschichte von der Geisteskranken mit dem lebensbedrohlichen Klo ist inzwischen wahrscheinlich der Running Gag bei jeder Feuerwehr-Weihnachtsfeier.« Selbst mit verlaufener Wimperntusche ist sie die mit Abstand schönste Frau weit und breit.

Hinterher spazieren wir am Strand entlang. Doch vollgestopft wie wir sind, kommen wir nicht weit. Nach ein paar hundert Metern lässt Lena sich einfach in den Sand fallen.

Eine Weile liegen wir nur da und starren in den Sternenhimmel. Dann richte ich mich auf und schaue raus aufs Wasser.

»Ist ein paar Jahre her, dass ich das Meer gesehen habe.« Der Sand ist weich, ich lasse ein paar Handvoll durch meine Finger rieseln.

»Ich halte es nicht lange aus ohne den Duft von Salzwasser. Immerhin bin ich am Meer groß geworden.« Lena hat die Arme hinterm Kopf verschränkt und hält weiter Ausschau nach Sternschnuppen.

»Das wusste ich gar nicht.«

»Du weißt noch ziemlich vieles nicht von mir.« Sie lächelt, doch es klingt auch ein wenig ernst.

Ich rolle mich auf die Seite und stütze den Kopf in die Hand. Sie liegt nur eine Armlänge entfernt, der Wind trägt den Duft ihres Parfums zu mir herüber. »Was, zum Beispiel?«

»Ich hatte Geigenunterricht. Volle sieben Jahre. Ich kann das ganze klassische Zeug – Bach, Händel, alles, was du willst.«

»Was noch?«

Sie überlegt. »In meiner Teeniezeit gab's mal eine kurze Punkphase, ungefähr mit 17.«

Ich rücke ein winziges Stück näher. »Hast du eins von diesen Hundehalsbändern mit Nieten getragen? Und eine Sicherheitsnadel durchs Ohr?«

Sie dreht sich ebenfalls auf die Seite. Unsere Gesichter sind sich jetzt so nah, dass ich jeden einzelnen der winzigen Sprenkler in ihrer Iris zählen könnte, wenn es ein bisschen heller wäre. »Nee. Aber die Haare oberhalb der Ohren waren ratzeputz weg, und mitten auf dem Kopf hatte ich einen pinken Iro.«

»Im Ernst?«

»Heiliges Indianerehrenwort.«

»Ich wette, du hast auch als Punk unfassbar toll ausgesehen.«

»Worauf du Gift nehmen kannst.«

Ihr fällt eine Locke ins Gesicht, und ich streiche sie ihr hinters Ohr. Sie hält mich nicht zurück. »Gibt's noch mehr wilde Geheimnisse?«

»Ich hatte eine extrem kurze, aber ziemlich beeindruckende Karriere als Lesbe.«

»Ist nicht wahr?«

»Doch. So etwa drei Sekunden lang – mit acht. Meine beste Freundin Lotta hat mir beim Eisessen einen dicken Schmatzer mitten auf den Mund verpasst, der nach Sommer und Schokolade schmeckte. Letztlich hab ich mich dann aber doch für Männer entschieden.«

»Was ich wirklich ausgesprochen begrüße, wie ich betonen möchte.«

Ich ernte ein Lächeln. Inzwischen trennen uns nur noch Zentimeter.

»Und sonst? Was weiß ich sonst nicht von dir?«, frage ich leise.

Ein paar Sekunden lang sagt sie nichts, und mein Herz pocht überlaut in meiner Brust, während wir die letzten Millimeter zwischen uns überwinden. Ich spüre ihren Atem warm auf meiner Haut, dann beugt sie sich ganz nah an mein Ohr.

»Ich war eine der besten Sprinterinnen in der Laufmannschaft unserer Schule«, flüstert sie. »Wer zuerst am Auto ist!«

Schneller, als ich gucken kann, ist sie aufgesprungen und läuft durch den Sand zurück zum Parkplatz.

Nach unserer Rückkehr aufs Schiff überlege ich, ob ich einen zweiten Vorstoß wagen soll – auch wenn sie am Strand abgehauen ist, war die Spannung zwischen Lena und mir im Auto fast greifbar. Doch dann kommt es mir taktlos vor, wo wir gleich auf so engem Raum übernachten werden. Außerdem ist es mir suspekt, dass mich dieses ganze Mondschein-Romantik-Ding plötzlich so zu packen scheint, und ich bin immer noch nicht sicher, ob Lena überhaupt will, dass ich etwas versuche. Also lasse ich es sein und krieche brav in meine Kabine.

Am nächsten Morgen frühstücken wir bei strahlendem Sonnenschein auf Deck, dann ziehen wir los.

Lena entführt mich auf einen Künstlermarkt in einem Nachbardorf, anschließend essen wir Muscheln direkt am Strand und sehen den Möwen dabei zu, wie sie sich um Essensreste streiten. Hinterher spazieren wir stundenlang durch malerische Gassen. Als es dunkel wird und uns die Füße wehtun, fahren wir zurück Richtung Schiff. Doch wir gehen nicht an Bord, sondern Lena lotst mich zu einem Nebenkanal. Am Ende eines langen Holzstegs wartet eine nur von Kerzenschein beleuchtete Gondel samt Fahrer auf uns.

»Voilà, exklusiv für dich: die vermutlich weltweit einzige Candlelight-Gondelfahrt mit original venezianischem Gondoliere fernab von Venedig.« Sie deutet zur Einstiegsstelle. »Okay, vermutlich eher stadtweit. Aber mir wurde versichert, wer das nicht romantisch findet, muss seine Seele an den Teufel verkauft haben.«

»Ausgeschlossen, ich lese mir das Kleingedruckte immer genau durch.«

»Siehst du, es besteht doch noch Hoffnung für dein teerschwarzes Herz.«

Groggy sinken wir in die tiefen Ledersitze im hinteren Teil des schwimmenden Taxis und legen die Füße hoch.

Anfangs habe ich noch Bedenken, unser Gondelkapitän könnte anfangen *O sole mio* zu trällern, oder noch Schlimmeres, doch fernab von *Bella Italia* scheint ihm die Lust am Singen vergangen zu sein. Also entspanne ich mich und genieße die Aussicht.

Links und rechts gleiten laternenbeleuchtete Fassaden vorbei, über mir glitzern die Sterne. Dass Lena ganz nah bei mir sitzt, macht das Ganze auch nicht schlechter. Sie hat die Augen geschlossen, und in ihrem bodenlangen weißen Kleid sieht sie ein bisschen aus wie Schneewittchen.

Ich drücke kurz ihre Hand, als Dankeschön für den Moment und den tollen Tag. Sie zieht sie nicht weg, sondern erwidert die Geste, dann legt sie den Kopf an meine Schulter.

Ihr Gesicht ist meinem jetzt ganz nah. Mir fällt der Tag im Laden ein, als ich sie zum ersten Mal gesehen habe. Bei dem Gedanken daran muss ich lächeln, und sie öffnet die Augen, als hätte sie's bemerkt. Wir sehen uns an, und mit einem Mal sind sie verschwunden, meine Bedenken, ob sie das alles nur spielt, die Zweifel, ob sie mich will oder nicht. Ich will sie gerade an mich ziehen, als plötzlich schwere Regentropfen ins Boot fallen. Zuerst sind es nur wenige, aber eine Minute später geht ein ausgewachsener Platzregen auf uns nieder.

Den Gondoliere packt jetzt doch noch die Leidenschaft. Er schickt einen Schwall italienischer Flüche gen

Himmel und steuert uns in einem Mordstempo zum nächsten Steg. Ich habe keine Ahnung, wo wir sind, doch Lena behält den Überblick. Sie steckt dem Typen ein paar Scheine zu und nimmt erneut meine Hand. Dann springen wir an Land und laufen los. Gefolgt von Herkules sprinten wir über das nasse Pflaster, durch enge Gassen und über einen kleinen Platz mit Brunnen, bis wir endlich wieder am Hafen stehen.

Längst sind wir komplett durchnässt, und Herkules zappelt wie wild, als ich ihn Lena die Kaimauer hinunterreiche. Dann, endlich, sind wir an Bord und eine Minute später drinnen. Lena macht einen Schritt Richtung Lichtschalter, doch ich greife erneut nach ihrer Hand und halte sie zurück.

Wir stehen einander im Dunkeln gegenüber, nur etwas Licht von der Hafenbeleuchtung und den Schiffen ringsum dringt durch die schmalen Fenster ins Bootsinnere. Wir sind beide außer Puste, das Wasser läuft uns aus den Haaren über die Gesichter. Unter dem nassen Stoff ihres Kleides zeichnet sich Lenas Silhouette ab. Ich ziehe sie an mich und spüre ihren warmen Atem auf meinem Gesicht, dann beuge ich mich langsam zu ihr herunter. Zwei oder drei Sekunden schmecke ich den Regen auf ihren Lippen, bevor sie mich sanft von sich schiebt. Ihr Atem geht noch immer schnell.

»Sei mir nicht böse, Fred. Es war ein wunderschöner Tag mit dir und ich bin echt froh, mit dir hier zu sein, ehrlich.«

»Aber?«, hake ich leise nach.

»Aber trotzdem bin ich mir nicht sicher, ob das mit uns wirklich eine so gute Idee ist.«

Sie dreht sich weg und lässt mich einfach stehen.

13.

Das Leben wäre bedeutend leichter, wenn man ein simples gesellschaftliches Übereinkommen darüber träfe, dass man sich nach einem peinlichen Moment eine Weile nicht mehr sieht – so für acht, neun Monate.

In Lenas und meinem Fall ist das leider nicht drin. Schlimm genug, dass wir uns am Sonntag auf der Rückfahrt sieben Stunden durch Gespräche übers Wetter, Herkules' Fellwechsel und ähnlich brisante Themen quälen durften. Unerfreulicherweise können wir uns aber auch nach unserer Reise nicht aus dem Weg gehen, denn da Lena schon nachts auf Herkules' Anwesenheit verzichten muss, nimmt sie ihn tagsüber hin und wieder für ein paar Stunden mit in den Plattenladen. Was ausgerechnet heute, am Montag nach dem verkorksten Hollandwochenende, der Fall ist.

Ich hätte vorschieben können, künftig käme ich nicht mehr zum Mopssitten, doch ich habe ihr mein Wort gegeben. Abgesehen davon gibt es Unangenehmeres, als Zeit mit Herkules zu verbringen.

Als wir uns im Türrahmen gegenüberstehen, wünschte ich dennoch, ich wäre meinem ersten Impuls nach ihrer Zurückweisung auf der Yacht gefolgt und spontan zu einem Auslandstrip aufgebrochen. Nach Ouagadougou vielleicht oder in einen ähnlich unpopulären Winkel des Planeten. Auch Noras und Sörens Pinguin-Beobachtungsstation am Südpol wäre bestimmt eine Reise wert gewesen.

Immerhin bin ich vorbereitet. Bei Lenas Ankunft sitzt Herkules angeleint neben mir, wir könnten das Ganze also ohne Probleme innerhalb von fünf Sekunden über die Bühne bringen. Doch ich habe Lena nicht einkalkuliert. Denn die scheint das Kussdebakel völlig verdrängt zu haben und wirkt kein bisschen peinlich berührt. Stattdessen strahlt sie übers ganze Gesicht.

»Du glaubst nie, was ich für dich aufgetrieben habe, Fred!« Sie zaubert eine LP hinter ihrem Rücken hervor. »Tadaaaaa! Guck mal, was der Postbote mir heute gebracht hat!« Obwohl sie wie wild mit dem Teil vor meiner Nase herumwedelt, erkenne ich es auf Anhieb: Eine Sonderpressung der Kyrds – eine absolute Rarität, quasi unmöglich zu kriegen. Ich hätte nie gedacht, dass ich so eine je zu Gesicht bekommen würde.

Wir gehen ins Wohnzimmer, wo ich minutenlang schwer verknallt auf das Cover starre. Dann ziehe ich die Scheibe vorsichtig aus der Hülle und platziere sie liebevoll auf dem Plattenteller. Das dümmliche Grinsen, das sich auf meinem Gesicht breitmacht, sobald die ersten Töne erklingen, wirkt vermutlich nicht sonderlich attraktiv, aber ich kann nichts dagegen tun. Nur am Rande nehme ich wahr, dass Lena mir etwas ins Ohr flüstert.

»Ich muss los, bis nachher. Viel Spaß!«

Als sie am frühen Abend zurückkehrt, um Herkules abzuliefern, höre ich die Platte gerade zum etwa 127. Mal, allerdings war ich zwischendurch einkaufen und habe die Bude gesaugt. Außerdem ist mir klargeworden, dass ich mich noch nicht mal bei Lena bedankt habe, was ich auf der Stelle nachhole.

Sie winkt ab. »Ach was, nimm es als Dankeschön für alles, was du für mich und den Laden getan hast.«

Ich biete ihr was zu trinken an, aber sie hat es eilig.

»Beim nächsten Mal, ja? Eine alte Freundin von mir ist für ein paar Tage in der Stadt und wir wollen uns treffen.« Sie umarmt mich zum Abschied. Dann ist sie auch schon durch die Tür.

Als sie weg ist, fällt mir auf, dass ich wegen des Albums die Sache mit dem missglückten Kuss völlig vergessen habe. Vermutlich war das genau Lenas Absicht: Bei unserem ersten Wiedersehen nach dem verkorksten Hollandtrip für Ablenkung zu sorgen.

Später, vorm Fernseher und untermalt von einem unfassbar öden Montagabend-Krimi, fallen mir aber noch andere Erklärungsansätze ein. War die Platte vielleicht ein Mitleidsgeschenk, um mich darüber hinwegzutrösten, dass sie mich abgewiesen hat? Sieht Lena mich jetzt als bedauernswerten Trottel, den man ein bisschen hätscheln muss, damit er nicht weinend zu Mami rennt? Oder ist es umgekehrt, und sie bedauert ihren Rückzieher? Könnte das teure Mitbringsel ein Wink mit dem Zaunpfahl sein? Steht sie womöglich doch auf mich?

Je länger ich darüber nachdenke, desto weniger kapiere ich, was in Lena vorgeht. Nach der Gondelfahrt war doch alles klar. Wieso die plötzliche Abfuhr? Und was wird jetzt eigentlich aus unserem Romantikprojekt? Falls der Deal mit Lena platzen sollte, wäre ich in Sachen *Radio Hearts* wieder auf mich gestellt. Das heißt: fast. Dass ich morgen wieder ein Date mit Sieglinde habe, muntert mich angesichts des Chaos in meinem Leben aber auch nicht unbedingt auf.

Am Dienstagmorgen bin ich eine Viertelstunde zu früh vor der Praxis. Während ich auf einer Stufe im Treppenhaus sitze und auf Sieglinde warte, denke ich an Lena. Auch wenn ich unsicher bin, ob unser Nachhilfeprojekt den gewünschten Erfolg haben wird, wäre es verdammt bedauerlich, wenn es jetzt zu Ende ginge.

Nicht dass ich im Begriff gewesen wäre, das Aufgebot zu bestellen, aber ich kann nicht leugnen, dass ich Lena extrem gut finde – immerhin trifft man nicht gerade täglich Frauen, mit denen man sich großartig versteht, die atemberaubend aussehen und auch noch einen eigenen Plattenladen haben.

Genau genommen wären Lena und ich vermutlich so was wie ein Traumpaar, wenn ich der Typ für tiefgehende Beziehungen, Seelenverwandtschaft und den ganzen Kram wäre. Was nicht der Fall ist, wie ich mir selbst sicherheitshalber noch mal verklickere – und weil er mich so gelangweilt anstarrt, auch Herkules, der vor mir sitzt.

Dass Sieglinde ausgerechnet in dem Moment die Tür aufmacht, als ich auf den Hund einrede, hätte für meinen Geschmack nicht zwingend sein müssen. Und es wäre auch nicht nötig gewesen, dass der Typ bei ihr, der irritierende Ähnlichkeit mit Hannibal Lecter hat und offenbar vor mir dran war, es mitbekommt. Allerdings dürfte Sieglinde schon Verstörenderes erlebt haben. Wenigstens ist der Hund, mit dem ich gesprochen habe, real, womit ich diversen anderen Patienten vermutlich meilenweit überlegen bin.

Auf meinem neuen Stamm-Zweisitzer fällt mir kurz darauf siedend heiß ein, dass ich eigentlich Sieglindes meterlangen Fragebogen hätte ausfüllen müssen. Außerdem hatte ich eine Hausaufgabe. Meine Seelenheilsbeauftragte war ja der Auffassung, mein romantisches Versagen bei *Radio Hearts* könnte auf bislang unentdeckte Probleme in meinem Liebesleben hinweisen.

Fest entschlossen, diese absurde Theorie zu widerlegen, berichte ich ihr von dem Hollandtrip mit Lena. Den missglückten Schluss lasse ich aus, dafür beleuchte ich umso ausführlicher den Abend am Strand und die Gondelfahrt bei Kerzenschein.

Befremdlicherweise wirkt Sieglinde kein bisschen beeindruckt.

»Und diese, wie sagten Sie…« Sie sucht in ihren Notizen nach dem Namen. »…Lena: Ist das Ihre Lebenspartnerin? Ihre Freundin?«

»Nein, so ist das nicht.«

»Dann haben Sie keine Liebesbeziehung miteinander? Was genau verbindet Sie mit dieser Frau, Herr Körner?«

Irgendwie war das Sofa beim letzten Mal bequemer. »Wir sind Freunde, schätze ich.«

»Freunde?« Sieglinde guckt irritiert. »Ihre Zusammenfassung des Wochenendes legt aber doch nahe, dass diese Freundschaft auch eine gefühlsmäßige Komponente hat, oder unternehmen Sie mit all Ihren Freunden Candlelight-Gondelfahrten oder liegen im Sand und betrachten den Sternenhimmel?«

Stickig ist es heute in Sieglindes Praxis. Man könnte ja wenigstens mal durchlüften zwischen den Sitzungen. »Nein, mit den meisten meiner Freunde mache ich so was nicht.«

Sie hakt nach. »Was also unterscheidet die Freundschaft zwischen Ihnen und Lena von anderen?«

»Also, wenn Sie das jetzt unbedingt hören wollen: Ich mag Lena schon irgendwie auf besondere Art, das bestreite ich ja auch überhaupt nicht. Mir leuchtet nur nicht wirklich ein, warum wir jetzt stundenlang darüber reden müssen.«

»Sie hatten doch das Bedürfnis, mir von Ihrem Wochenende mit Lena zu berichten, Herr Körner. Warum genau haben Sie es erwähnt?«

Wieso schreibt Sieglinde heute eigentlich so wenig? Da bliebe ihr viel weniger Zeit fürs Fragen. »Das weiß ich jetzt auch nicht mehr.«

»Könnte es mit unserer letzten Sitzung zusammenhängen? Hatten Sie vielleicht das Bedürfnis, mir zu vermitteln, dass es in Ihren Beziehungen zu Frauen keinerlei Probleme gibt?«

»Ich dachte bloß, ich erzähle Ihnen, was die letzten Tage so los war.«

»Sie machen den Eindruck, als sei es Ihnen äußerst unangenehm, über Ihre Gefühle zu sprechen.«

»Quatsch. Ich finde bloß, wir sollten mal wieder zu den Fakten zurückkehren und uns über meinen Job unterhalten.«

»Aber geht es da nicht um ein ganz ähnliches Thema, Herr Körner? Könnte es nicht sein, dass wir hier des Pudels Kern haben?«

»Wo, hier?«

»Nun, dass Sie es lieber sachlich hätten, wo es eigentlich um Gefühle geht? Sehen Sie da nicht eine Parallele zu dem Problem mit Ihrer Sendung?«

»Ich glaube, ich müsste jetzt dringend mal vor die Tür, eine rauchen.«

Eine Dreiviertelstunde später bin ich auf dem Weg zu Kalli – und schweißgebadet.

Sieglinde hat mir übel zugesetzt. Selbst nach meiner vorgetäuschten Zigarettenpause hat sie nicht aufgehört, darauf herumzureiten, dass ich ein emotionales Problem hätte. Meine *Verweigerungshaltung* gegenüber dem Kitsch in *Radio Hearts* sei »möglicherweise nichts anderes als ein Ausdruck der Abwehr romantischer Gefühle selbst«, hat sie am Ende festgehalten.

So ein Schwachsinn. Bloß weil mir Céline auf den Keks geht und ich nicht am laufenden Band Herzchen in unschuldige Bäume ritze, bin ich schließlich kein kompletter Gefühlslegastheniker. Wo steht überhaupt geschrieben, dass jeder scharf darauf sein muss, sich zu verlieben, um sich dann möglichst umgehend Ehering, Eigenheim und bergeweise Windeln anzuschaffen und die neue Familienkutsche mit Kekskrümeln zu dekorieren?

Ich bin jedenfalls total genervt, weil ich in Sachen *Radio Hearts* auch nach dieser Sitzung keinen Schritt weiter bin, dreieinhalb Wochen vor Ablauf meiner Galgenfrist. Und die Sache mit Lena geht mir auch nicht aus dem Kopf. Irgendwie könnte man glatt den Eindruck bekommen, dass mein Leben von Tag zu Tag nur noch beschissener und komplizierter wird.

Ich beschließe, die Karten bei Kalli offen auf den Tisch zu legen. Vermutlich wird er sich zwar totlachen, wenn ich ihm von Sieglinde berichte, aber langsam gehen mir die Ideen aus. Und wenn er nicht Bescheid weiß, wie soll er dann etwas halbwegs Schlaues zu dem ganzen Mist beitragen können?

Kalli öffnet in einem selbst genähten Schlafanzug mit Pumuckl-Aufdruck, mit dem ihn Bärbel zu Weihnachten beglückt hat. Frauen können wirklich grausam sein. Nachdem Herkules und er ihr Begrüßungstänzchen abgezogen haben, landen wir in der Küche. Als ich ihm von Sieglinde berichte, reagiert Kalli aber zu meiner Überraschung total gelassen.

»Ist ja keine Schande, Fred. Ich bin auch mal ein paar Wochen zu so einer Tante gegangen – damals, wegen der Sache mit meinem Bruder.«

Ich erinnere mich dunkel. Kallis jüngerer Bruder Steffen hatte eine leidenschaftlichere Beziehung zu Spielautomaten, als es für ihn und sein Konto gut war, woraufhin sich die halbe Sippe in Familientherapie begeben hat, um zu analysieren, wieso Steffen seine Zeit lieber in Spielhallen zubringt, statt irgendwas mit seinem Leben anzustellen, was ihn vielleicht *wirklich* glücklich machen könnte.

Kalli hakt nach. »Und die Frau soll dir jetzt bei diesem Romantikding helfen?«

»Theoretisch schon. Aber die Hälfte der Zeit hing sie mir wegen Lena im Nacken.«

»Der Tussi vom Plattenladen?«

»Jo.«

»Wieso ist deine Plattenladenbesitzerin plötzlich zentrales Thema deiner Therapie?«

Ich hole mir erst mal Kaffee, bevor ich antworte. »Lena und ich waren für so eine Art romantisches Wochenende auf einem Schiff in Holland«. Ich setze mich wieder an den Küchentisch. »Wobei das mit der Romantik eigentlich eher als theoretische Übung gedacht war – weniger praktisch.«

Zu behaupten, dass Kalli verblüfft dreinschaut, wäre eine drastische Untertreibung. »Ich hab ja schon mal was von vorgetäuschten Orgasmen gehört – nicht dass ich da konkrete Erfahrungen hätte, aber ein Fake-Romantik-Wochenende?«

»Ursprünglich sollte das Ganze so was wie ein Nachhilfekurs werden«, erkläre ich Kalli dann und nippe verlegen an meinem Kaffee. »Wegen der Sache mit meiner Arbeit und so. Lena meinte, sie könne mir das mit der Romantik beibringen.«

Kalli macht große Augen. »Ach was?«

»Aber dann ist es irgendwie tatsächlich ziemlich romantisch geworden – allerdings mehr praktisch als theoretisch. Jedenfalls dachte ich das.«

»War aber nicht so?«

»Es gab da diese ziemlich aufgeladene Situation im Boot, aber als dann fast was gelaufen wäre, hat sie einen Rückzieher gemacht.«

Kalli denkt nach. »Du hast mit der Frau ein ganzes Wochenende auf einem Boot verbracht?«

»Korrekt.«

»Und ihr hattet eine super Zeit miteinander?«

»Sage ich doch.«

»Und trotzdem hast du es in 48 Stunden nicht, ich betone: *nicht* hingekriegt, dass ihr zwei euch eine Koje teilt? Noch nicht mal die winzigste Annäherung an den feindlichen Strafraum?« Er guckt mich an, als sei es höchste Zeit, mir einen gesetzlichen Vormund zu verpassen.

Ich verdrehe die Augen. »Darum geht's doch jetzt gar nicht! Außerdem, soweit ich mich erinnere, ist es bei dir mindestens acht Jahre her, seit du dich um Sex mit einer Frau bemühen musstest.«

»Eben.« Er grinst breit. »Und wir Kerle in Langzeitbeziehungen bauen fest darauf, dass der Rest von euch da draußen es krachen lässt.«

»Na, wenn du meinst.«

»Und was stört nun deine Psychotante an der Geschichte mit Lena?« Er setzt sich wieder an den Tisch.

»Ich glaube, sie wollte mich darauf festnageln, dass ich verknallt bin.«

»Bist du's?«

»Fängst du jetzt auch noch an, mir auf den Sender zu gehen?«

»Jetzt mach dich nicht gleich nass. Mal im Ernst: Wann hast denn du das letzte Mal freiwillig ein Wochenende mit einer Frau verbracht?«

Langsam bin ich wirklich genervt. »Mann, ich bestreite ja überhaupt nicht, dass Lena einfach atemberaubend hübsch ist! Und zugegeben: Auch sonst fällt mir spontan nicht wirklich irgendwas ein, was ich an ihr nicht ziemlich perfekt fände. Aber deshalb muss ich ja nicht gleich anfangen, mit ihr Namen für unseren Nachwuchs auszusuchen, oder?« Mit einer Zeitschrift vom Küchentisch versuche ich eine Wespe zu vertreiben, die mir nervig vor der Nase rumschwirrt.

»*Atemberaubend hübsch* und *ziemlich perfekt* also, ja?«

Kallis selbstgerechtes Grinsen bringt das Fass zum Überlaufen. Ich war schon gestern Abend an einem Punkt, an dem ich dringend eine Urschreitherapie benötigt hätte, stattdessen kriegt nun Kalli meine Wut ab. »Hey, langsam könnt ihr mich alle! Erst kommt mir Ewald mit diesem Romantikschwachsinn, dann kassiere ich eine Abfuhr von Lena und diese Therapeutin geht mir mit ihrem Gefühlsgeschwafel auf den Zeiger. Und jetzt kommst du hier auch noch mit deinen unqualifizierten Bemerkungen um die Ecke?«

Kalli ist irgendwie gar nicht bei der Sache. Er guckt sogar glatt durch mich durch. Gerade will ich ihn deshalb noch weiter beschimpfen, als er rechts an mir vorbei auf Herkules zeigt.

»Sag mal, ist das eigentlich normal, dass der Hund mit einem Mal eine Birne hat wie ein Sumoringer?«

Irritiert drehe ich mich um. Stimmt, irgendwie wirkt Herkules' Gesicht plötzlich ziemlich aufgedunsen. Seine Atmung klingt auch angestrengter als sonst.

»Oh Kacke, Fred.«

»Was denn?«

»Ich glaube, der hat die Wespe verschluckt, die hier eben durch die Gegend geflogen ist – oder hat er eine dieser komischen Allergien?«

Kalli könnte richtigliegen. Jedenfalls hat es gerade den Anschein, als könne man Herkules beim Anschwellen zusehen.

»Alter, nicht dass der gleich keine Luft mehr bekommt.«

»Mist. Besser, wir fahren zu einer dieser Tierkliniken. Kommst du mit? Falls was passiert unterwegs?«

»Klar.«

Mit einer Hand schnappe ich mir Herkules, mit der anderen den Schlüssel. Keine zwei Minuten später sitzen wir im Auto.

14.

Kalli und ich haben spontan entschieden, dass er uns durch den Innenstadtverkehr navigiert und ich unterdessen über Herkules wache – wegen des Vertrauensverhältnisses und so.

Jetzt sitze ich auf dem Beifahrersitz, auf dem Schoß den armen Herkules, der inzwischen unschön an einen Kugelfisch erinnert. Seine Zunge hat auch schon einen seltsamen violetten Ton – ein bisschen wie das Kostüm von Sieglinde.

Ich schicke ein Stoßgebet gen Himmel. Sonst bete ich eigentlich nicht, weil ich erstens nicht überzeugt bin, dass da oben einer zuhört, und mich zweitens die Erfolgsquote der letzten Male nicht umgehauen hat.

Trotzdem, ein Versuch kann nicht schaden. Abgesehen davon, dass ich inzwischen echte Zuneigung für den flauschigen Winzling empfinde, ist das Letzte, was ich auf der Welt will, Lena beichten zu müssen, dass Herkules sich in die ewigen Jagdgründe verabschiedet hat. Sie wäre völlig am Ende. Außerdem bin ich ziemlich sicher, dass sein Ableben während meiner Aufsichtspflicht auch den letzten Funken Hoffnung auf eine Annäherung zwischen ihr und mir zunichtemachen würde.

Kaum ist der Wagen auf dem Parkplatz der Tierklinik zum Stehen gekommen, reiße ich die Tür auf und sprinte mit Herkules los.

»Mein Hund hat wahrscheinlich eine Wespe gefressen! Ich brauche auf der Stelle einen Tierarzt!«, lasse ich die Endvierzigerin an der Rezeption wissen. Die scheint die Lage nach einem kurzen Blick auf den rundum verschwollenen Herkules erfreulicherweise zügig zu erfassen und schnappt sich den Telefonhörer.

»Schnell, jemand in den Notfallraum«, raunt sie in den Hörer. »Verdacht auf Anaphylaxie.«

Ich habe zwar nicht den geringsten Schimmer, was Anaphylaxie ist, aber es hört sich verdammt ungesund an, und ich bin wahnsinnig erleichtert, dass mich gleich eine Praktikantin in einen der Behandlungsräume führt und mich darüber informiert, dass der Arzt in zwei Sekunden da sei.

»Leg ihn doch auf den Tisch«, flüstert mir Kalli zu, der den Schlafanzug kurz vor unserer Abfahrt dankenswerter Weise noch durch Jeans und T-Shirt ersetzt hat und inzwischen nachgekommen ist. Aber ich will nicht, dass Herkules allein auf dem kalten Metallding liegen muss, also halte ich ihn weiter in den Armen, auch wenn die langsam schwer werden. Seit wir in der Klinik sind, hat er die Augen geschlossen und atmet nur noch flach. Ich merke, wie Panik in mir aufsteigt.

»Wo bleibt denn der scheiß Doc?«

In dem Moment geht die Tür auf, ein bärtiger Kittelträger samt Helferin betritt den Raum, und dann geht alles schnell. Die Assistentin nimmt mir Herkules ab. Am Tisch beugen sich die beiden über ihn, es werden eilig Anweisungen erteilt.

»Nun machen Sie schon!«, herrscht der Arzt die Assistentin an, die gerade irgendwelches Zeug in Spritzen aufzieht. »Und rufen Sie mir die Allergologin dazu.« Ich kann es zwar nicht genau sehen, aber ich glaube, dass Herkules nicht mehr atmet.

Ich drücke Kalli mein Handy in die Hand. »Ruf Lena an, sie soll so schnell wie möglich herkommen. Ich bleibe hier und passe auf.«

Eine gefühlte Ewigkeit macht sich der Bart-Typ an Herkules zu schaffen. Zwischendurch kommt eine weitere Ärztin, noch mehr Spritzen werden aufgezogen, alle wuseln wie wild um den Tisch herum. Ich sinke auf einen Stuhl in der Ecke. Gleich wird mir jemand mitteilen, dass Herkules es nicht geschafft hat.

Irgendwann wird es ruhiger im Raum. Auch die Allergie-Fachfrau zieht wieder ab. Dann kommt der Tierarzt zu mir.

»Das war sehr knapp«, sagt er. »Wir haben aber keinen Grund anzunehmen, dass Ihr Hund die Wespe verschluckt hat. Offenbar hatte er eine starke allergische

Reaktion auf einen Stich. Die Schwellung geht bereits zurück.«

Ich stehe auf und gehe zum Tisch, wo Herkules regungslos liegt, die Augen immer noch geschlossen. Aus einer Infusionsflasche tropft Flüssigkeit in seine Venen. Wenigstens atmet er regelmäßig.

»Kommt er wieder in Ordnung?«

»Wir werden ihn die nächsten Stunden beobachten. Er hat eine Weile wenig Sauerstoff bekommen. Man wird abwarten müssen, ob er Schäden davongetragen hat.«

»Schäden?« Das darf alles nicht wahr sein.

»Wir hoffen es nicht, aber es ist nicht auszuschließen. Wir bringen ihn erst mal auf die Station, da ist mehr Ruhe und er kann sich besser erholen.«

»Kann ich bei ihm bleiben?«

»Am besten, Sie fahren nach Hause und warten, bis wir Sie anrufen.«

»Ich gehe doch jetzt hier nicht weg!« Was denkt sich der Mann?

»Sie können sich natürlich auch ins Wartezimmer setzen.«

Ich nicke. »Sie sagen mir Bescheid, sobald Sie etwas wissen?«

»Sicher.«

Ich streichle Herkules übers Fell, dann beuge ich mich runter und flüstere ihm ins Ohr: »Gib alles, Kumpel, wir brauchen dich hier. Und falls du das weiße Licht siehst oder jemand was von einem Paradies voller Würstchen faselt: Dreh dich bloß um und renn in Supermops-Geschwindigkeit in die andere Richtung.« Als ich das Behandlungszimmer verlasse, habe ich einen dicken Kloß im Hals.

Ich sitze noch keine zehn Minuten im Wartebereich bei Kalli, da stürmt Lena rein.

»Wo ist er? Was ist passiert? Geht es ihm gut?« Ihre Hände zittern, sie ist ganz blass.

Ich erzähle ihr, was los war, und dass noch nicht klar ist, ob Herkules über den Berg ist. Sie wird noch bleicher. Dann lässt sie sich auf den Stuhl neben mir fallen. Die Tränen laufen ihr übers Gesicht. Ich würde sie gern in den Arm nehmen und trösten, aber nach der Sache in Holland lasse ich es lieber bleiben, auch wenn ich mir ziemlich bescheuert dabei vorkomme, tatenlos neben ihr zu sitzen.

Nach einer Weile beugt sie sich zu meiner Überraschung selbst rüber und lehnt den Kopf an meine Schulter. Ich lege die Arme um sie und streichle ihren Kopf. Sie schluchzt leise.

Kalli stupst mich von links mit dem Ellenbogen an, dann steht er auf und drückt mir den Autoschlüssel und mein Handy in die Hand. »Ich bin erst mal weg. Lass mich wissen, wie's dem kleinen Scheißer geht, ja?«

Wenn man ein paar Stunden auf schlecht gepolsterten Plastikstühlen sitzt, bleibt es nicht aus, dass einem irgendwann der Hintern einschläft. Trotzdem versuche ich, mich so wenig wie möglich zu bewegen. Nachdem sie eine halbe Ewigkeit geweint hat, ist Lena an meiner Schulter eingeschlafen, was eindeutig die beste Art ist, diese Warterei zu überstehen. Wenn schon ich es kaum aushalte, hier rumzusitzen, während Herkules in irgendeinem Hinterzimmer um sein Leben kämpft, wie soll sie das dann schaffen?

Zwischendurch hat der Bart-Typ kurz vorbeigeschaut und mich wissen lassen, dass Herkules noch immer nicht wach sei, was die Sache nicht besser macht. Irgendwie habe ich ein ganz mieses Gefühl.

Als Lena endlich die Augen öffnet, ist es draußen schon dunkel. Den Bruchteil einer Sekunde wirkt sie völlig entspannt, dann kann man förmlich sehen, wie die Erkenntnis darüber, wo wir sind – und warum –, in ihr Bewusstsein wabert. Mit einem Mal sitzt sie kerzengerade neben mir.

»Gibt es was Neues? War einer der Ärzte da? Haben sie irgendwas gesagt?«

Ich schüttle den Kopf und versuche, die Nachricht so harmlos wie möglich klingen zu lassen. »Er schläft immer noch.«

»Aber müsste er nicht längst wieder fit sein?« Lenas Stimme ist ganz piepsig vor Angst.

»Vielleicht lässt er sich bloß Zeit, um zu alter Form aufzulaufen.«

Ich drücke ihre Hand. Ihr Blick sagt deutlich, dass sie weiß, wie schlecht es um Herkules steht. Sie zieht die Knie an die Brust und lehnt die Stirn gegen ihren Oberschenkel. Ich halte sie weiter im Arm. »Ich weiß nicht, was ich tun soll, wenn ihm was passiert«, flüstert sie kaum hörbar, die Augen geschlossen.

Ich ringe noch um Worte, als die Praktikantin plötzlich vor uns steht.

»Sie können jetzt reinkommen.« Sie weicht unseren Blicken aus und guckt auf den Boden, und ich schicke ein weiteres Stoßgebet Richtung Himmel, dass sie das bloß macht, weil sie schüchtern ist.

Lena ist schon aufgesprungen. »Ist er aufgewacht?«

Doch die Kleine zuckt nur mit den Schultern. »Das erklärt ihnen alles der Doktor.«

Wir schnappen uns unsere Sachen, dann folgen wir ihr, und aus dem Augenwinkel sehe ich, wie Lena sich auf die Unterlippe beißt. Auch ich bin total nervös. Dass Lena ihre Hand in meine krallt, wird mir erst bewusst, als es anfängt wehzutun.

Als die Tür aufgeht, bin ich auf alles gefasst – nur nicht darauf, dass uns Herkules entgegenläuft, wenn auch noch etwas wackelig.

»Das dürfte sich in den nächsten Minuten geben«, sagt der Arzt vom Schreibtisch aus, doch Lena bekommt es vermutlich kaum mit. Sie kniet sich auf den Boden, drückt Herkules an sich und vergräbt die Nase in seinem Fell. Dabei heult sie und schluchzt und lacht, alles gleichzeitig. Ich kriege das Grinsen nicht aus dem Gesicht.

Mit einem Ohr versuche ich trotzdem dem Doc zuzuhören. Zwei, drei Tage Ruhe sollten wir Herkules gönnen, meint er, aber dann dürfte alles okay sein. Er drückt mir noch ein paar Tabletten in die Hand, dann stehen wir wieder im Flur.

Weil Lena Herkules auf dem Arm hat, übernehme ich die Bezahlung. Außerdem ist die ganze doofe Wespensache immerhin passiert, als ich eigentlich aufpassen sollte. Draußen verfrachte ich die zwei ins Auto, dann fahre ich uns zu meiner Wohnung – kaum anzunehmen, dass Lena sich heute noch von Herkules trennen will.

Oben sitzt Lena auf dem Sofa, Herkules auf dem Schoß. Seit sie ihn in der Klinik wieder in Empfang genommen hat, hat sie kein Wort gesagt, aber immerhin weint sie nicht mehr.

Ich frage, ob wir eine Pizza bestellen sollen oder sie was trinken mag oder ob ich sonst irgendwas tun kann. Doch sie schüttelt den Kopf. Schließlich lasse ich die zwei allein. Lena soll erst mal durchatmen. Im Schlafzimmer lege ich mich aufs Bett und knipse den Minifernseher an, den Kalli mir geliehen hat, als mich im Winter die Todesgrippe im Griff hatte.

Der Abspann des Spätfilms läuft schon, als Lena irgendwann im Türrahmen steht, Herkules auf dem Arm. Sie kommt rüber, setzt ihn vorsichtig auf seinem Kissen neben dem Bett ab und sieht ihm eine Minute oder zwei beim Schnarchen zu. Dann legt sie sich neben mich und stützt den Kopf in die Hand.

»Was du da heute für Herkules getan hast, also, wie du ihn gerettet hast, das vergesse ich dir nie.« Ihre Augen glänzen feucht.

Ich rolle mich auch auf die Seite. »Ach was. Mir tut's total leid, dass ich die scheiß Wespe nicht gleich erledigt habe. Dann wäre das erst gar nicht passiert. Und dass ich ihn in die Klinik gefahren habe – das hätte doch jeder gemacht.«

»Aber es wäre nicht jeder während der Behandlung bei ihm geblieben oder hätte extra gewartet, bis ich da bin. Und stundenlang meine Hand gehalten, während ich dasitze und Angst habe und nicht weiß, ob er es schafft.«

»Hab ich gern gemacht, echt. Außerdem mag ich den kleinen Scheißer schließlich auch.«

»Ich weiß«, sagt sie leise. Dann schaut sie mir eine Weile in die Augen, beugt sich rüber und küsst mich.

15.

Wir schlafen in dieser Nacht nicht miteinander. Auch nicht in den Tagen darauf, obwohl wir sämtliche Abende der Woche plus das gesamte Wochenende gemeinsam verbringen und Lena zwischendurch nur zweimal in ihre Wohnung fährt, um ein paar Klamotten zu holen. Und obwohl wir so ziemlich alles sonst machen, was Menschen eben machen, wenn sie gerade festgestellt haben, dass es nichts Genialeres gibt, als sich mit dem jeweils anderen in den Laken zu wälzen.

An mir liegt das nicht, oder zumindest nicht daran, dass ich nicht wollen würde. Genau genommen würde ich am liebsten Tag und Nacht nichts anderes tun, als Lena küssen, den Duft in der warmen Kuhle zwischen ihren perfekten Brüsten atmen, mich von ihren Locken kitzeln lassen, wenn sie sich über mich beugt, und für immer ihre Haut an meiner spüren.

Viel seltsamer als die Tatsache, dass es Lena gelingt, jedes Mal genau dann die Bremse zu ziehen, wenn es zwischen uns richtig – unglaublich, zum Verrücktwerden – heiß wird, finde ich aber, dass es mich nicht mal wirklich stört.

Klar wäre es mir anders lieber, schließlich bin ich kein Mönch. Bei jeder anderen Frau hätte es mich vermutlich wahnsinnig genervt, wenn sie trotz tagelanger gemeinsamer Rumturnerei im Bett weiterhin immer dann das Stoppschild zücken würde, wenn es gerade spannend wird. Aber andere Frauen sind eben nicht Lena. Und auch wenn ich keine Ahnung habe, wie lange ich es noch durchstehe, nicht mit ihr zu schlafen, ohne zumindest ein paar ausgeprägte Ticks zu entwickeln, nehme ich es ihr irgendwie kein bisschen übel.

Sieglinde würde das sicher Spielraum für Spekulationen geben. Doch das ist nicht der einzige Grund, wieso ich mich am Dienstagmorgen entscheide, meine Therapiestunde diesmal sausen zu lassen. Tatsächlich habe ich das Gefühl, dass ich das Gequatsche sowieso nicht mehr brauche, genauso wenig wie weitere Romantiknachhilfestunden.

Natürlich würde ich mir auch jetzt nicht freiwillig Céline anhören, trotzdem bin ich seit Lenas erfreulichem Sinneswandel viel besser drauf. Und das wiederum stimmt mich zuversichtlich, dass ich die verkitschten Musikwünsche der Bines und Monis da draußen jetzt mit einem Lächeln ertragen kann, womit auch mein Karrieretief bald der Vergangenheit angehören dürfte.

Dass ich bis zu meiner Bewährungsmoderation quasi

noch zweieinhalb Wochen Urlaub habe, betrachte ich einfach mal als Bonus. Immerhin waren die letzten Wochen steinig genug, da habe ich es verdient, es mir mal gut gehen zu lassen. Es ist Sommer, jedenfalls beinahe, ich verbringe jede Menge Zeit mit einer Frau, die einfach umwerfend ist, und ich habe frei – was will man mehr?

Nachdem ich die Stunde bei Sieglinde unter Vortäuschung einer heftigen Bronchitis abgesagt habe, entscheide ich mich spontan, bei Lena im Laden vorbeizuschauen.

Als ich ankomme, döst Herkules im Eingangsbereich auf den warmen Fliesen im Sonnenschein. Ich steige vorsichtig über ihn hinweg. Lena finde ich hinterm Tresen, wo sie gerade Preisschilder beschriftet.

Es ist kaum zwei Stunden her, seit sie mir, noch im Bett, einen Kuss aufgedrückt hat und mit Herkules losgezogen ist. Trotzdem haut es mich um, wie toll sie aussieht. Durch das Fenster fällt das Sonnenlicht auf ihre dunklen Locken, was den leichten Rotstich leuchten lässt. Unter dem luftigen Sommerkleid zeichnen sich bei jeder Bewegung die perfekten Rundungen ihres Körpers ab. Ich könnte ewig so dastehen und sie ansehen – da schaut sie auf.

»Hey, du.« Sie schenkt mir ein Lächeln, dass mir die Knie weich werden.

Ich grinse. »Selber hey.«

Eigentlich hatte ich vor, mit ihr Platten zu sortieren

und letzte Hand an die Umgestaltung des Ladens zu legen, stattdessen landen wir knutschend auf dem Boden zwischen den Kisten im Lager.

Leider währt das Vergnügen nur kurz, denn offenbar haben sich alle Kunden, die in den letzten Wochen durch Abwesenheit geglänzt haben, vorgenommen, genau jetzt aufzutauchen und mir mein Liebesleben zu versauen. Als wir binnen einer Dreiviertelstunde zum vierten Mal vom Bimmeln der Glocke an der Eingangstür unterbrochen werden, gebe ich auf. Ich klaube den Schlüsselbund von einer der Kisten, folge Lena in den Laden und gebe ihr einen Kuss.

»Wenn wir ein bisschen mehr Zeit haben, würde ich dir übrigens gern noch was erzählen«, flüstert sie mir zum Abschied zu. Der Typ neben ihr studiert gerade ein Doppelalbum. Schmuseballaden der 90er. Igitt.

»Was Schlimmes?«, hake ich nach.

Sie legt den Kopf schief und sieht mich an. »Nicht für mich, ich hab eher Bedenken, wie du das finden wirst.«

»Wenn's für dich gut ist, kann's nichts Schlechtes sein.« Ich küsse sie nochmal, dann ziehe ich mit Herkules im Schlepptau los Richtung Auto. Das zufriedene Grinsen werde ich die nächsten Stunden nicht los.

Bis zum Abend. Bereits am Wochenende hat Sascha auf meiner Mailbox verkündet, sie werde einen Suchtrupp losschicken, wenn ich nicht endlich ein Lebenszeichen von mir gebe. Also verabreden wir uns für den Abend im Biergarten. Während sie uns am Imbissstand Pizza organisiert, stehe ich in der Bierschlange. Irgendwie wird einem immer erst in der Freiluftsaison klar, wie viele Leute in so einer Stadt wohnen. Bis wir endlich haben, was wir wollten, ist der Tisch, den ich für uns im Auge hatte, längst besetzt und wir machen es uns auf der angrenzenden Wiese gemütlich.

Dann bringe ich Sascha auf den neuesten Stand. Ich erzähle von dem verunglückten Trip nach Holland und davon, wie Herkules, der neben uns im Gras pennt, doch noch eingefädelt hat, dass zwischen Lena und mir endlich was läuft.

Die Details unseres seit einer Woche andauernden Aufenthalts in meinem Bett verschweige ich diskreterweise. Dafür gerate ich ins Schwärmen. Von Lenas tollem Humor, wie sie von Anfang an verstanden hat, wie ich ticke und wie umwerfend sie am Strand in Holland ausgesehen hat.

Sascha sitzt neben mir, kaut auf ihrer Pizza herum und hört gebannt zu. Als ich fertig bin, legt sie den Kopf auf meine Schulter.

»Hach, Fred – das klingt zum Neidischwerden schön.« Sie seufzt.

»Dir geht's doch bestens, dachte ich?«

»Tut's auch. Ich meine, Single zu sein, ist toll – gerade im Frühling, wo alle gute Laune haben und einen manchmal einfach so die Lust überkommt, eine Wildfremde zu küssen…« Sie grinst. »Trotzdem hätte ich nichts dagegen, wenn ich den Sonnenschein mit meiner Freundin genießen könnte, wie du.«

Ich bin irritiert. Erstens hätte ich gewettet, dass Sascha ihr Singleleben noch eine Weile auskosten will, schließlich hat sie's schon immer gern krachen lassen. Außerdem hat sie ja über vier Fünftel ihres Lebens gebraucht, um zu merken, dass sie gar nicht so sehr auf die eine, sondern vielmehr auf die andere Hälfte der Menschheit steht, was bedeutet, dass sie mit dem Ausprobieren noch mal von vorn anfangen darf.

Aber mehr als Saschas neue romantische Ader verstört mich, dass sie offenbar davon ausgeht, ich stünde quasi unmittelbar davor, mir mit Lena die erste Eigentumswohnung auszusuchen oder so. Mag ja sein, dass ich gegen Ende meiner Ausführungen relativ euphorisch geklungen habe, aber trotzdem sollten wir die Kirche im Dorf lassen.

»So genau haben Lena und ich noch gar nicht definiert, was das zwischen uns jetzt ist«, stelle ich also klar.

»Na, die Tatsachen sprechen doch für sich. Hast du mir nicht eben erzählt, dass ihr jede freie Minute miteinander verbringt? Und wie unglaublich toll du sie findest?« Sascha guckt mich fragend an. Ihre Dreadlocks – diese Woche grün – leuchten im Licht des Sonnuntergangs mit dem Rasen um die Wette.

»Schon, aber deshalb müssen wir uns ja nicht gleich Freundschaftsringe gravieren lassen und einander immerwährende Liebe und Treue schwören, oder?«

»Verstehe.« Sascha schmunzelt und sieht einer Entenfamilie hinterher, die ein paar Meter von uns entfernt durch den Park watschelt. Dann schaut sie mich plötzlich unverwandt an.

»Aber dass du rettungslos in die Frau verliebt bist, ist dir schon klar, oder?«

Vor Sascha habe ich das mit dem Verliebtsein noch entschieden abgewehrt, doch die ersten Zweifel kommen mir bereits, als ich ein paar Stunden später ins Bett falle. Seit dem Tag in der Tierklinik ist es das erste Mal, dass ich die Nacht ohne Lena verbringe. Und irgendwie kommt mir das Bett plötzlich überraschend leer vor.

Am nächsten Tag mehren sich die Indizien – womöglich liegt Sascha doch nicht total daneben. Erst bemerke ich erstaunt, dass ich trällernd unter der Dusche stehe und dabei an Lena denke, dann fällt mir auf, dass ich immer wieder ohne jeden Anlass idiotisch vor mich hin grinse.

Gegen Abend wird die Beweislast erdrückend. Auf der Fahrt zu Lena, die ich zum Essen beim Italiener abholen will, erwische ich mich tatsächlich dabei, wie ich *Supergirl* von Reamonn laut mitsinge. Was musikalisch betrachtet vielleicht nicht so dramatisch scheinen mag wie einen Song von Eros Ramazzotti zu schmettern – aber es ist irgendwie doch besorgniserregend nah dran.

Als Lena dann in einem atemberaubenden Kleid aus der Haustür kommt und es sich urplötzlich anfühlt, als hätte in meinem Bauch kürzlich jemand eine Schmetterlingsfarm eröffnet, dämmert es auch mir endgültig: Ich bin bis über beide Ohren verschossen.

»Warum strahlst du denn so?«, fragt Lena beim Einsteigen. Doch ich zucke nur mit den Schultern, küsse sie und lächle vor mich hin.

Blöderweise weicht das gute Gefühl während der Fahrt zum *Little Napoli* einem anderen. Männer sind ja bekanntlich nicht unbedingt Weltmeister darin, Emotionen zu interpretieren, vor allem, wenn es sich um ihre eigenen handelt. Doch bis wir den R4 geparkt haben und durch die Eingangstür marschiert sind, habe sogar ich kapiert: Ich bin nervös. Es scheint, als sorge die Erkenntnis, dass ich jetzt offizielles Mitglied im Club der Frischverliebten bin, bei mir für leichte Panik.

Zuerst gebe ich mich noch der Hoffnung hin, das Gefühl werde jeden Augenblick verfliegen. Aber während wir an der Theke auf einen Tisch warten, fällt selbst Lena auf, dass etwas nicht stimmt.

»Alles okay bei dir?« Sie drückt meine Hand.

Obwohl ich plötzlich so ein Kribbeln in den Fußsohlen habe und am liebsten aus dem Laden flüchten würde, sage ich ihr nicht, was los ist. Ich *wollte* doch, dass zwischen uns was läuft, und auch wenn ich nicht damit gerechnet hatte, dass dieser Amor-Schwachkopf gleich sein ganzes Arsenal an Pfeilen verschießt: Was zum Henker soll denn jetzt dieser nervige Anflug von Hysterie?

Ich überlege gerade, wie ich mich schnellstmöglich beruhigen könnte, als sich von der Seite, auf der Lena nicht steht, ein Finger in meinen Oberarm bohrt.

»Fred? Mensch, Fred! Hach, isss das schön.«

Es ist Ewald, der mir ins Ohr lallt und mir keine zwei Sekunden später um den Hals fällt. Damit, dass er mir hier über den Weg läuft, hätte ich eigentlich rechnen können. Er schleppt Familie und Freunde seit Jahren zu jeder Gelegenheit hierher. Dass er sich bei solchen Anlässen betrinkt, ist allerdings neu.

»Ewald! Alles gut bei dir?«

»Das ist mein Chef«, raune ich Lena zu. Sie nickt.

»Du wirst es nicht glauben, Fred«, nuschelt Ewald, der bedenklich Schlagseite hat. »Susanne hat mich einfach hier sitzen lassen. Wir haben uns gestritten, und ich weiß nicht mal, warum. Und das an unserem Hochzeitstag!« Den letzten Satz sagt er so laut, dass das halbe Restaurant guckt. Dann ordert er beim Kellner einen doppelten Grappa. Ich gebe dem Typen ein Zeichen, dass er die Bestellung schnell wieder vergessen soll.

»Pass auf, Ewald, wir organisieren dir jetzt mal einen ordentlichen Kaffee. Und dann erzählst du mir, was los ist, okay?«

»Allesklaa«, stimmt Ewald zu.

»Hör zu, ich lass euch alleine«, schlägt Lena vor, »dann kannst du dich in Ruhe um ihn kümmern.«

»Sicher? Ist bestimmt halb so wild.«

»Das glaub ich nicht«, sagt sie mit Blick auf Ewald,

der mit hängenden Armen vorm Tresen steht und total verloren wirkt. »Mach dir keinen Kopf, echt. Sieh zu, dass du ihm eine extragroße Portion Pasta einverleibst und ihn ins Bett verfrachtest. Wir reden dann morgen, ja?«

Ich nicke, und sie stellt sich auf die Zehenspitzen und küsst mich. Schon wieder könnte ich auf der Stelle dahinschmelzen.

Trotzdem macht sich ein klitzekleines bisschen Erleichterung in mir breit, als sie geht. Keine Ahnung, wieso mich dieser blöde Gefühlskram plötzlich so zappelig macht.

Einen Moment starre ich ihr durch die Scheibe hinterher, dann reiße ich mich von meinen Gedanken los. Ich bringe Ewald zurück an seinen Tisch und ordere Kaffee für ihn und einen halben Liter trockenen Roten für mich.

16.

Am Donnerstagmorgen ist der kleine Panikanfall vom Vortag wie weggeblasen. Offenbar hatte der Wein beruhigende Wirkung, außerdem hat mich Ewald abgelenkt, den ich spät nachts per Taxi zu Hause abgeliefert habe. Ich habe noch nachgeschoben, dass er am Abend auf ein Bier rüberkommen soll, falls Susanne immer noch Stress macht.

Beim ersten Kaffee auf dem Sofa lasse ich mir meine Gefühlslage noch mal durch den Kopf gehen und komme zu dem Schluss, dass es deutlich schlechter für mich hätte laufen können. Denn als wäre Lena nicht ohnehin schon rundum fabelhaft, liebt sie noch dazu Musik, was bedeutet, dass uns nicht mal dann der Gesprächsstoff ausgehen würde, wenn wir auf einer einsamen Insel stranden sollten. Und schließlich hat keiner von mir verlangt, sie gleich zu heiraten. Auch die Aussicht, meinen Job zurückzubekommen, finde ich ziemlich passabel. Und ganz nebenbei habe ich nicht nur unheimlich

Lust, mit Lena zu schlafen, sondern auch ziemlich gute Chancen, dass es tatsächlich dazu kommen könnte – zumindest mittelfristig. Jetzt muss ich bloß noch rausfinden, ob sie das gleiche für mich empfindet.

Am frühen Abend setze ich mich mit Herkules in die Bahn und hole vor dem *Little Napoli* mein Auto ab. Dann mache ich mich auf den Weg zu Lena. Bisher haben wir uns wegen Herkules immer nur bei mir getroffen, doch heute will sie mich bekochen, und das lieber in ihrer eigenen Küche. Außerdem müsse ich schließlich mal ihre Wohnung sehen, meinte sie am Telefon, und ihr Vermieter könne ja nichts dagegen haben, wenn Herkules ausnahmsweise zu Besuch komme. Zur Sicherheit schleiche ich mich so leise in den dritten Stock, wie es die knarzenden Altbautreppen zulassen.

Auf dem Weg nach oben fällt mir wieder ein, dass Lena mir etwas erzählen wollte. Vielleicht ist ihr auch klar geworden, dass sie sich verliebt hat, und jetzt fragt sie sich, ob es mir genauso geht. Sieht ganz so aus, als hätte ich, nach ein paar miesen Wochen, eine echte Glückssträhne.

Als ich oben ankomme, lehnt Lena im Türrahmen, in einer Küchenschürze, in der sie zum Anbeißen aussieht. Sie ist verschwitzt und ihre Wangen sind leicht gerötet.

»Ich hoffe, du hast meinetwegen nicht stundenlang in der Küche gestanden?« Ich küsse ihr eine winzige Schweißperle von der Oberlippe.

Sie lächelt. »Nee, ich fürchte bloß, bei den Gewürzen ist es mit mir durchgegangen. Ich hoffe, du magst Curry.« Sie küsst mich, begrüßt Herkules und zieht mich dann an der Hand hinter sich her in die Wohnung.

Drinnen folge ich ihr in einen lichtdurchfluteten Raum mit offener Küche, in der sie sich gleich wieder am Herd zu schaffen macht. Ich umarme sie von hinten, küsse ihren Hals und schaue ihr über die Schulter, während sie in ihren Töpfen rührt. »Kann ich dir helfen?«

»Ach was, alles so gut wie fertig – setz dich ruhig schon, wenn du magst.«

Ich sehe mich um. Auf einem runden, mit Blumen geschmückten Tisch stehen schätzungsweise hundert Schälchen mit Gemüse, Salat und sonstigem Kram. Links, neben der Balkontür, hat Lena eine Fernsehecke mit zwei geblümten Sesseln und einem alten Diwan eingerichtet. Auf der anderen Seite ist mit einem Paravent ein Schlafbereich mit einem Himmelbett abgeteilt. Herkules liegt schon drin. War ja klar.

Während ich noch mit dem Gedanken spiele, mir die Aussicht von ihrem Balkon auf die Stadt anzuschauen, stellt Lena eine große Schüssel auf den Tisch, in der irgendetwas dampft, das entfernt an Chili erinnert. Obwohl es unglaublich gut duftet, würde ich sie am liebsten auf der Stelle aus ihrer Schürze und dem kurzen Kleid schälen. Aber sie hat sich so viel Mühe mit dem Essen gemacht, dass ich nicht anders kann, als mich brav an den Tisch zu setzen, mir ebenfalls einen Teigfladen zu nehmen und ihn mit jeder Menge von dem Zeug aus den Schälchen zu belegen.

Es schmeckt paradiesisch. Erst beim zweiten Bissen fällt mir auf, dass es doch ein bisschen scharf ist. Dann merke ich, wie mir der Schweiß plötzlich aus allen Poren rinnt. Wir greifen gleichzeitig zu den Servietten, ihr laufen bereits die Tränen herunter und wir bekommen einen Lachanfall.

»Okay, Plan B«, verkündet Lena, als sie sich wieder eingekriegt hat. »Wir ordern was beim Italiener.«

Bis wir alles abgeräumt und gespült haben, ist die Pizza da. Ich füttere Lena mit heißem Käse und küsse ihr zwischendurch das Öl von den Lippen. Irgendwann vergessen wir das Essen. Wenig später segelt der größte Teil unserer Klamotten Richtung Fußboden.

Ich erforsche gerade ausgiebig die Gegend um Lenas Bauchnabel, als sich unsere Blicke begegnen. Wir sind beide schon ein bisschen außer Atem, da rutscht es mir raus, einfach so. »Ist dir eigentlich klar, dass ich ziemlich in dich verliebt bin?«

Sie strahlt mich an. Dann fährt sie mir mit der Hand durchs Haar und landet in meinem Nacken, von wo ihre kreisenden Fingerspitzen wohlige Schauer durch meinen Körper schicken. »Das trifft sich ziemlich gut, würde ich sagen.«

»Findest du?« Ich widme mich wieder der Gegend um ihren Nabel, bedecke sie mit Küssen. Sie hat ein kleines, wirklich winziges Bäuchlein, das ich total niedlich finde. Diese *Size-Zero*-Geschichte war nie mein Ding.

»Naja, wäre ja auch echt blöd gewesen, wenn es nur mir so ginge.«

»Ja«, stimme ich ihr zu, »so was ist echt doof. Auch total unpraktisch, diese Sache mit dem Verliebtsein, wenn man damit allein ist.«

Sie lächelt und ich lächle zurück. Dann bewege ich mich hoch zu ihrem Mund und küsse sie lange. Ich bin eindeutig der glücklichste Mann der Welt.

Langsam arbeite ich mich wieder abwärts, seitwärts, liebkose ihren Bauch und ihre Hüften. Dabei spiele ich mit dem Finger ein bisschen am Saum ihres Slips. Jetzt, wo wir wissen, woran wir miteinander sind, könnten wir doch eventuell mal zum Wesentlichen kommen? Immerhin tobt in mir schon eine Weile ein heftiger Testosteronkrieg. Ich robbe noch ein kleines Stück weiter Richtung Süden.

»Fred …«

»Hmmm …?«

»Fred, ernsthaft jetzt, mach mal kurz Pause, bitte.«

»Sofort? Ich meine, die Gewerkschaften mögen das ja völlig anders sehen, aber ich finde Pausen echt überbewertet. Jetzt gerade könnte ich beispielsweise prima darauf verzichten.« Ich grinse breit.

Sie zieht mich leicht am Ohrläppchen. »Fred, ich würde jetzt auch am liebsten die Welt um uns herum für eine Weile vergessen, aber wir müssen uns unterhalten – dringend. Ich hätte es dir schon viel früher sagen müssen.«

Ich gucke hoch. »Dann war das gerade noch gar nicht das, was du mir sagen wolltest?«

Sie lächelt. »Dass ich in dich verliebt bin? Schon. Obwohl ich es nicht zwangsläufig für heute geplant hatte. Aber es war nicht das, was ich meinte, als ich sagte, wir müssten reden.«

Schweren Herzens trenne ich mich von meinem schönen Plätzchen. Ich hole eine Wolldecke vom Sessel gegenüber, dann lege ich mich neben sie und decke uns beide zu.

»Okay, bin ganz Ohr.«

Plötzlich ist der entspannte Ausdruck aus ihrem Gesicht verschwunden.

»Alles okay? Hast du irgendwas?«

Sie seufzt. »Weißt du, ich wollte dir das schon letzte Woche erzählen. Eigentlich sogar schon in Holland, als mir endgültig klargeworden ist, dass da irgendwas ist zwischen uns. Genau genommen hätte ich es dir beinahe schon an unserem ersten Sonntag im Plattenladen gesagt, aber dann hast du plötzlich diese Einzelgängernummer abgezogen, und ich kam mir mit einem Mal total idiotisch vor.«

Ich erinnere mich dunkel. Wir saßen zwischen ihren Plattenkisten und haben über Frauen, Männer und Exfreunde geredet. Und ich habe etwas davon gefaselt, dass Beziehungen und Nestbau nicht so meine Welt seien. Keine Ahnung, was das sollte. Zumindest was das Beziehungsding angeht, lässt sich sagen, dass meine

Haltung in den Grundfesten erschüttert ist. Ich habe jedenfalls immer noch nicht kapiert, worauf Lena hinauswill. Also hake ich nach: »Was genau wolltest du mir denn damals erzählen?«

Sie setzt sich aufrecht hin und zieht sich die Decke bis zum Kinn. Dann guckt sie mich ziemlich ernst an. »Ich hab den ganzen Tag überlegt, wie ich es dir am schonendsten beibringen könnte.«

»Hey.« Ich lächle sie an. »So dramatisch wird es schon nicht sein.« Ich überlege kurz. »Du bist doch nicht krank?«

Sie schüttelt den Kopf. »Nee, alles gut.«

Ich atme auf. »Du hast mir echt einen Schreck eingejagt.«

»Ich weiß sogar ziemlich genau, dass ich gesund bin, weil ich im Moment nämlich häufiger mal untersucht werde.«

»Na, bestens. Meine Mutter redet ja auch dauernd auf mich ein, dass ich mal zu einem dieser Checks müsste.«

Sie nickt. Dann atmet sie einmal tief ein. »Weißt du, genau genommen sind wir sogar beide total gesund.«

Kurz bin ich verwirrt. »Ja klar, also, das hoffe ich jedenfalls. Auch wenn ich eine Weile nicht beim Arzt war, wird schon alles okay sein, schätze ich.«

Sie schließt die Augen, dann öffnet sie sie wieder. »Mann, Fred, doch nicht du.« Sie beißt sich auf die Unterlippe, wie vor einer Woche in der Klinik. »Ich rede von mir. Ich bin schwanger.«

Ich lache. »Wäre das nicht ziemlich ungewöhnlich, so vom naturwissenschaftlichen Standpunkt gesehen? Ich meine, klar, ich bin keine zwanzig mehr und dann und wann vergesse ich eine Kleinigkeit. Aber den Tag hätte ich garantiert in meinem Tagebuch vermerkt, wenn ich eins führen würde – mit Sternchen!«

Sie schüttelt den Kopf und starrt auf ihre Fingerspitzen. Ein paar Sekunden ist es ganz still.

»Mensch, nicht von dir, du Doofmann«, sagt sie dann leise. Sie sieht mich eindringlich an. »Fred, ich meine es ernst: Ich kriege ein Baby.«

17.

Es ist schon erstaunlich, wie hohl sich ein Kopf anfühlen kann. Meiner jedenfalls kommt mir nach Lenas Geständnis vor wie ein luftleerer Raum, der komplett von einem dicken Fragezeichen eingenommen wird. Mehr als Lena anzustarren, bekomme ich in diesem Zustand nicht hin. Keine Ahnung, wie lange das anhält. Vielleicht ein paar Minuten. Oder eine Viertelstunde. Lena starrt zurück.

»Aber wieso?«, ist das Erste, was ich rausbringe, als der Zustand innerer Lähmung langsam abklingt. Mir fällt selbst auf, wie dämlich das klingt. Aber gemessen an dem Vakuum in meinem Hirn ist das schon eine beachtliche Leistung.

Lena hat bisher geduldig gewartet, jetzt verdreht sie allerdings die Augen. »Du brauchst jetzt aber nicht ernsthaft Nachhilfe in Bio, oder?«

»Nee, natürlich nicht«, sage ich. Und nach einer Pause: »Ich meinte mehr so, von wem? Wer ist der Vater?«

Und warum zum Geier, hallt es in meinem Kopf nach. Sie ist doch mit mir zusammen! Warum kriegt sie da plötzlich ein Kind von einem anderen?

»Niemand.« Sie zuckt mit den Schultern.

Niemand ist schon mal besser als jemand – also, jemand von Bedeutung. Trotzdem finde ich das alles verwirrend. »Und was heißt das jetzt? Ich meine, ganz ohne irgendwen wird es ja nicht funktioniert haben, oder?« Andererseits, wer weiß? Eventuell war's eine unbefleckte Empfängnis? Fände ich so als Gedanken deutlich angenehmer, etwas unrealistisch allerdings.

»Naja, niemand, der vorhätte, eine Rolle im Leben des Babys zu spielen jedenfalls.«

War wohl nichts mit der Maria-Theorie. Lena versteckt sich noch ein bisschen tiefer unter ihrer Decke. Das Durcheinander in meinem Kopf wächst immer weiter an. »Aber warum denn nicht?«

Sie fixiert einen Punkt hinter mir im Zimmer. »Es war eine künstliche Befruchtung«, klärt sie mich dann auf. »Mein Freund und ich hatten uns getrennt, und nach einer Weile habe ich dann Panik bekommen, dass es irgendwann zu spät sein könnte.«

»Du bist doch gerade mal Mitte dreißig?«

»Na und? Weißt du, wie schnell das geht, dass es für ein Baby zu spät ist? Was, wenn ich erst mal eine Weile Single gewesen wäre und dann wieder mit jemandem zusammen, der am Ende keine Kinder will? Das Risiko wollte ich einfach nicht eingehen.«

Sie guckt fast ein bisschen wütend. Dann wendet sie den Blick ab und fixiert eine Weile ihre Zehen, die unter der Decke hervorlugen.

»Mann, ich hatte einfach keine Lust mehr, darauf zu warten, bis der Richtige kommt«, sagt sie schließlich. »Oder ob er überhaupt kommt.« Sie macht eine kurze Pause. Dann schaut sie mich an. »Mensch, Fred, ich konnte doch nicht ahnen, dass ich gleich nach meinem Umzug hierher jemand Neues kennenlerne!«

»Verstehe.« Ich nicke.

In Wahrheit verstehe ich gar nichts. Dass Lena ein Kind bekommt, kapiere ich natürlich schon, und dass sie dafür offenbar das Tiefkühlsperma irgendeines Kernphysikers oder Raketenforschers verwendet hat, auch. Ansonsten allerdings herrscht in meinem Hirn heilloses Chaos. Klar bin ich verliebt. Lena ist die tollste Frau, die mir seit Jahren über den Weg gelaufen ist. Vielleicht sogar die Allertollste, die ich überhaupt getroffen habe, seit ich dem Sandkasten entwachsen bin und herausgefunden habe, wie angenehm man seine Zeit mit Frauen verbringen kann, wenn man erst mal die fixe Idee los ist, ihnen ständig Förmchen an den Kopf hauen zu wollen.

Aber ein Kind mit Lena? Jetzt? Denn wenn sonst keiner da ist, der Vater spielen will, bin dann nicht ich die einzig logische Besetzung für diesen Part? Was zum Geier erwartet sie denn jetzt von mir? Dass ich Freudensprünge mache und mit ihr losziehe und die Babyausstattung besorge? Dass wir eine Tour durch die

Kinderwagengeschäfte der Stadt machen und die Spielzeugläden leerkaufen?

Plötzlich kommt es mir vor, als ob der Raum um mich immer enger würde. Stickig ist es auch. Ich stehe auf und reiße ein Fenster auf. Draußen ist es schon dunkel.

»Alles okay bei dir, Fred?«

»Schätze schon, ja. Logisch. Mir ist bloß gerade ziemlich heiß.«

»Genau genommen ist es hier drin eher kühl«, meint sie.

»Das liegt bestimmt am Curry. Hin und wieder reagiere ich allergisch auf exotische Gewürze.« Ich überlege, mich wieder zu Lena zu legen, aber ich habe das Gefühl, mir würde es besser tun, mich zu bewegen.

Von ihrem Diwan aus schaut sie mich besorgt an. »Wieso hast du denn kein Wort davon gesagt? Brauchst du irgendwas? Soll ich schnell googeln, welche Apotheke Notdienst hat?«

»Nein, ehrlich, nicht nötig«, beruhige ich sie. Dabei habe ich eher den Eindruck, dass meine Symptome von Minute zu Minute schlimmer werden. Es fühlt sich an, als würde ein Braunbär auf meiner Brust sitzen. Hat man bei einem Herzinfarkt eigentlich kalten Schweiß auf der Stirn oder ganz normalen?

»Wäre vielleicht bloß nicht schlecht, wenn ich mal eine Runde um den Block drehen würde.« Meine Stimme klingt ganz dünn. »Bisschen frische Luft und so.«

Inzwischen habe ich offenbar eine ausgewachsene Panikattacke. Jedenfalls fühlt es sich exakt so an, wie ich mir das immer vorgestellt habe: Ich kriege kaum noch Luft, mir ist schwindelig und es kommt mir vor, als sei der Raum in Watte gepackt.

»Klar.« Sie nickt. »Wenn du meinst, dass das was bringt. Soll ich mitkommen?«

»Ach was.« Hektisch schlüpfe ich in Jeans und Turnschuhe und streife mir wieder mein T-Shirt über. »Bin ruckzuck wieder da. Ich nehme einfach Herkules mit, der muss sowieso mal raus.«

Ich sprinte die Treppen hinunter, reiße die Haustür auf und versuche, eine große Portion Abendluft aufzusaugen. Aber wie es scheint, sind meine Lungen geschrumpft. Mehr als kurze, winzige Atemzüge sind nicht drin.

Während Herkules vor der Tür eine Birke beschnuppert, beschließe ich tatsächlich, ein Stück mit ihm zu gehen, auch wenn ich eigentlich nur raus wollte und abwarten, bis ich mich beruhigt hätte. Nicht weg von Lena, nur weg von dieser Wohnung, in der es sich mit einem Mal anfühlte, als hätte man mich in einen zu engen Taucheranzug gepresst.

Ohne auf die Richtung zu achten, laufe ich durch die Nacht, bis ich merke, wie mein Atem sich normalisiert und der Druck auf meiner Brust nachlässt.

In meinem Kopf herrscht noch immer Ausnahmezustand. Gerade ein paar Stunden ist es her, dass ich mich mit dem Gedanken angefreundet habe, dass ich verliebt bin. Und jetzt soll ich schon über Familiengründung nachdenken? Über Geburtsvorbereitungskurse, Schwangerschaftsgymnastik, Schnuller und Milchpumpen? Ganz zu schweigen von einem Baby, das demnächst mit Triefnase und vollen Windeln meine ohnehin zu kleine Wohnung heimsuchen wird und dabei zu allem Überfluss noch nicht mal von mir ist?

Nicht dass ich Kinder nicht leiden könnte. Ich kenne zwar keins persönlich, weil Kalli und Bärbel sich bislang noch nicht der Kinderwagen-Gang angeschlossen haben und der Kontakt zu den Pärchen mit Nachwuchs in meinem Freundeskreis in letzter Zeit nicht besonders intensiv war. Aber ich stelle es mir sogar halbwegs nett vor, mit so einem Steppke auf den Bolzplatz zu gehen und ihm irgendwann seinen ersten Plattenspieler zu schenken oder so.

Dass von solchen Erlebnissen mein Lebensglück abhängen würde, kann ich allerdings nicht gerade behaupten. Und ich hätte auch nicht damit gerechnet, dass sie vor meinem 40. Geburtstag über mich hereinbrechen könnten. Vor allem aber hatte ich mir vorgestellt, dass es sich – falls überhaupt – um *mein* Kind handeln würde. Also eins, an dessen Entstehung ich tatsächlich beteiligt gewesen wäre.

Erst, als ich über ein Paar Beine stolpere und im letzten Moment einen Sturz abfange, wird mir bewusst, in welche Richtung und vor allem wie weit ich durch die

Innenstadt marschiert bin. Das hier ist die Häuserreihe, in der sich meine Wohnung befindet. Und das Paar Beine ragt aus meinem Hauseingang.

Ich will gerade eine Schimpftirade auf den Schwachkopf loslassen, der mitten in der Nacht seine Stelzen auf dem Gehweg ausstreckt. Bis ich sehe, dass selbige zu Ewald gehören, der auf dem Treppenabsatz sitzt. Verdammt. Dass ich ihm angeboten hatte, heute vorbeizukommen, habe ich bei der Verabredung mit Lena völlig vergessen.

»Ach, Fred – gut, dass du endlich da bist«, sagt er, als er mich erkennt »Ich wusste einfach nicht, wo ich sonst hinsollte.«

18.

Zuerst will ich Ewald wegschicken, denn Lena wird sich sicher schon fragen, ob ich durchgebrannt bin, und immerhin haben wir ja eine Kleinigkeit zu klären.

Doch dann steht Ewald auf. Er hat eine Flasche Whiskey in der Hand, die schon halb leer ist, und locker so viel Schlagseite wie gestern beim Italiener. Viel schlimmer ist aber, dass er eindeutig geheult hat. Im Schein der Straßenlaterne sind seine rot geschwollenen Augen nicht zu übersehen.

Ich überlege, ob ich jemanden anrufen könnte. Doch außer Susanne, die an seinem Zustand vermutlich nicht unbeteiligt ist, fällt mir niemand ein. Außerdem habe ich Ewald schließlich gesagt, er solle rüberkommen, falls der Haussegen weiter schief hängt. Also schicke ich Lena eine SMS.

Hey Lena,

sorry, bin unvermittelt ins akute Weltuntergangs-

szenario eines Kumpels geraten – muss als Seelendoktor einspringen, alles andere wäre quasi unterlassene Hilfeleistung. Melde mich morgen früh.

Sorry, sorry, Fred

Ich drücke auf »Senden«, dann helfe ich Ewald die Treppen hoch.

Oben sitzt er zusammengesunken auf dem Sofa. Die Flasche im Arm, rotzt er geräuschvoll in eins dieser Stofftaschentücher, von denen ich geschworen hätte, dass es sie nur noch in Filmen aus der Vorkriegszeit gibt. Ich mache mir einen Wein auf und lasse ihn erst mal erzählen. Ohnehin bin ich viel zu sehr durch den Wind, um irgendwem Ratschläge erteilen zu können.

Aus all dem Geschniefe und Genuschel von Ewald irgendwie abzuleiten, was tatsächlich passiert ist, ist nicht einfach. Wie ich nach einer Weile endlich verstehe, will Susanne offenbar, dass sie und Ewald getrennte Wege gehen, zumindest übergangsweise.

»Eine Beziehungspause, nach siebenundzwanzig Ehejahren – das muss man sich mal vorstellen!« Ewalds Laune wechselt gerade von verzweifelt zu trotzig. Wenigstens redet er deshalb jetzt so laut, dass man ihn endlich verstehen kann. »*Beziehungspause* – wenn ich das schon höre! Und was kommt dann? Soll ich vielleicht demnächst zu einem dieser seelenlosen Speeddatings? Herrgott, müssen wir uns so einen Unsinn wirklich antun?« Er schüttelt den Kopf und nimmt einen Schluck aus der Flasche.

Die nächsten Stunden verbringen wir damit, Ewalds Ehekrise zu erörtern. Wie es aussieht, hat Ewald Susanne im Verdacht mit ihrem Yogalehrer zu schlafen, was Susanne abstreitet, die ihrerseits findet, dass Ewald ein paranoider Spinner sei. Der Familientherapeut, den Ewald mir neulich empfohlen hat, dürfte vorläufig nicht arbeitslos werden.

Als wir durch sind, haben wir nicht nur Ewalds Whiskey vernichtet, sondern auch meine Flasche Wein und die Überreste eines widerlich schmeckenden Kräuterlikörs, den ich im Kühlschrank gefunden habe. Draußen wird es bereits hell. Ich biete Ewald meine Couch an und wanke ins Schlafzimmer.

Den Freitag verschlafen wir fast komplett. Erst am späten Nachmittag hieve ich mich aus dem Bett – mit einem Schädel vom Ausmaß des Grand Canyon. Der Hund hat anscheinend eine Blase wie ein Büffel, jedenfalls pennt er seelenruhig. Ewald ist auch noch da und schnarcht auf dem Sofa. Ich wecke ihn, dann wandere ich rüber in die Küche und setze uns eine große Kanne Kaffee auf.

Eine halbe Stunde später bin ich mit Herkules zurück von seiner ersten Pinkelrunde und habe ihn gefüttert, und Ewald und ich füllen im Wohnzimmer unsere Koffein-Speicher. Wie es aussieht, geht es ihm kein bisschen besser als gestern. Er scheint es noch nicht mal zu registrieren, als Herkules ihm seinen Ball in den Schoß legt, bleibt nur reglos sitzen und stiert vor sich hin.

Irgendwann sagt er doch noch was. Er könne sich ein Hotelzimmer suchen, bietet er an, doch ich winke ab.

»Du bleibst natürlich hier, ist doch gar keine Frage. Für ein Weilchen echt kein Problem, Ewald. Vielleicht ist ja auch ruckzuck alles wieder in Butter zwischen dir und Susanne.«

»Find' ich riesig von dir, Fred«, meint er leise. Dann verfällt er wieder in Schweigen.

Weil wir ausgehungert sind und in meinem Kühlschrank bis auf ein paar Eier kaum etwas Genießbares zu finden ist, ziehen wir los, um irgendwo was zu essen. Ewald schleppt sich mit hängendem Kopf über den Bürgersteig und sagt weiterhin kein Wort – bis auf die paar nötigsten zu einem Kioskbesitzer, bei dem er sich eine kalte Cola kauft. Ich überlege noch, ob wir uns eher einen schnellen Döner holen oder uns irgendwo reinsetzen sollen, da fällt mir siedend heiß Lena ein. Scheiße.

Als ich mein Handy einschalte, habe ich ein ungutes Gefühl im Bauch – zu Recht, wie sich herausstellt. Ihre Antwort hätte nicht knapper ausfallen können: nur ein kurzes »ok« auf meine SMS von gestern Abend. Ganz schlecht. Bärbel hat mir mal gesteckt, man stehe als Kerl definitiv auf der Abschussliste, wenn eine Frau nicht mal mehr Lust habe, einen simplen Smiley oder ein paar Grüße ins Handy zu tippen. Also schicke ich eine wortreiche Entschuldigung, in der ich Lena die Lage mit Ewald so gut wie möglich erläutere, und verspreche, mich spätestens morgen in Ruhe zu melden. Verkatert, wie ich bin, würde ich heute bei einem Babygespräch sowieso bloß Blödsinn verzapfen.

Den Abend verbringen wir vor der Glotze, mit literweise Wasser, einer Großpackung Aspirin und: *Stirb Langsam* 1-4. Das hilft immer.

Als ich am nächsten Vormittag aufwache, liegt auf dem Wohnzimmertisch ein Zettel – Ewald ist im Sender und will aufholen, was gestern an Arbeit liegen geblieben ist.

Höchste Zeit, endlich mit Lena zu reden. Nur, dass ich immer noch keine Ahnung habe, was ich ihr sagen soll. Angesichts des Schlamassels mit Ewald bin ich überhaupt nicht dazu gekommen, in Ruhe über das Babythema nachzudenken. Ich beschließe, Kriegsrat mit Sascha zu halten. Am Telefon schlägt sie einen Spontanbrunch in unserem Lieblingsbistro vor. Der Laden hat nicht nur die leckersten Brötchen der Stadt, er liegt auch um die Ecke von Lenas Wohnung. Bestens. Sobald Sascha und mir was eingefallen ist, werde ich rübergehen und mit Lena reden.

Wir ergattern einen der Tische auf der Außenterrasse. Während ich mit belegten Brötchen und Kaffee die letzten Ausläufer meines Katers vertreibe, setze ich Sascha über die unvorhergesehene Änderung der Lage ins Bild.

»Wow!«, ruft sie, als ich bei dem Teil mit der Schwangerschaft angekommen bin. »Ein Baby? Wenn du dich in eine Beziehung stürzt, dann aber richtig, was?«

Ich zucke ratlos mit den Schultern. »Ich hatte mir das irgendwie auch ein bisschen anders vorgestellt.«

»Immerhin hast du dir endlich eingestanden, dass du in sie verliebt bist.« Sie nickt anerkennend. »Und hast es ihr sogar gesagt. Und das, obwohl ihr noch nicht mal miteinander geschlafen habt.«

Ich grinse. »Ließ sich nicht vermeiden. Also, das mit dem Verlieben. Was das mit dem Sex angeht: Da kam ihr Überraschungspaket dazwischen.«

»Das hat es allerdings in sich«, meint Sascha nachdenklich und löffelt Marmelade auf ihren Teller. »Und? Was willst du jetzt machen?«

»Ich habe echt keinen Schimmer.«

»Siehst du dich denn als Papa? Kannst du dir das für dich überhaupt vorstellen?« Sie schaut mich fragend an.

»Kann schon sein, irgendwann mal. Aber Lena und ich kennen uns doch erst ein paar Wochen.«

»Darauf kommt's ja nicht unbedingt an.« Sascha scheint zu überlegen. »Wie verliebt bist du denn? Mal grob geschätzt, so auf einer Skala von 1 bis 10?«

»Keine Ahnung.« Ich denke nach. »12?«

Sie strahlt mich an. »Mensch, Fred, ich freu mich total für dich. Echt.« Sie drückt mich. »Aber dann ist doch alles klar, oder?«

»Ehrlich, mir ist im Moment gar nichts klar…« Frustriert registriere ich, dass Sascha sich das letzte Croissant aus dem Korb nimmt. »Sekunde, ich springe kurz mal rein und organisiere uns noch was.«

Ich bin schon auf dem Weg zum Tresen, da bricht hinter mir die Hölle los. Als ich mich umdrehe, hechtet Herkules quer über die Terrasse, meinen Stuhl im Schlepptau, an dessen Bein ich seine Leine befestigt hatte. Dabei bellt er, als befände er sich in der Ausscheidung für die nationalen Kläff-Meisterschaften. Ich sprinte hinterher, gerade noch rechtzeitig, bevor er und der Stuhl die kniehohe Hecke zum Bürgersteig durchbrechen.

»Fred? Das ist doch jetzt nicht wahr…«

Vor mir steht Lena, eine Brötchentüte in der einen und eine Flasche Milch in der anderen Hand. Herkules macht sich fast nass vor lauter Begeisterung. Sie selbst sieht weniger happy aus.

»Hey, Lena!« Ich bin noch damit beschäftigt, den Knoten aus Leine, Mops- und Stuhlbeinen zu entwirren, was dadurch erheblich erschwert wird, dass Herkules gerade ein Freudentänzchen veranstaltet. »Auch Frühstück organisiert?«

Sie nickt nur, schaut zu mir herunter und wirkt dabei ziemlich fassungslos.

Ich kämpfe immer noch mit der Leine. »Echt schön, dich zu sehen.«

»Ja«, sie starrt mich weiter an, »ich hatte auch nicht mehr damit gerechnet, dass ich noch mal in den Genuss deiner Gesellschaft kommen würde.«

»Was? So ein Quatsch.« Ich bin endlich mit dem Entknoten durch. »Also, ich freu mich jedenfalls total, dich hier zu treffen.« Ich will ihr einen Kuss geben, doch sie schiebt mich weg.

»Du glaubst doch nicht wirklich, dass mir jetzt danach ist, hier mit dir im Sonnenschein zu stehen, zu knutschen und auf heile Welt zu machen, oder?«

»Wieso? Was ist denn los?«

Sie schüttelt den Kopf, geht in die Hocke und begrüßt Herkules, wirkt aber währenddessen nicht halb so fröhlich wie sonst. Schließlich steht sie wieder auf. »Okay, ich frische mal dein Gedächtnis auf, ja?«

Ich nicke.

»Donnerstagabend beichte ich dir, dass ich schwanger bin. Du sagst, du müsstest nur mal eben um den Block, weil du ein Problem mit dem Curry hättest – und tauchst nicht wieder auf.«

»Ja, sorry, das ist blöd gelaufen.«

Doch sie geht gar nicht darauf ein. »Nachdem ich ewig zu Hause gesessen habe, schreibst du mir mitten in der Nacht eine nebulöse SMS, dass es irgendeinen Notfall mit deinem Kumpel gegeben hätte und du Freitagmorgen anrufst. Und was ist? Wieder Funkstille – jedenfalls bis Freitagabend.«

Sie hat ja recht. Das war nicht gerade eine Glanzleistung.

»Dann gibst du doch noch mal ein Lebenszeichen von dir, teilst mir mit, du wärest immer noch damit beschäftigt, deinen Freund zu verarzten, würdest dich aber spätestens heute bei mir melden.«

Ich nicke wieder.

»Also warte ich. Umsonst. Denn dich interessiert es ja offenbar kein Stück, dass du dich seit vorgestern nicht mehr hast blicken lassen. Wie's aussieht, sitzt du bei dem schönen Wetter nämlich viel lieber gemütlich im Bistro um die Ecke! Mensch, was denkst du dir eigentlich dabei, Fred? Hältst du mich für total bescheuert?«

»Ehrlich, Lena, tut mir leid, dass ich Donnerstag nicht zurückgekommen bin«, sage ich kleinlaut. »Das war echt nicht geplant. Aber ich sitze hier nicht bloß rum, Sascha und ich haben drüben am Tisch eben über dich geredet, ich schwör's dir.«

»Ist ja unheimlich tröstlich, Fred. Doch, ganz im Ernst, das macht die Angelegenheit für mich natürlich gleich viel besser.« Sie verdreht die Augen. »Hättest du vielleicht mal in Erwägung ziehen können, mit *mir* zu sprechen? Ohne erst die Ergebnisse deiner landesweiten Meinungsumfrage abzuwarten?«

»Glaub mir, ich hatte fest vor, gleich nach dem Frühstück zu dir rüberzugehen.« Ich greife nach ihrer Hand, doch sie schüttelt sie ab.

»Schon gut, Fred, gib dir keine Mühe. Weißt du, manchmal braucht es vielleicht gar nicht viele Worte, damit man kapiert, was Sache ist.« Sie macht kehrt und lässt mich stehen. Ich rufe ihr nach, doch sie schaut nicht zurück und verschwindet schließlich aus meinem Blickfeld.

»War das Lena?«, fragt Sascha, als ich eine Minute später an den Tisch zurückkehre.

Ich nicke zerknirscht. »Jep.«

»So eine verdammte Scheiße.«

19.

Noch während des Treffens mit Sascha rufe ich Lena immer wieder auf dem Handy an, ohne Erfolg – und bei ihr vorbeizugehen und zu klingeln, kommt mir nach unserem Zusammenstoß plötzlich auch nicht mehr wie eine so herausragende Idee vor. Den Nachmittag über versuche ich es x-Mal auf allen Kanälen, quatsche ihre Mailbox voll, schicke diverse SMS, in denen ich sie bitte, sich zu melden. Keine Reaktion.

Gegen Abend habe ich die Nase voll. Klar verstehe ich, dass sie sauer ist. Auch wenn es nicht meine Schuld ist, dass Donnerstagnacht plötzlich Ewald vor meiner Tür saß, war es vermutlich echt scheiße für sie, dass ich nach ihrem Babygeständnis verschollen blieb. Dass sie es eher suboptimal fand, mich eineinhalb Tage später zu treffen, während ich anscheinend ganz relaxt mit einer Freundin frühstücke, statt mich endlich bei ihr blicken zu lassen, kann ich auch nachvollziehen. Trotzdem stinkt es mir, dass sie so ausgeflippt ist. Darf man als Mann nicht auch mal überfordert sein, wenn eine Beziehung, die kaum drei Minuten alt ist, auf einmal von einem Baby gekrönt wird?

Doch ihre Wut ist nicht mein einziges Problem. Auch 48 Stunden nach Lenas Babygeständnis hab ich noch immer keine Ahnung, was ich von der Sache halten soll. Ist ja nicht so, als könnte man sich jederzeit umentscheiden, falls einem plötzlich klar wird, dass man ein Leben mit Baby doch nicht so erstrebenswert findet. Auch das Gespräch mit Sascha hat mich keinen Deut weitergebracht.

Also nehme ich die Sendepause fürs Erste hin. In ein, zwei Tagen hat Lena sich bestimmt wieder ein bisschen abgeregt, und ich werde bis dahin schon irgendeine Eingebung haben – hoffe ich jedenfalls.

Am Sonntagmorgen ist es erst mal höchste Eisenbahn, mich wieder bei meiner Mutter blicken zu lassen. Ich habe sie gleich zweimal hintereinander versetzt. Ein drittes Mal darf ich mir unter keinen Umständen erlauben, wenn ich nicht riskieren will, dass sie mich zur Adoption freigibt.

Weil ich Herkules nicht allein lassen kann und Ewald schon den gesamten Vormittag in Blümchenunterhose und Feinrippshirt auf meinem Sofa sitzt und guckt, als wolle er gleich aus dem Fenster springen, nehme ich sie einfach beide mit. Außerdem wird so wenigstens nicht alle mütterliche Aufmerksamkeit auf mir lasten.

Ich habe absolut keine Lust, das Babythema mit meiner Mutter zu diskutieren.

Als wir bei ihr ankommen, sieht es tatsächlich aus, als hätte ich schon schlechtere Ideen gehabt. Meine Mutter kriegt sich gar nicht ein vor Begeisterung, dass ich ihr endlich mal meinen Chef vorstelle. Ich richte mich auf ein relaxtes Mittagessen ein, Herkules und Ewald werden das Ding schon schaukeln.

Drinnen ist es mit meiner Entspanntheit aber schnell vorbei. Kaum hat sie uns Rotkohl, Klöße und Schweinebraten auf die Teller geladen, geht sie auch schon in die Vollen.

»Na, nun bin ich aber neugierig, was Sie so zu berichten haben, Ewald – wie macht sich denn mein Fred bei Ihrem Radiosender?«

Es ist exakt vier Wochen her, seit ich ihr von dem Theater bei der Arbeit erzählt habe. Dass der derzeitige Moderator von *Radio Hearts* nicht ihr Sohn ist, dürfte ihr ebenfalls unschwer entgangen sein. Warum in aller Welt tun Mütter so was?

Ewald starrt mich vielsagend an und kaut ein bisschen zu lang auf seinem Schweinebraten herum.

»Mutter!«, murmle ich mahnend zwischen zwei Bissen. Doch sie läuft anscheinend gerade erst zur Hochform auf.

»Wissen Sie, Ewald, Fred hat mir natürlich berichtet, dass er eine Auszeit genommen hat, aber das soll doch nicht von Dauer sein, nicht wahr? Ich meine, ich habe ja diesen Dominik gehört. Wenn Sie mich fragen: Der hört sich gern selbst reden, finden Sie nicht auch?«

Ewalds Mundwinkel zucken verdächtig, er kann sich ein Lachen nur mit viel Mühe verkneifen. Immerhin. Ist ja nicht so, dass er die letzten Tage besonders viel Grund dazu gehabt hätte.

»Mutter, es wird meine Lage kaum verbessern, wenn wir jetzt Ewald wegen der Sendung nerven.« Ich hätte ahnen müssen, dass das schiefgeht. Nun ist sie beleidigt.

»Ich wollte ja nur helfen!« Sie schüttelt den Kopf, dann nimmt sie endlich auch einen Happen. Wir schweigen eine Weile.

»Und«, will sie keinen halben Kloß später wissen, »sind Sie denn verheiratet, Ewald?«

Diesmal grinst Ewald nicht.

»Mutter, Ewald muss sich ja schon fühlen wie in einer dieser Quizsendungen.«

»Alles im grünen Bereich, Fred«, geht er dazwischen. »Ja, das bin ich, Frau Körner. Schon seit siebenundzwanzig Jahren, meine Frau heißt Susanne.«

»Ach, wunderbar, wenn Männer die Verantwortung für ihre Ehe ernst nehmen.« Sie strahlt Ewald an. »Na bitte, Fred, Ewald hat sogar schon die Silberne Hochzeit hinter sich.«

»Schon klar«, seufze ich, »um das hinzubekommen, hätte ich mich allerdings in der Grundschule verloben müssen, Mutter.«

»Naja, wenigstens mit Mitte zwanzig wäre es ja mal

schön gewesen – länger hat Ewald bestimmt auch nicht damit gewartet, so jung, wie er aussieht, oder Ewald?« Über den Tisch hinweg himmelt sie ihn an.

»Da liegen Sie richtig, Frau Körner«, meint Ewald lächelnd. Na, danke.

»Kinder?«, forscht Mutter weiter nach.

»Vier Töchter«, antwortet Ewald, »alle schon beinahe erwachsen.«

»Da hast du's, Fred – und du bist nicht mal in festen Händen. Wenn du noch lange mit der Familiengründung wartest, stehst du vor der Rente, bevor dein Nachwuchs eingeschult ist!«

Treffer, versenkt. Wie hätte es auch anders sein können, als dass wir heute auf exakt dieses Thema kommen? Ob es so was wie einen Spezialradar gibt, mit dem Mütter zielsicher die Fragen aufspüren, die ihren Söhnen von allen Fragen auf der Welt gerade am unangenehmsten sind?

Einen Augenblick gebe ich mich der Hoffnung hin, dass sie das Thema fallenlässt, wenn ich nicht darauf eingehe. Doch sie ist noch nicht fertig.

»Und dabei dachte ich, wo du jetzt schon mal den Mops hast...« Sie zeigt auf Herkules, der kreuzbrav neben ihrem Stuhl sitzt, sie hypnotisch anstarrt und offenbar hofft, dass die Reste des Bratens sich wie von Zauberhand zu ihm auf den Fußboden verirren werden.

»Mutter, du weißt doch, dass ich nur Ersatzherrchen spiele, bis klar ist, wo Herkules dauerhaft seine Mopszelte aufschlagen darf. Und was hat das damit zu tun, ob und wann ich Kinder möchte?«

Sie sieht mich an, als sei ich minderbemittelt. »Na, immerhin ist so ein Mops auch ein schutzbedürftiges Wesen, das gefüttert werden will und Erziehung und Liebe braucht. Da hast du doch jetzt schon ein wenig Erfahrung darin, wie es ist, Verantwortung zu übernehmen. Natürlich ist es nicht dasselbe – aber so weit ist es durchaus nicht von dem entfernt, was es braucht, um ein Kind großzuziehen«, klärt sie mich auf.

Ich lasse den Kopf auf die Tischplatte neben meinem Teller sinken.

»Du brauchst jetzt gar nicht…«, hebt sie an.

Doch Ewald rettet mich. »Zurzeit kümmert Fred sich ja auch noch um mich, Frau Körner, aktuell campiere ich nämlich auf seiner Couch, Susanne und ich nehmen uns eine Auszeit.«

Sie lässt Messer und Gabel Richtung Tischdecke sinken. »Das tut mir leid für Sie, Ewald.«

»Danke, das ist nett, Fred passt schon auf, dass ich nicht zu trübsinnig werde.«

Sie lächelt in meine Richtung. Ich lächle zurück, allerdings nur halbherzig. Logischerweise denke ich angesichts der Wendung, die das Gespräch genommen hat, nur noch an Lena.

»Na, so eine Auszeit soll ja manchmal ein wahrer Jungbrunnen für eine Ehe sein, nicht wahr? Warten Sie's ab, Ewald: In ein paar Tagen sieht die Welt für Sie und

Susanne sicher wieder anders aus.« Über den Tisch hinweg drückt sie tatsächlich seine Hand.

Nach dem Essen füllt Mutter Ewald auf dem Sofa mit selbst aufgesetztem Johannisbeerlikör ab und redet ihm weiter gut zu. Ich sitze nebendran und bin ganz woanders.

Lena hat sich immer noch nicht gemeldet. Was, wenn sie's nicht mehr tut? Nicht, dass ich heute besser wüsste als gestern, was ich ihr sagen will, aber was wäre, wenn sie nun endgültig genug von mir hat?

»Du warst still heute«, sagt Mutter, als wir uns an der Haustür verabschieden. Im Garten gegenüber sitzen die Nachbarn bei Kaffee und Kuchen, Ewald ist schon im Auto, die Wangen leicht gerötet.

»Ja, tut mir leid, ich bin gerade nicht so wahnsinnig gut drauf.«

Sie seufzt. »Manchmal glaube ich wirklich, dir ginge es besser, wenn es in deinem Leben eine besondere Frau gäbe.«

»Wer weiß, vielleicht gibt es die ja schon, Mutter.« Ich staune selbst über meine Offenheit. »Ich blick da gerade auch nicht so ganz durch.«

Sie umarmt mich, dann stellt sie sich auf die Zehenspitzen. »Wenn du das wirklich glaubst, dann halt sie fest«, flüstert sie mir ins Ohr. Dann nimmt sie meinen Kopf zwischen beide Hände und schaut mich an. »Die Richtige trifft man nur einmal im Leben, Fred. Und auch das nur, wenn man besonders viel Glück hat.«

Mütter sind schon ein Phänomen. Den Großteil der Zeit möchte man sie eigentlich auf den Grund eines möglichst tiefen Ozeans versenken oder ihnen wenigstens nahelegen, es testweise mit einem Schweigegelübde zu versuchen – so für zwei bis zwölf Jahre vielleicht. Doch dann sind da diese Momente, in denen sie irgendwas vom Stapel lassen, das vielleicht nicht direkt lebensverändernd ist, einem aber immerhin bewusst macht, dass man ohne sie eben doch aufgeschmissen wäre.

Das an der Tür war einer dieser Momente. Ich kann zwar nicht mit Sicherheit sagen, ob ich Lena liebe, und schon gar nicht, ob sie die Liebe meines Lebens ist – irgendwie kommt es mir für solche Bekenntnisse auch ein bisschen früh vor.

Aber immerhin deutet einiges darauf hin, dass sie die Liebe meines Lebens werden *könnte*. Und das ist schon mal deutlich mehr, als man von allen anderen Frauen behaupten kann, die mir in den letzten Jahren über den Weg gelaufen sind.

Während wir nach Hause fahren, wird mir klar, dass ich es bin, der die Dinge in die Hand nehmen muss, wenn ich Lena wiedersehen will. Mag sein, dass mir zu der Babygeschichte immer noch nichts eingefallen ist, aber dann ist das eben so. Er oder sie wird schließlich nicht gleich übermorgen zur Welt kommen. Hauptsache, wir klären erst mal diesen bescheuerten Streit.

Zurück in meiner Wohnung beschließe ich, gleich Nägel mit Köpfen zu machen. Ich hüpfe unter die Dusche, ziehe meine Lieblingsjeans und das dunkle The-Velvet-Underground-Shirt an, von dem Nora mal meinte, dass es mich verwegen wirken ließe, dann neble ich mich mit dem Herrenduft ein, der seit Weihnachten vor drei Jahren auf dem Badezimmerschrank verstaubt, und pfeife Herkules ran.

»Ich bin mal eine Weile weg«, lasse ich Ewald wissen, der auf dem Sofa sitzt und offenbar vor einer Kanne Tee meditiert. Keine Ahnung, wann er seinen ganzen Krempel hier angeschleppt hat – ich hoffe, morgen steht nicht gleich ein Möbelwagen vor der Tür.

»Viel Spaß.« Seine Augen glänzen immer noch glasig. Aber immerhin wirkt er nicht mehr so niedergeschlagen.

Ich zwinkere ihm gut gelaunt zu. In dem Moment klingelt auf der Kommode im Flur mein Handy.

»Hast du heute am frühen Abend was vor?« Es ist Lena. »Ansonsten würde ich nachher gern mal rüberkommen, falls du Zeit hast.«

»Cool, ich war sowieso auf dem Sprung zu dir!«

»Ich muss noch ein paar Kleinigkeiten erledigen. Aber dann könnte ich, wenn das für dich okay wäre.«

»Klar!«

Wir legen auf, und ich stehe einen Moment verdutzt im Flur. Ich hätte nicht damit gerechnet, dass Lena den ersten Schritt macht. Aber letztlich kann es nur was Gutes heißen, dass sie sich mit mir treffen will. Die Zeit bis zu ihrer Ankunft verbringe ich damit, mit Ewald durch die Sportkanäle zu zappen und Herkules seinen Ball durchs Wohnzimmer zu werfen.

»Hey«, sage ich und lächle ihr zu, als sie eine knappe Stunde später die Treppen hochkommt. Doch diesmal hört sich ihr »Hey« nicht annähernd so euphorisch an wie meins. Auf der Fußmatte bleibt sie stehen.

»Hör zu«, meint sie und sieht mir dabei nicht in die Augen, »ich will für drei Tage mit einer Freundin weg und nehme Herkules mit. Ich habe ja gerade nicht so oft die Gelegenheit, ihn zu sehen.«

»Klar.« Ich versuche, mir die Enttäuschung nicht anmerken zu lassen. »Komm doch rein.«

Sie geht an mir vorbei und fängt an, Herkules' Kram zusammenzusuchen. Sein Kissen neben dem Bett, sein Spielzeug, das überall verteilt ist, die Näpfe und Futterdosen aus der Küche. Ich folge ihr überallhin, in der Hoffnung, dass sie irgendwas zu unserem Streit sagt, aber sie steckt bloß schweigend die Sachen in ihren Beutel und nickt Ewald im Vorbeigehen zu. Sie sieht ein bisschen sauer aus, aber auch traurig, und mit einem Mal wünschte ich, ich hätte es gestern Abend doch noch mal mit einem Anruf versucht. »Ich würde echt gern kurz mit dir reden, bevor du losziehst«, sage ich leise.

Doch sie schüttelt den Kopf. »Ich hab's wirklich eilig, meine Freundin wartet unten im Auto.«

Kurz darauf ist sie an der Tür und legt Herkules an die Leine. Es sieht aus, als wollte sie tatsächlich einfach gehen.

»Mann, Lena, jetzt warte doch mal!«

Vom Treppenabsatz aus schaut sie über die Schulter zurück. »Was denn?«

»Sehen wir uns, wenn du wieder da bist? Um noch mal zu sprechen wegen der Sache?«

Sie sieht mich merkwürdig an, ein bisschen befremdet, und in dem Moment dämmert es mir: War vielleicht nicht so gut, das Baby als Sache zu bezeichnen.

Sie nickt nur. »Ja. Klar.« Ich bin nicht sicher, aber es könnte sein, dass ihre Augen ein bisschen glänzen.

Dann ist sie auch schon die ersten Stufen runter, und ich höre, wie sich ihre Schritte auf der Treppe entfernen. Ihr Geruch hängt einen Augenblick in der Luft, und ich würde ihr am liebsten auf der Stelle hinterherrennen, doch irgendwas hält mich zurück. Dann ist der Moment vorbei, und sie ist weg.

»Wer war denn die Kleine?«, fragt Ewald hinter mir, während ich noch immer ins dunkle Treppenhaus starre. »Hab ich die nicht neulich schon mal mit dir gesehen?«

Ich nicke. »Das war Lena«, antworte ich tonlos.

»Hübsch«, meint er und verschwindet Richtung Küche.

»Ja«, sage ich leise. »Sehr.«

20.

Den ganzen Montag über verlasse ich die Wohnung nicht. Das Treffen mit Lena hat mir übel zugesetzt. Bevor sie da war, dachte ich noch, es würde sich schon alles wieder einrenken. Auch wenn ich noch nicht genau wusste, wie.

Seit ihrem Auftritt gestern bin ich allerdings nicht mehr sicher, ob sie will, dass sich irgendwas einrenkt. Zu allem Überfluss vermisse ich sie wie verrückt – sogar Herkules fehlt mir. Da genießt du jahrelang hochzufrieden dein Dasein als einsamer Wolf – selbst Nora ließ höchstens mal zwei, drei Sachen für eine Übernachtung da – und dann tritt eine Frau nebst Vierbeiner in dein Leben, und plötzlich hast du keine Ahnung, wie du es all die Zeit vorher ohne sie ausgehalten hast.

Ein Glück, dass wenigstens Ewald da ist. Wir teilen uns sogar schon den gleichen deprimierten Gesichtsausdruck, wenn wir abends stereo auf den Fernsehbildschirm starren. Wenn ich mich jetzt noch mit Yoga und

Teetrinken anfreunde, gehen wir demnächst glatt als Zwillinge durch.

In der nächsten Nacht träume ich von Lena. Lena wie sie am Strand tanzt, von ihrem Lachen, ihren Lippen auf meinen. Dann schiebe ich plötzlich einen zentnerschweren Kinderwagen, in dem ein rot angelaufenes Baby in Metallica-Konzertlautstärke schreit, während Lena mit Lockenwicklern im Haar Teppiche ausklopft. Ich erwache schweißgebadet und beschließe nach einer kalten Dusche, meinen Termin bei Sieglinde doch mal wieder in Anspruch zu nehmen.

»Diesmal ohne Hund?«, fragt sie, als ich eineinhalb Stunden später an ihr vorbei durch die Tür trete. Ich nicke nur, trotte den Flur runter in den Praxisraum und lasse mich auf mein Sofa fallen.

Im Telegrammstil kläre ich Sieglinde darüber auf, was die letzten beiden Wochen los war, inklusive Lenas Auftritt von vorgestern.

»Da hatten Sie ja einiges zu verdauen«, kommentiert sie trocken. Dann macht sie meterweise Notizen.

Ich erzähle ihr von meinem Traum. Sie nickt und schwingt weiter den Kuli. Dann richtet sie den Blick ins Leere, als wäre sie tief in Gedanken.

Ich hoffe, sie brütet etwas Schlaues aus, immerhin ist die Lage ernst, ich brauche dringend ein paar Ratschläge. Irgendwas echt Ausgebufftes, das die unschöne Schieflage, in der sich mein Leben befindet, endlich wieder gerade rückt. Quasi etwas, wofür Sieglinde in der Psycho-Doc-Schule eine Eins bekommen würde – mit Sternchen.

»Sind Sie als Baby gestillt worden?«

Das ist nicht ganz das, was ich mir vorgestellt hatte. Keine Ahnung, ob ich gestillt worden bin. Ich habe auch wenig Lust darauf, mir mich an den Brüsten meiner Mutter vorzustellen oder sie gar danach zu fragen, ob und für welchen Zeitraum sie mir selbige in der Vergangenheit zur Verfügung gestellt hat. Davon abgesehen, leuchtet mir nicht im Mindesten ein, was meine frühkindliche Milchversorgung mit der Tatsache zu tun haben soll, dass die Frau meiner Träume ein Kind von einem anderen bekommt – was ich Sieglinde auch mitteile.

Die nickt bedächtig. »Würden Sie denn sagen, dass Sie selbst eine glückliche Kindheit hatten? Wie empfanden Sie diese Zeit, Herr Körner?«

Ist das eigentlich eine offizielle Vorgabe, dass diese Psychomenschen mit einem nie über das reden, was einem wirklich auf der Seele brennt?

»Im Großen und Ganzen war sie ziemlich gut«, sage ich dennoch. Vielleicht will sie ja auf etwas Wichtiges hinaus. »Wenn man mal von der Tatsache absieht, dass mein Vater keine Lust auf Kleinfamilie hatte und sich irgendwann aus dem Staub gemacht hat.«

»Und haben Sie eine Vorstellung davon, wie Sie selbst sich als Vater machen würden?«, bohrt Sieglinde weiter.

Langsam fängt sie wirklich an zu nerven. »Darum geht es doch jetzt echt nicht!«

»Worum konkret geht es aus Ihrer Sicht denn, Herr Körner?«

»Na, zum einen schon mal darum, dass das Kind nicht von mir ist.«

»Und der Gedanke wühlt sie auf? Was empfinden Sie dabei?«

»Naja, so direkt war ja kein anderer im Spiel. Außerdem ist das alles schließlich passiert, bevor Lena überhaupt von meiner Existenz wusste.«

»Und was schreckt Sie dann so an der Vorstellung, dass Ihre Partnerin ein Kind erwartet?«

»Na, zum Beispiel die Tatsache, dass es reichlich früh ist! Optimalerweise kennt man wenigstens den Nachnamen des anderen, bevor man mit der Kinderplanung beginnt, oder?«

»Sie kennen den Nachnamen Ihrer Freundin nicht?«

»Das war jetzt eher metaphorisch gemeint.«

»Ich verstehe. Vielleicht möchten Sie sich dennoch für einen Moment auf meinen Gedankengang einlassen.«

»Von mir aus.«

»Wunderbar. Inwiefern, glauben Sie, könnte die Erfahrung mit Ihrem eigenen Vater in diesem Zusammenhang eine Rolle spielen?«

»Den kenne ich ja kaum.«

»Eben.«

»Wieso eben?«

»Nun, Ihr Vater hat das Leben in einer Familie abgelehnt, richtig?«

»Und?«

»Und nun scheint auch Ihnen diese Vorstellung massive Schwierigkeiten zu bereiten.«

»Und weiter?«

»Nun, es wäre vorstellbar, dass Sie ihn unbewusst kopieren.«

Jetzt habe ich wirklich bald die Faxen dicke. »Warum, bitteschön, sollte ich diesen Arsch auch noch kopieren?«

»Sie mögen ihn zwar jetzt beschimpfen, doch die Ablehnung durch Vater oder Mutter ist immer ein schmerzhaftes Ereignis für ein Kind.«

»Und was sagt uns das jetzt?«

»Nun, es könnte sich Ihrerseits um den unbewussten Versuch handeln, Ihren Vater zu entschuldigen. Eine Art Schulterschluss mit dem Feind, wenn Sie so wollen. Wenn Sie sich ähnlich verhalten wie er, und Frau und Kind ablehnen, müssten Sie ihn nicht mehr so sehr hassen. Das wäre ein denkbarer Grund dafür, warum Sie selbst an diesem Punkt Ihres Lebens keine Verantwortung übernehmen möchten.«

Ernsthaft, mir reicht's.

»Also, erstens weigere ich mich gar nicht grundsätzlich, Verantwortung zu übernehmen.« Ich schnappe mir meine Tasche.

»Zweitens bin ich – Verantwortung hin oder her – nicht der Auffassung, dass ich sofort wild begeistert ein fremdes Kind als meins annehmen muss.«

Sieglinde zuckt mit keiner Wimper.

»Und drittens halte ich den ganzen Klimbim mit dem Stillen und meinem Vater für ausgegorenen Schwachsinn und habe für heute wirklich genug davon.« Mit diesen Worten ziehe ich los und lasse sie sitzen.

»Genau genommen hat Lena das auch nie von Ihnen verlangt!«, ruft mir Sieglinde hinterher, als ich schon fast durch die Tür bin. Aber ich habe keine Ahnung, was sie damit meint, und es ist mir auch egal. Soll sie jemand anderen analysieren, ich brauche dringend ein paar handfeste Ideen und nicht noch mehr von diesem Gefasel. Also mache ich Halt bei Kalli, nur dass der auf mein Klingeln nicht reagiert.

»Kaffee war alle«, lässt er mich wissen, als ich auf dem Handy durchbimmle. »Und in der Mensa gibt's Frühstück für 3,80 Euro. Kommst du rum?«

Eine Viertelstunde später bin ich in der Uni und schiebe an der Frühstücksausgabe mein Tablett hinter Kalli her. Mir zu Ehren legt er gerade eine dritte Runde am Buffet ein.

»Wo hast du denn den kleinen Scheißer gelassen?«, will er wissen, während er mit gerunzelter Stirn die Brotsorten begutachtet. »Du hast den doch hoffentlich nicht draußen an den Radständern angebunden, oder? Sag mir jetzt nicht, er hat's nicht geschafft…«

»Herkules geht's bestens, keine Sorge«, beruhige ich ihn und lege ein Croissant auf mein Tablett.

»Wusste ich's doch, dass den so schnell nix umhaut.

Und wie läuft's mit der Vinyl-Lady?« Kalli grinst breit. »Sehr ansehnlich übrigens, wenn du meine Meinung hören willst.«

Ich könnte jetzt ewig um den heißen Brei herumreden, aber ich stecke in der Klemme, also muss ich ihm reinen Wein einschenken. Während wir Müsli und Haferflocken links liegen lassen, erzähle ich Kalli in Kurzfassung, was nach der Klinik los war. Zwischen Käse- und Wurstsortiment lasse ich die Bombe mit der Schwangerschaft platzen und verklickere ihm, wie es aktuell aussieht.

»Künstliche Befruchtung? Puh, die Frau weiß, was sie will…« Kalli häuft sich eine Riesenportion gebratenen Speck auf den Teller. Keine Ahnung, wo er das ganze Zeug immer hinpackt.

»Scheint so.«

»Und du bist abgehauen, als sie's dir gesagt hat? Im Ernst?« An der Kasse legt er seinen Studentenausweis vor und ich zahle. Dann suchen wir uns einen Tisch an einem der Fenster zum Park.

»Nicht so direkt«, antworte ich, als wir endlich sitzen. »Eigentlich wollte ich nur mal ein paar Minuten frische Luft schnappen, aber dann kam mir Ewald dazwischen.«

»Und jetzt?«, fragt Kalli kauend. »Willst du die Nummer mit ihr durchziehen?«

Ich zucke mit den Schultern. »Wenn ich das mal wüsste.«

»Wann hat sie dir denn die frohe Botschaft überbracht?«

Ich nehme einen Schluck Kaffee. »Letzten Donnerstag.«

»Vor fünf Tagen? Du kannst doch eine Frau in dieser Lage nicht so lange hängen lassen! Tickst du noch ganz richtig?«

Was ist denn mit dem los? »Ich wollte ja mit ihr reden, aber dann ist sie zu diesem Kurztrip aufgebrochen, und ich wusste ja eh nicht, was ich ihr sagen soll und so.«

»Alter, dann solltest du's mal rausfinden! Die ist doch eh schon total aufgewühlt mit den ganzen Hormonen, die da in ihr rumturnen, und du lässt sie einfach ziehen?«

»Sag mal, hast du aus Versehen Bärbels Antibabypillen geschluckt und deine sensible Seite entdeckt? Was weißt denn du plötzlich über schwangere Frauen?«

Er guckt mich an und räuspert sich. »Tja, eigentlich wollte ich es dir neulich schon sagen, vor Herkules' Date mit der Wespe.«

»Was denn?«

»Bärbel ist im 5. Monat.«

»Ist nicht dein Ernst?« Ich hätte echt mit allem gerechnet. Vor allem damit, dass Bärbel Kalli ein One-Way-Ticket nach Burundi spendiert oder ihn für die erste bemannte Mars-Mission anmeldet. Aber ein Kind?

»Mann, da steckst du ja selbst total in der Klemme.«

Über den Tisch hinweg boxe ich ihm mitfühlend auf die Schulter.

»Wieso in der Klemme? Ich kann kaum erwarten, dass es endlich losgeht. Hey, es wird ein Junge – ist das nicht der Hammer?«

»Du freust dich?«

»Na, aber hallo!«

»Aber hast du nicht neulich erst rumgemosert, dass ihr am Wochenende nur noch Dokus über niedliche Meeressäuger und Feng-Shui-Gärten glotzt? Und dass Bärbel dich ständig überreden will, mit ihr einen dieser öden Töpferkurse zu belegen oder ein rasend spannendes Seminar über die Bedeutung des *Film Noir*?«

»Nicht töpfern, Aktfotografie. Und der war nicht mal schlecht«, korrigiert Kalli mich und zwinkert mir zu. Dann wird er wieder ernst: »Und außerdem: wenn schon. Bärbel ist die Frau meines Lebens. Und auch wenn wir vielleicht nicht mehr andauernd turteln wie die Frischverliebten, möchte ich nicht einen Tag mit ihr missen. Wofür sollte ich auch tauschen wollen? Für ein paar Wochen rosarote Brille oder die immer gleiche Fleischbeschau beim Partyhopping am Wochenende? Garantiert nicht.«

Ich suche in seinem Gesicht nach Hinweisen darauf, dass er mich verarscht. Aber ich finde keine.

»Aha«, sage ich schließlich, immer noch fassungslos. »Dann herzlichen Glückwunsch und so.« Ich hebe meine Kaffeetasse und proste ihm zu.

»Danke, Mann.« Er strahlt mich an. »Und du sieh zu, dass du die Sache mit Lena klärst. Ehrlich, du musst rausfinden, was du willst – und zwar zügig. Sie wird nicht ewig warten.«

Ich seufze. »Ja. Schon klar.«

Kalli schlägt vor, dass wir den Rest des Tages mit ein paar Blu-rays bei ihm unterm Dach verbringen und checken, was sein neues Heimkino-System draufhat. Doch ich verzichte dankend, als er berichtet, dass sich Nora bei Bärbel angekündigt hat. Das Letzte, was ich jetzt noch brauche, ist, mir ihr Geschwafel über das neue Liebesglück mit Mister Supermodel anzuhören.

Abgesehen davon hat Kalli recht: Meine Freundin ist schwanger. Und für den Fall, dass ich Glück habe und sie mich doch noch nicht völlig abgeschrieben hat, sollte ich langsam mal herausfinden, welche Rolle ich in der ganzen Geschichte spielen will.

Ich wünschte bloß, das wäre so einfach, wie es klingt.

21.

Als ich wach werde, ist es bereits Vormittag und mir knurrt der Magen, doch in der Küche finde ich nur noch ein paar Scheiben von Ewalds geschmacksneutralem Dinkeltoast, die noch dazu nicht mehr sonderlich vertrauenerweckend aussehen. Irgendwie scheint es in so einer Männer-WG nie genug zu essen zu geben. Ich will gerade los, um ein bisschen was einzukaufen, als es Sturm klingelt. Vom Flur aus werfe ich einen Blick ins Wohnzimmer. Ewald ist längst weg.

Ich mache die Tür auf und traue meinen Augen nicht: Nora schießt an mir vorbei in die Küche. Sie knallt eine Tüte Brötchen auf den Tisch – so heftig, dass das Papier reißt, eins der Brötchen über die Tischkante rollt und auf den Boden fällt.

»Wir müssen reden!«, sagt sie und wirft mir dabei einen dermaßen vernichtenden Blick zu, dass ich erst mal keinen Ton herausbringe.

Ob es denkbar ist, dass ich im Laufe unserer Beziehung irgendeinen gigantischen Mist gebaut, selbigen aber aus unerfindlichen Gründen vollständig aus meinen Erinnerungen getilgt habe? Ich wette, Sieglinde hätte da sofort eine Antwort. Hektisch klopfe ich sämtliche grauen Zellen ab – ohne Ergebnis. Ich setze mich, nehme mir eins der Brötchen und werfe Nora einen herausfordernden Blick zu – nach allem, was sie sich in den letzten Monaten geleistet hat, hat sie jetzt echt keinen Anlass, mir auch noch blöd zu kommen.

Nora bleibt vor mir stehen und guckt entgeistert. »Was zum Geier treibst du da eigentlich?«

»Na, hör mal, du hast doch die Brötchen extra…«

Sie fällt mir ins Wort. »Ich rede von Lena!«

Was weiß denn Nora von Lena? Hat Kalli etwa mit Bärbel über die Sache geredet? Jetzt wird mir einiges klar. Kalli kann sich auf was gefasst machen.

Auf Nora bin ich auch sauer. »Was geht denn dich bitte Lena an?«

»Was mich Lena angeht? Sorry, Fred: Aber offenbar scheint es bei dir ja eine Art Lebenskonzept zu sein, jede Frau in den Wahnsinn zu treiben, die annimmt, mit dir könne man eine halbwegs normale Beziehung führen! Und dabei kann ich nun mal nicht einfach zusehen!« Sie bläht tatsächlich die Nüstern auf, so wütend ist sie.

»Sag mal, geht's noch? *Du* bist doch von einem auf den anderen Tag zu deinem bescheuerten Pinguinprojekt durchgebrannt, nur um kurz darauf mit Mr. Universe wieder aufzukreuzen. Du hättest ja auch mal einen Ton sagen können, wenn's dir bei uns im Bett an Highlights gefehlt hat.«

Sie starrt mich mit weit aufgerissenen Augen an. »Hast du gestern ein paar Bier zu viel gehabt, Fred?«

»Nee, wieso?«

»Was hat dich denn auf die bahnbrechend geistreiche Idee gebracht, dass unsere Beziehung am Sex gescheitert ist?«

»Das liegt ja quasi auf der Hand.«

»Ach ja? Klär mich mal auf!«

»Naja, schließlich wäre es nicht nötig gewesen, das mit uns gleich zu beenden, bloß weil du ein paar Monate auf Pinguinmami machen willst.«

»So, so.« Sie verschränkt die Arme und legt den Kopf schräg. »Und weiter?«

»Und dann kommst du zurück mit diesem Typen, der aktuell überall in Badehose über die Bildschirme flimmert und auf den zurzeit vermutlich sämtliche Frauen mit einem ordentlichen Fernsehempfang scharf sind. Da bleibt ja nicht gerade viel Interpretationsspielraum, oder?«

»Mensch, Fred, unsere Trennung ist Monate her!« Sie verdreht die Augen. »Und bis heute ist dir dazu keine schlauere Erklärung eingefallen als die, dass es an deiner Performance im Bett lag?«

»War's vielleicht nicht so?«

Sie setzt sich hin und starrt eine Weile leicht resigniert auf die Tischplatte. Dann schüttelt sie den Kopf.

»Weißt du, Fred, es ist ja nicht unbedingt etwas Neues, dass Männer schon mal dazu neigen, ihren Leistungen beim Sex etwas *zu* viel Bedeutung beizumessen. Aber so überraschend das für dich klingen mag: Deine waren nicht der Anlass dafür, dass ich das Bedürfnis hatte, grob 15 000 Kilometer Entfernung zwischen uns zu bringen.«

»Nicht?« Irgendwie hatte ich mich inzwischen auf diese Theorie eingeschossen. Aber immerhin eine gute Nachricht diese Woche.

»Und was war es dann?« Die Höflichkeit gebietet es ja, dass man wenigstens mal nachfragt. Und es interessiert mich schon auch irgendwie.

Sie sieht mich an, dann seufzt sie. »Mensch, Fred, glaubst du denn ernsthaft, ich hätte bei dem Antarktisprojekt zugesagt und mich in Sören verliebt, wenn ich noch einen Funken Hoffnung gehabt hätte, dass du irgendwann mal so was wie Nähe zwischen uns zulassen würdest?«

»Hallo? Wann bitte habe ich je geleugnet, dass wir beide ein Paar waren?«

Sie schüttelt wieder den Kopf. »Du kapierst das echt nicht, oder? Mensch, es geht doch in einer Beziehung nicht um Lippenbekenntnisse. Letztlich warst du doch hauptsächlich damit beschäftigt, zu verhindern, dass ich das winzigste Fleckchen deiner Wohnung mit meinem ›Kram‹ einnehme und dass wir beide unter Umständen eine echte Bindung eingehen!«

»Das stimmt doch gar nicht!«

»Nein?« Sie steht wieder auf.

»Hast du eigentlich die leiseste Ahnung, wie paranoid du jedes Mal reagiert hast, wenn unsere Beziehung auch nur einen Millimeter enger zu werden drohte? Mann, Fred, vermutlich wäre eher der Berliner Flughafen fertig geworden, als dass du dich überwunden hättest, eine Ecke deiner Badezimmerfensterbank für meine Schminksachen freizuräumen!«

»Komm schon, man kann's auch übertreiben.«

»Ach, findest du? Ist dir eigentlich klar, dass Markus und Isabell sich sogar ein paar Wochen nach uns kennengelernt haben – und dass Torben-Niklas in Kürze schon ein Schwesterchen bekommt?«

»Du kommst mir ausgerechnet mit Markus und Isabell als Vorbildern für ein erfülltes Liebesleben? Dem Pärchen, für das eine Runde Scrabble bei Tee und Salzcrackern den Inbegriff eines gelungenen Freitagabends darstellt?«

»Darum geht es doch jetzt gar nicht, Fred! Auch nicht darum, dass ich einen Antrag von dir erwartet hätte, bloß weil in unserem Freundeskreis inzwischen gefühlt jedes zweite Wochenende jemand heiratet. Oder dass ich unbedingt ein halbes Dutzend Bausparverträge hätte haben wollen, wie Bärbel und Kalli!«

Bausparverträge hat Kalli in den letzten Jahren auch mit keinem Wort erwähnt. Langsam kommt es mir vor, als wäre ich bis heute völlig ahnungslos gewesen, was im Leben meines besten Freundes los ist. »Und worum geht's dann?«, hake ich nach.

»Worum es *geht*? Darum, dass du dich auch nicht das winzigste Stück auf irgendwas einlässt im Leben!« Sie fängt an, Kreise um den Tisch zu ziehen. »Mann, als ich dich gefragt habe, ob du mit mir für ein paar Tage nach Venedig fährst, hast du geguckt, als würdest du überlegen, wo du auf die Schnelle einen Exorzisten herkriegst!«

Ich finde, Venedig ist was für einfallslose Langweiler, denen es an Kreativität fehlt. Ich ziehe es aber vor, Nora vorläufig nicht mit dieser Information zu behelligen.

»Meine Güte, du kannst doch nicht erwarten, dass eine Frau bei dir bleibt, wenn du nicht das winzigste Bisschen bereit bist, auch mal ein paar Zugeständnisse zu machen! Herrgott, was hast du denn eigentlich befürchtet, was Schreckliches passieren würde, wenn du mir den Zweitschlüssel für deine Wohnung überlässt, Fred?«

»Hey, allein mit den Kerzen, die du angeschleppt hast, könnte ich sämtliche Weihnachtsfeiern von hier bis Castrop-Rauxel stimmungsvoll beleuchten!«

Sie bleibt direkt vor mir stehen, die Augen verengt zu Schlitzen, würdigt mich dann aber doch keiner Antwort. Stattdessen fängt sie wieder an, ihre Kreise zu ziehen.

»Und mit deinem Job ist es genau dasselbe!«

Jetzt wird‘s mir langsam zu blöd. »Nun mach aber mal einen Punkt!«

»Nee, ganz im Ernst, Fred – du hast doch diese Schmalzmucke nie leiden können. Du wolltest immer eine coole Sendung machen, was Besonderes. Und dann lässt du dich zurechtbiegen, bloß weil dir jemand eine eigene Show anbietet? Aber klar, da hättest du dich ja eventuell mal anstrengen müssen. Ein paar Probeaufnahmen machen, Ewald zeigen, wie so eine Sendung aussehen könnte, oder? Mensch, man muss doch auch mal bereit sein, sich für das, was einem wichtig ist, ein bisschen anzustrengen!« Sie schnaubt verächtlich. »Und jetzt machst du dasselbe mit Lena! Engagement: absolute Fehlanzeige! Was soll denn das, dich tagelang nicht bei ihr blicken zu lassen? Und dann lässt du sie auch noch in diesen Kurzurlaub aufbrechen, einfach so?« Nora schüttelt den Kopf. »Hast du dich eigentlich mal gefragt, wie es ihr dabei geht? Wie sich diese beschissene Hinhalterei für jemanden anfühlen könnte, der ein Baby erwartet? Verdammt, du musst dich mal entscheiden: Bist du nun verliebt in die Frau oder nicht?«

Abwartend bleibt sie vor mir stehen, die Hände in die Hüften gestemmt.

Doch ich weiß nicht, was ich sagen soll. Irgendwie war das verdammt viel Information auf einmal – vor allem vor dem ersten Kaffee.

Nora sieht mich noch einen Augenblick aufgebracht

an, ihr Atem geht schnell. Dann stampft sie mit dem Fuß auf. »Gott, Fred, dir ist echt nicht zu helfen!« Sie dreht sich um und geht. Die Tür fällt mit einem lauten Knall ins Schloss.

22.

Als Nora weg ist, sitze ich in der Küche und fühle mich scheiße. Und das nicht bloß, weil wir uns gestritten haben. Je länger ich vor mich hin stiere und dabei den Teig aus einem der Brötchen puhle, desto klarer wird mir, dass sie nicht ganz unrecht hat. Mal ganz abgesehen davon, dass ich ihr auch noch unterstellt habe, sie hätte sich bloß wegen des Sex' von mir getrennt.

Es ist schon was dran, so richtig in mein Leben gelassen habe ich sie nie. Nicht, dass ich nicht bemerkt hätte, was sie für Stielaugen bekommen hat, als um uns rum alle loslegten mit Zusammenziehen und so. Aber irgendwie habe ich mir nie klargemacht, wie sehr sie das alles auch wollte – oder wie wenig ich es wollte. Jedenfalls mit Nora.

Nebenbei ein ganz schön feiner Zug von ihr, sich so für meine neue Freundin starkzumachen, obwohl sie sie noch nicht mal kennt – auch wenn mein Verhalten Lena gegenüber wahrscheinlich erst dazu geführt hat, dass

Noras eigene Wut auf mich noch mal so richtig hochgekocht ist. Vermutlich sollte ich mich demnächst mal bei ihr entschuldigen.

Ein viel schlechteres Gewissen habe ich aber wegen Lena.

Ich hätte ihr sagen sollen, was mit mir los ist. Dass ich nicht damit klarkomme, dass sie ein Kind von einem anderen erwartet, und ich nicht weiß, was ich jetzt machen soll. Und dass ich trotz meiner Unsicherheit kein bisschen weniger in sie verliebt bin.

Stattdessen habe ich nach der durchzechten Nacht mit Ewald erst mal meinen Kater kuriert, ohne sie auch nur ein einziges Mal anzurufen. Und ich habe noch nicht mal versucht, ihr diesen blöden Kurztrip auszureden. Nun fehlt sie mir wahnsinnig und es macht mich fast verrückt, dass sie nicht an ihr bescheuertes Telefon geht.

Die nächste Stunde tigere ich durch die Wohnung, wähle im Viertelstundentakt Lenas Nummer, doch ohne Erfolg. Vielleicht ist sie immer noch mit ihrer Freundin auf Tour und hat das Handy ausgeschaltet. Auch Kalli und Sascha erreiche ich nicht.

Irgendwann halte ich es nicht mehr aus. Wenn ich noch eine Minute länger in meiner Bude hocke, krieg ich einen Koller. Also ziehe ich mich an und setze mich ins Auto. Ziellos fahre ich trotz brütender Hitze eine Ewigkeit durch die Stadt, bis ich genug davon habe und an einem der Eingänge zum Stadtpark im Schatten einer alten Buche stehen bleibe.

Mit heruntergekurbelten Scheiben sitze ich eine halbe Stunde im Wagen und beobachte die Leute, die bei strahlendem Sonnenschein aus dem Grünen kommen. Junge, Alte, Familien, manche mit einem Picknickkorb in den Händen oder einem Hund an der Leine. Die meisten sehen ziemlich glücklich aus.

Herkules fällt mir ein, und mir kommt die Idee, dass es schön sein könnte, einen eigenen Hund zu haben, vielleicht aus dem Tierheim. Eine Weile spiele ich mit dem Gedanken, welcher Hundetyp wohl zu mir passen würde (irgendein kleiner, bekloppter Halbstarker vielleicht, der wie ein Irrer schnarcht und das halbe Sofa frisst, dafür aber prima Frisbee spielt) und male mir aus, wie das wohl wäre, mein Leben auf Dauer mit so einem zu teilen (von dem Sofaproblem mal abgesehen).

Doch dann ertappe ich mich dabei, wie ich überlege, ob irgendwo in so einem Tierheim vielleicht einer wie Herkules sitzen könnte, und mir wird klar, dass das alles Blödsinn ist. Weil keiner von denen Herkules ersetzen kann. Und kein Hund der Welt Lena. Noch einmal versuche ich es mit einem Anruf, doch sie geht wieder nicht dran. Also fahre ich zurück in meine Wohnung.

Als ich reinkomme, ist Ewald schon da. Am liebsten würde ich mich gleich ins Schlafzimmer verziehen, doch ich kann nicht einfach so tun, als hätte ich ihn nicht bemerkt.

Er sitzt auf dem Sofa, vor sich eine Tasse Tee. Auf

dem Sessel hat er ein paar Klamotten ordentlich zusammengelegt, daneben steht ein abgewetzter Lederkoffer.

»Hi, Ewald. Alles klar?«

»Hallo, Fred. Ja, ich schlag mich so durch. Ich muss nachher noch los, Jule vom Flughafen abholen.«

Ewalds älteste Tochter war ein paar Monate in Barcelona, soweit ich mich erinnere, oder war es Stockholm?

»Dann viel Spaß euch.« Ich habe schon die Hand an der Türklinke, doch Ewald hat noch was auf dem Herzen.

»Naja, sie hat noch keine Ahnung von der Sache mit Susanne und mir, weißt du?« Er sieht mich zerknirscht an. »Mir ist natürlich bewusst, dass das viel verlangt ist, aber hättest du was dagegen, wenn ich mich hier mit ihr zusammensetze?« Seine Stirn ist vor Sorgenfalten ganz zerknittert. »Ich würde ihr das alles wirklich wahnsinnig ungern in einer Pizzeria erklären…«

»Klar, kein Ding, mach ruhig.«

»Ich danke dir.« Er lächelt erleichtert. »Und bei dir, Fred? Alles gut?«

»Geht so.« Ich zucke mit den Schultern.

»Hat es was mit der Kleinen von neulich zu tun?«

Ich nicke, und er sieht mich aufmunternd an, ein bisschen wie Sieglinde, wenn Sie mich ermutigen will, auf einen bestimmten Punkt im Gespräch näher einzugehen.

Trotzdem zögere ich im ersten Moment. Ich komme mir idiotisch vor bei dem Gedanken, ihn mit meinem

Kram zu belasten, wo er doch selbst mitten in einer Ehekrise steckt. Aber dann wird mir bewusst, dass ich gerade echt nicht mehr weiter weiß und dringend Rat brauche.

»Ich glaub, ich hab ganz schönen Mist verzapft, Ewald.«

»Das passiert den Besten von uns.« Er steht auf und holt eine zweite Tasse aus der Küche, gießt mir ebenfalls Tee ein und zwinkert mir zu. »Na, komm, jetzt erzähl mal.«

Ich bin ja nicht so der Typ, der sich gern in epischer Breite über seine Befindlichkeiten auslässt. Selbst bei Ewald fällt mir das schwer, obwohl er mich durch seine Brillengläser die ganze Zeit super mitfühlend anguckt.

Trotzdem bin ich froh, dass er da ist. Und so erzähle ich ihm am Ende doch alles von Anfang an. Wie Lena und ich uns kennengelernt haben, über unseren Deal mit Herkules und dem Laden, unseren Streit und meine Sorge, dass sie nun endgültig genug von mir haben könnte. Und davon, dass ich noch immer nicht weiß, ob ich schon bereit bin fürs Vatersein, erst recht unter diesen Umständen. Bloß das mit der Romantiknachhilfe lasse ich aus – davon muss Ewald ja nicht unbedingt wissen.

»Du, ich versteh dich da gut. So was kann beängstigend sein«, sagt er, als ich fertig bin. »Dafür muss es noch nicht mal ein fremdes Baby sein. Als Susanne zum ersten Mal schwanger war, hatte ich die Hosen gestrichen voll.«

»Wart ihr da nicht schon verheiratet?«

»Waren wir. Und?«

»Ich hätte gedacht, da ist man auf so was vorbereitet.«

»Ich bin nicht sicher, ob man überhaupt je auf so große Veränderungen vorbereitet sein kann«, meint Ewald nachdenklich, dann lehnt er sich zurück. »Weißt du, Susanne und ich, wir hatten wilde Zeiten damals, vor der Hochzeit. Das waren immerhin die Siebziger, als wir uns kennenlernten.« Er versinkt einen Moment in Erinnerungen.

»Und?«, reiße ich ihn aus seinen Gedanken. »Hast du's je bereut, das alles aufgegeben zu haben für Ehefrau, Eigenheim und Kinder?«

Er lächelt. »Es ist mir ehrlich gesagt nie in den Sinn gekommen, mich das zu fragen.«

»Obwohl du vorher solchen Schiss hattest?«

»Vorher, ja. Aber dann wurde es der beste Teil meines Lebens.«

Ich nicke. »Und es hat dir nie gefehlt?«

»Du meinst andere Frauen?«

»Nicht mal hauptsächlich.« Ich zucke mit den Schultern. »Vielleicht einfach mal für dich zu sein oder eine Entscheidung zu treffen, ohne dich fragen zu müssen, ob das auch für Susanne und die Kinder das Beste ist.«

Er lächelt. »Ich weiß schon, Fred, du glaubst vermutlich, das hier sei das Größte: Singlewohnung, auf Partys rumhängen, tun, wozu du Lust hast. Aber wenn du mich fragst: Am Ende gibt es nichts Besseres, als mit jemandem zusammen zu sein, der sich ein Leben ohne dich genauso wenig vorstellen kann, wie du dir eines ohne ihn.« Er beugt sich vor und nippt an seinem Tee. »Wenn du so jemanden hast, stellt sich die Frage gar nicht, ob du Rücksicht nehmen willst, du tust es einfach.«

Ich starre eine Weile aus dem Fenster. »Ich bin mir einfach nicht sicher, ob ich so gut darin wäre, weißt du? Ich meine, mich um andere zu kümmern und so.«

Ewald senkt den Kopf und denkt einen Moment nach. »Es ist dir vielleicht noch nicht aufgefallen, Fred, aber ich glaube, du solltest dir mal bewusst machen, was sich in den letzten Wochen bei dir so getan hat.«

»Was meinst du?«

»Na, überleg mal. Du hast Lena mit dem Laden geholfen, da kanntest du sie kaum. Du hast wochenlang auf ihren Hund aufgepasst, obwohl du bislang anscheinend nicht mal den Elan hattest, dich um eine simple Topfpflanze zu kümmern, wenn ich mich hier so umschaue. Und dann hast du auch noch mich aufgenommen, ohne dich eine Sekunde zu fragen, ob du Lust darauf hast oder was es dir bringen könnte.«

»So habe ich das noch nie gesehen«, gebe ich zu. »Oder mich.«

»Schon klar«. Ewald nickt nachdenklich. »Aber weißt du, vielleicht stimmt das Bild, das du von dir selbst hast, eben einfach nicht mehr mit dem Mensch überein, der du geworden bist.« Er hält einen Augenblick inne, bevor er fortfährt. »Wenn du mich fragst, Fred: Ich schätze, du solltest dich langsam mal mit dem Gedanken anfreunden, dass du die Sache mit der Verantwortung schon wesentlich besser beherrschst, als du glaubst.«

23.

Ich wache später auf, als ich es vorhatte – spätestens heute müsste Lena zurück sein, und ich hoffe, sie geht endlich ans Telefon.

Noch etwas verschlafen tapse ich in die Küche und setze Kaffee auf. Auf dem Tisch liegt eine Nachricht von Ewald. Ich habe noch mitbekommen, wie er gestern mit Jule zurückkam, bin dann aber eingepennt.

Lieber Fred,

nicht wundern: Jule ist noch hier, sie hat die Sache mit Susanne und mir nicht gut aufgenommen. Nach Hause wollte sie gestern nicht mehr, also habe ich ihr letzte Nacht ausnahmsweise das Sofa überlassen und bin früh zur Arbeit. Ich treffe mich aber heute mit Susanne, wir wollen uns aussprechen. Drück dir und mir die Daumen, dass du die Wohnung bald wieder für dich hast!

Viele Grüße
Dein Ewald

Ich lege den Zettel zurück auf den Tisch und lausche Richtung Wohnzimmer. Ob Jule überhaupt noch da ist? Es ist Jahre her, seit ich sie das letzte Mal gesehen habe, auf einer Gartenparty bei Ewald und Susanne. Ich schenke mir einen Kaffee ein, dann gehe ich den Flur runter, die Wohnzimmertür ist nur angelehnt. Ich öffne sie ein paar Spaltbreit.

Jule liegt auf der Couch, bäuchlings, ihre langen Haare sind von der Sonne gebleicht. Sie trägt eine abgeschnittene Jeans, die wesentlich kürzer ist, als es ihrem Vater lieb sein dürfte, Espadrilles und ein oranges, ärmelloses Top. Wohl doch eher Barcelona als Schweden.

Ich weiß nicht, ob es ihre gebräunten Beine sind, das silberne Kettchen, das sie um den Knöchel trägt, die sommerblonden Strähnen im dunklen Haar oder der riesige pinke Trekkingrucksack, der neben dem Sofa lehnt, aber ich denke sofort an Bille, obwohl ich sicher bin, dass sie mir Jahre nicht in den Sinn gekommen ist.

Mit einem Mal sehe ich es wieder vor mir: Bille, Urlaub unter Pinien mit dem Zelt in Frankreich, Sex am Strand, Sand an den undenkbarsten Körperstellen und Schwüre von ewiger Liebe. Die erste und einzige Frau, mit der ich mir je eine Wohnung geteilt habe, winzige 23 Quadratmeter in der Vorstadt – alles, was wir uns als Studenten leisten konnten. Bille, die mit ihrem giggelnden Lachen einfach immer alle anstecken konnte.

Dass sie in der Zeit mit mir auch noch mit zwei Typen aus ihrer Kunstvorlesung im Bett war, erfuhr ich erst später – Wochen, nachdem ich sie auf einer Uniparty beim Knutschen mit Ben erwischt hatte, meinem damals besten Freund.

Ich habe ewig nicht an Bille gedacht oder daran, was ich mit ihr für ein Mensch war, bevor sie mir das Herz rausgerissen und es in mikroskopisch kleine Stücke gehackt hat. Vor allem eins hatte ich vollkommen vergessen: Dass es mal anders war, dass *ich* ein anderer war als jetzt.

Damals, vor dem großen Bille-Knall, gab es einen Fred, der Wochenenden mit Freundin grandios fand. Tage und Nächte konnte ich damals damit verbringen, die richtige Songauswahl für ein Mädchen zu finden und am perfekten Tape zu basteln. Und es war mir scheißegal, ob es kitschig war.

Auf der Couch wälzt sich Jule im Schlaf herum, und während ich sie so betrachte, frage ich mich, wie viel von dem Typen von damals noch in mir steckt.

Doch irgendwas macht *Klick* in mir in diesem Augenblick, und plötzlich weiß ich, dass ich Lena sehen muss, dass ich auch nicht mehr warten will, ob sie ans Handy geht oder endlich zurückruft. Ich will sie einfach nur in den Arm nehmen und ihr sagen, dass alles gut wird. Und dass ich nicht mehr ohne sie sein will.

Auf dem Sofa wacht unterdessen Jule auf.

»Hi.« Sie reibt sich die Augen. »Fred, oder?«

Ich nicke.

»Sorry, dass ich hier einfach dein Sofa in Beschlag nehme.«

»Ist alles geklärt, mach dir keinen Kopf«, sage ich. In Gedanken bin ich schon ganz woanders. »In der Küche ist Kaffee, wenn du magst. Ich muss dringend mal weg.«

Im Bad lege ich einen Schnellwaschgang ein. Binnen fünf Minuten sitze ich im Auto und bin auf dem Weg zu Lena.

An einer roten Ampel zücke ich spontan mein Handy und wähle Sieglindes Nummer. Wie erwartet, geht ihr Anrufbeantworter an, sie steckt vermutlich mitten in einer Sitzung.

»Tagchen, Frau Hirschhöfler. Ich bin's, Fred Körner. Ich wollte Sie bloß wissen lassen, dass Sie falschlagen mit Ihrer Theorie – von wegen fehlender Verantwortung und so. Genau in diesem Augenblick ziehe ich nämlich los zu meiner Freundin. Und wenn ich sie gefunden habe, werde ich ihr sagen, dass ich ein Idiot war und dass mir völlig schnuppe ist, von wem ihr Baby ist – weil ich die ganze Geschichte mit ihr durchziehen werde.« Als ich auflege, habe ich ein breites Grinsen im Gesicht.

Zuerst fahre ich zu Lenas Laden, immerhin ist es kurz vor Mittag und sie müsste bei der Arbeit sein. Doch im Geschäft ist alles dunkel. Vielleicht legt sie nach ihrem Kurztrip einen freien Tag ein. Nur komisch, dass sie kein Schild im Fenster hat und dass sie Herkules nicht bei mir vorbeigebracht hat.

Ich nutze die Gelegenheit und halte auf dem Weg zu ihrer Wohnung bei einem Blumenladen. Auch wenn Lena immer noch sauer sein dürfte, ich werde das alles schon irgendwie geradebiegen. Ich habe zwar immer noch ganz schön Bammel, wenn ich an das Baby denke, aber den hatte Ewald schließlich auch. Abgesehen davon soll es in den letzten Jahrtausenden ja noch zwei, drei andere Leute gegeben haben, die das mit dem Kindergroßziehen ganz gut hinbekommen haben.

Als ich vor Lenas Haus aus dem Auto steige, begrüßt mich strahlender Sonnenschein. Bewaffnet mit meinem Blumenstrauß, klingele ich – allerdings ohne Erfolg. Also bimmele ich einfach bei ihren Nachbarn, bis die Tür mit einem Summen aufspringt.

Oben, vor Lenas Wohnung, halte ich kurz inne. Ich bin nervös, aber nicht unbedingt auf eine schlechte Art. Zwei- oder dreimal atme ich tief durch, dann klingele ich erneut – keine Reaktion. Ich klopfe mehrmals, halte das Ohr ans Holz und lausche. Hinter der Tür regt sich nichts. Wenn sie da wäre, müsste eigentlich auch Herkules Alarm schlagen.

Und jetzt? Wo kann sie sein? Herkules und seinen ganzen Kram hat Lena schon Sonntag abgeholt. Sie wollte drei Tage weg, inzwischen ist Donnerstag – sie müsste also auf jeden Fall wieder in der Stadt sein. Ich beschließe, einfach hierzubleiben, bis sie auftaucht.

Vielleicht ist sie bloß einkaufen oder dreht mit Herkules eine Runde um den Block. Ich setze mich auf die Treppe, lege die Blumen neben mich auf die Stufe und warte.

Eine ganze Weile tut sich nichts. Dann, nach einer knappen Stunde, höre ich, wie unten die Haustür aufgeht. Sofort bin ich auf den Beinen und lehne mich hoffnungsvoll übers Geländer. Doch die Frau, die schließlich hochkommt, ist mindestens zwanzig Jahre älter als Lena.

Offenbar lebt sie in der Wohnung gegenüber, denn sie stellt ihre Einkäufe auf der Fußmatte ab, bevor sie anfängt, in ihrer Handtasche zu kramen. Dabei guckt sie mich fragend und etwas ängstlich an.

»Keine Sorge, ich warte nur auf meine Freundin«, beruhige ich sie. Nicht, dass sie denkt, ich wolle ihr ein Zeitungsabo aufschwatzen oder sie für die Zeugen Jehovas gewinnen.

»Meinen Sie die Lena?«, fragt sie. »Von gegenüber?«

»Ja, genau.« Ich nicke.

Sie runzelt die Stirn. »Na, wenn sie Ihre Freundin ist, müssten Sie eigentlich wissen, dass Sie sie hier nicht finden werden.«

»Wieso das?« Wenn Lena endlich eine Wohnung aufgetan hätte, in der sie Herkules halten dürfte, hätte sie es mir doch gesagt?

»Sie ist weg.«

»Wie, weg?«

»Na, weg eben. Sie wohnt nicht mehr hier.«

Ich merke, wie mein Herzschlag kurz aussetzt.

»Wo denn dann? Haben Sie ihre neue Adresse? Ist es in der Nähe?«

Doch die Frau schüttelt den Kopf. »Nein, nicht in der Nähe, nicht mal in der Stadt, soweit ich weiß.«

Jetzt geht mir wirklich der Arsch auf Grundeis. »Wo denn dann? Wo zum Geier ist sie hin?«

Sie sieht mich an. »Ich habe nur drei-, viermal einen Kaffee mit ihr getrunken. Beim letzten Mal war sie ziemlich durcheinander. Sie wolle fort, meinte sie, das Baby woanders bekommen.«

Mein Herz schlägt mir jetzt bis zum Hals. »Aber wo denn? Hat sie Ihnen gar nichts gesagt?«

Sie zuckt mit den Schultern. »Sie hat eine Freundin erwähnt, die sie hier einige Male besucht hat, mit einer Wohnung nicht weit weg – in irgendeiner dieser Städte kurz vor der niederländischen Grenze, soweit ich mich erinnere. Wie ich es verstanden habe eine Art WG, in der Lena schon früher gewohnt hat. Aber wo genau das war…« Sie scheint nachzudenken, dann schüttelt sie den Kopf. »Ich weiß es wirklich nicht mehr – tut mir leid.«

Sie schließt die Wohnungstür auf und trägt ihre Einkäufe in den Flur. Dann nickt sie mir zu und lässt mich allein.

Eine Weile stehe ich bloß da, unfähig zu irgendeiner Regung. Irgendwo weiter oben kräht ein Kleinkind, im Treppenhaus riecht es nach Mittagessen. Es vergehen ein paar Minuten, bis das ganze Ausmaß der Katastrophe in mein Bewusstsein dringt.

Lena war neu in der Stadt, und außer der Nachbarin, die mir das Wenige, was sie weiß, gerade gesagt hat, kenne ich keinen Menschen, der Lena kennt. Absolut niemanden, den ich fragen könnte, wo sie hin ist. Und die holländische Grenze – falls Lena dort wirklich irgendwo sein sollte – ist zwar nicht allzu weit entfernt, aber viel zu lang und die Städte dort zu zahlreich, um alles abzufahren und an jeder Ecke Lenas Namen zu rufen.

Wenn sie also nicht ans Telefon geht und sich weiterhin weigert, mit mir zu reden, werde ich Lena nicht finden. Nicht heute, nicht morgen und auch nicht nächstes Jahr. Dort, im dunklen Flur vor ihrer Wohnung, wird mir bewusst, dass ich absolut und rettungslos am Arsch bin.

24.

Einmal aus dem Haus, fahre ich kopflos durch die Stadt. Ich stehe unter Schock und könnte stundenlang mit der Stirn gegen die nächste Wand rennen.

Ich habe es versaut, und zwar so umfassend und gründlich, wie das nur ein kompletter Volltrottel wie ich hinbekommt. Tage hätte ich gehabt, um die Sache mit Lena ins Reine zu bringen, mir verdammt noch mal irgendwas einfallen zu lassen. Stattdessen habe ich feige gekniffen.

Ich habe keine Ahnung, was ich jetzt machen soll. Ich will Lena zurück, unbedingt. Wenn ich sie nur erreichen könnte, sie davon überzeugen, dass ich nie wieder so ein unfassbarer Schwachkopf sein werde.

Wenn.

Während ich bei hochsommerlichen Temperaturen im Innenstadtverkehr gar gekocht werde, erwäge ich, eine Detektivagentur einzuschalten, verwerfe die Idee aber nach zwei Minuten wieder. Ich weiß ja nicht mal, wo Lena herkommt. Dass sie am Meer aufgewachsen ist, hat sie mal erwähnt, doch wo genau das war, war nie Thema. Manni vom Plattenladen könnte vielleicht eine Idee haben oder wenigstens einen Tipp, wen ich fragen könnte, aber der hängt wahrscheinlich gerade auf Ibiza am Strand herum.

Es ist aussichtslos. Ausgerechnet jetzt schmettert mir Prince aus dem Radio *Purple Rain* entgegen. Der passende Moment für einen Song über verpasste Chancen mit einer Frau, die man enttäuscht hat.

Und genau in dem Moment wird mir klar: Wenn Lena weg ist, kann ich mir vermutlich auch meinen Job abschminken. Alles, was mich so verändert hat, dass ein paar kitschige Songs plötzlich gar nicht mehr so furchtbar klangen – die Schmetterlingsfarm in meinem Bauch, das Herzklopfen, stundenlang mit Lena lachen und nicht genug davon bekommen, sie zu sehen und zu berühren, – ist ohne sie passé.

Stattdessen stehe ich nun da, acht Tage vor Ablauf meines Ultimatums, verliebt in eine Frau, die vermutlich eher freiwillig alle ihre Lieblings-Hippie-Kleider schreddern würde, als es noch mal mit mir zu versuchen. Und ich weiß, wenn mir in naher Zukunft irgendeine Caroline oder Tessa oder Jasmin damit kommen sollte, dass ich ihrem bescheuerten Lover einen noch bescheuerteren Song vordudeln soll, zerlege ich vermutlich das Studio.

In einem Anfall von Verzweiflung schlängele ich

mich aus dem Verkehr, parke am Straßenrand und lasse den Kopf aufs Lenkrad sinken. Dann wähle ich mit der Linken Saschas Nummer.

»Fuck!«, bringt sie die Situation auf den Punkt.

Zusammen zermartern wir uns die Hirne, doch auch Sascha fällt nichts Sinnvolles ein. Außerdem steht sie unter Zeitdruck.

»Morgen ist Dominiks vorerst letzte Freitagssendung«, seufzt sie. »Du kannst dir denken, dass er die besonders gut machen will.«

Ich nicke resigniert, bis mir einfällt, dass Sascha es nicht sehen kann. »Schon klar.«

»Hey, sieh es mal so: Falls du für Lena einen Song im Radio spielen lassen willst, sitzt du sozusagen an der Quelle.«

»Haha. Sehr witzig.«

Wir verabreden, uns abends irgendwo zu treffen.

Weil ich keine Lust habe, zu Hause die Wände anzustarren, mache ich mich auf den Weg zu Kalli. Ich sollte dringend mal meinen Freundeskreis erweitern. In einer Lebenskrise sind zwei beste Freunde eindeutig zu wenig, vor allem, wenn einer davon nicht dichthalten kann und einen indirekt bei der Ex anschwärzt.

Immerhin hat Kalli ein schlechtes Gewissen. Als er mich auf der Fußmatte sieht, hält er sich schützend die Arme über den Kopf, wenn auch nur zum Spaß. »Nicht hauen, ich weiß, ich habe Mist gebaut.«

»Vergiss es.« Ich winke ab. »Ich hab ganz andere Sorgen. Lena ist verschwunden.« Ich schiebe mich an ihm vorbei Richtung Küche.

»Wie jetzt, verschwunden?«, ruft er mir hinterher.

»Na, weg halt«, sage ich. »Abgehauen. Null Ahnung, wohin, und keine Chance, es rauszufinden. Und das exakt in der Sekunde, in der ich endlich kapiert habe, was ich will.« Ich hole mir ein Bier aus dem Kühlschrank und lasse mich im Wohnzimmer aufs Sofa fallen.

Kalli macht sich ebenfalls am Kühlschrank zu schaffen. Dann trottet er hinter mir her und bleibt vor mir stehen.

»Und du weißt keinen, den du fragen könntest, wo sie ist?«

»Nee.«

»So eine Kacke.« Er setzt sich neben mich, macht mit dem Feuerzeug die beiden Flaschen auf und lässt die Kronkorken durchs Zimmer fliegen. Wir genehmigen uns erst mal ein paar Schlucke.

»Trotzdem sorry wegen der Sache mit Nora«, meint er dann. »Ich war sicher, Bärbel hält dicht. Abgesehen davon hätte ich nie gedacht, dass Nora so ausflippt.«

»Du weißt von ihrem Auftritt in meiner Küche?«

»Sie war gestern noch mal hier. Tut mir echt leid, Kumpel.«

Ich zucke mit den Schultern. »War vielleicht mal nötig.«

»Wieso das?«

»Na, so richtig hatten wir das alles ja nie geklärt,

Nora und ich.« Ich nehme einen Zug aus der Flasche. »Außerdem lag sie auch nicht völlig daneben.«

»Ach nein?« Kalli guckt mich mit großen Augen an. »Was genau hat sie denn gesagt?«

Ich lege die Füße auf den Wohnzimmertisch. »Dass ich mich nicht richtig auf Frauen einlassen würde und so einen Kram.«

»Und das stimmt?«

»Ist ja nicht völlig von der Hand zu weisen, dass ich sogar mit Nora quasi wie ein Single gelebt hab, oder?«

»Jetzt, wo du's sagst.« Kalli nimmt seinen Tabak vom Tisch und fängt an, sich eine Kippe zu drehen. »Wieso eigentlich?«

»Hatte irgendwie mit Bille zu tun, glaub ich. War mir bisher aber auch nicht so klar.«

Kalli schnalzt mit der Zunge. »Bille... Mann, die hatte dich echt an den Eiern, was? Hat die nicht mit Ben gepoppt?«

Ich nicke. »Und wahrscheinlich mit noch zwölf anderen Typen.«

»Aber jetzt bist du damit durch und willst mit Lena auf Kleinfamilie machen?«

»Was hab ich denn für eine Wahl?« Ich starre auf die Bierflasche zwischen meinen Knien. »Ich meine, geplant war das so natürlich nicht. Nur hey, ich mag vielleicht kein Experte auf dem Gebiet sein, aber: Wie's aussieht, stehe ich auf diese Frau, und zwar so richtig.

Soll ich sie da in die Wüste schicken, bloß weil sie ein Kind von einem anderen kriegt?«

»Im Prinzip ja sogar bloß von einer anonymen Spermie.« Kalli grinst mich von der Seite an. »Das ist diesmal wirklich was Ernstes, oder?«

»Jep.«

Er nickt bedeutungsschwanger. »Okay. Dann musst du dringend was unternehmen, Alter.«

»Aber *was*, wenn sie verschwunden ist?«

In diesem Augenblick kommt Bärbel durch die Tür und mischt sich natürlich sofort ein: »Habt ihr nicht zusammen an deiner ersten Sendung nach dem Ultimatum gefeilt?« Sie steht bepackt mit drei Einkaufstaschen aus dem Bioladen im Türrahmen. Kalli drückt seine Kippe aus und reißt die Tür zur Dachterrasse auf. So langsam frage ich mich, wer eigentlich noch alles von meinem Projekt mit Lena und dem Ärger mit *Radio Hearts* weiß.

»Naja, nicht so direkt. Wir haben eher dran gefeilt, dass ich wieder in die richtige Stimmung für meine Sendung komme.«

»Die Details sind doch vollkommen egal, Fred.« Sie stellt die Papiertüten ab, umarmt mich zur Begrüßung und gibt Kalli einen Kuss. »Die zentrale Frage lautet: Glaubst du, Lena wird sich deine Sendung anhören?«

»Schon möglich. Wieso?«

Bärbel scheint nachzudenken. »Könntest du ihr eine SMS schicken?«

Ich nicke. »Klar. Sie geht zwar nicht ans Telefon, aber ich nehme nicht an, dass sie gleich ihren Handyvertrag gekündigt hat.«

Kalli guckt Bärbel an. Und Bärbel Kalli. Dann fangen beide an zu grinsen. Anscheinend haben sie über die Jahre telepathische Fähigkeiten entwickelt.

»Na, dann ist doch alles in Butter, Alter«, verkündet Kalli und haut mir auf die Schulter.

»Wovon zum Geier redet ihr?«

Bärbel verdreht theatralisch die Augen. »Dass ihr Kerle aber auch manchmal so schwer von Begriff seid. Dabei ist es doch ganz einfach.« Sie lächelt mich an. »Du kaperst deine eigene Sendung.«

25.

Im ersten Moment begreife ich nicht, was Bärbel von mir will. »Wie jetzt, ich kapere die Sendung? Ist doch eh meine, zumindest noch das eine Mal. Was soll ich denn da kapern?«

Bärbel lässt sich rechts von mir auf die Couch sinken und greift sich meine Bierflasche. »Ach, Fred, ist doch alles nicht so schwer zu verstehen.« Statt aus der Flasche zu trinken, hält sie sich das kühle Glas einen Moment an den Hals. Stimmt, Bärbel ist ja auch schwanger.

»Sorry, ist echt tierisch heiß da draußen.« Sie drückt mir die Flasche wieder in die Hand, dann legt sie ihre Füße ebenfalls auf den Tisch. »Also«, meint sie dann, »wenn du nächste Woche im Studio sitzt, bei deiner Bewährungssendung, dann gibt es eben kein Wunschkonzert für Uschi und Steffi und auch keine Pärchenzusammenführung.«

Ich gucke skeptisch. »Sondern?«

»Na, du machst eine Sendung ausschließlich für Lena!«

»Und wie soll die aussehen?«

Sie verpasst mir einen Rempler mit der Schulter. »Was weiß denn ich, streng mal deine kleinen grauen Zellen an! Eins steht jedenfalls fest: Das Einzige, was dich jetzt noch retten kann, ist die ganz große Geste.«

Kalli nickt zustimmend. »Da hat sie irgendwie recht.«

»Du brauchst was richtig Spektakuläres«, betont Bärbel. »Irgendwas, was ihr den Glauben daran zurückgibt, dass zwischen euch beiden doch noch alles gut werden kann. Egal, was du diesmal wieder für einen Riesenmist gebaut hast.« Sie wirft mir einen kritischen Blick zu. »Und wenn du keine andere Möglichkeit hast, sie zu finden, ist deine Sendung die einzige Chance, sie zu erreichen.«

Ich denke nach. Es wäre mir lieber, wenn Bärbel falschläge. Ich möchte mich ungern vor aller Welt zum Deppen machen, indem ich peinliche Liebesbotschaften ins Mikro hauche. Und auch wenn ich meinen Job vermutlich ohne Lena sowieso nicht mehr auf die Reihe kriege: Nach einer solchen Aktion wäre ich ihn auf jeden Fall los.

»Ewald schmeißt mich achtkantig raus«, sage ich tonlos.

»Gut möglich.« Bärbel nickt. »Sogar ziemlich wahrscheinlich. Aber siehst du irgendeine andere Möglichkeit, Lena zurückzugewinnen?«

Ich schüttle den Kopf. »Definitiv nicht.«

»Tja«, sagt Kalli und prostet mir zu. »sieht aus, als ob du dich entscheiden müsstest: Job oder Liebe. Was ist dir wichtiger?«

»Ihr habt doch alle drei eine Vollklatsche«, befindet Sascha, als ich sie ein paar Stunden später beim Billard mit dem Plan konfrontiere. Wobei es genau genommen noch nicht wirklich ein Plan ist, denn im Prinzip habe ich nicht die geringste Vorstellung, wie ich das Ganze konkret angehen sollte.

»Ewald setzt dich sofort vor die Tür. Ganz abgesehen davon, dass er dir vermutlich einfach den Saft abdrehen wird, wenn du auf deinem Sendeplatz irgendwelchen privaten Kram verzapfst. Oder meinst du vielleicht, der hört geduldig zu, während du Lena ewige Liebe schwörst? Keine Ahnung, wie ihr drei euch das überhaupt vorstellt!«

Das ist wahr, das habe ich nicht bedacht. Normalerweise hat Ewald freitags zwar schon Feierabend, wenn ich auf Sendung gehe, und auch sonst ist im Sender so kurz vorm Wochenende tote Hose. Von Saschas Hilfe mit den Anrufern abgesehen, produziere ich *Radio Hearts* komplett in Eigenregie.

Trotzdem, irgendwer von der Truppe – mutmaßlich der schleimige Dominik – wird wohl mithören, während er sich zu Hause ein paar Spaghetti gönnt. Und derjenige wird dann Ewald rausklingeln, woraufhin dieser in Rekordtempo zum Sender düsen dürfte. Und selbst wenn ich mich einfach im Studio einschließen würde, behält Sascha recht: Ewald könnte mich ziemlich schnell abwürgen und mit einem Alternativprogramm auf Sendung gehen. Shit.

»Ich gebe dir nicht mehr als zehn Minuten, bevor dir irgendwer den Saft abdreht«, legt Sascha nach, der offenbar ein ähnliches Szenario durch den Kopf gegangen ist. »Mit Glück eine Viertelstunde.«

»Dann muss ich eben in die kurze Zeit alles packen, was ich Lena mitteilen will!«

»Ehrlich, Fred, du spinnst doch.« Sascha schüttelt den Kopf. »Jetzt hast du fast fünf Wochen daran gearbeitet, deinen Job zu behalten, und nun willst du ihn hinschmeißen?«

Ich versenke eine meiner Kugeln mit einem gezielten Stoß in der Ecke gegenüber, dann richte ich mich auf. »Will ich nicht«, gebe ich zu, »aber wenn ich Lena verlieren sollte, ist die Sache sowieso gelaufen. Ich kriege doch diese Romantiknummer am Mikro schon eine Weile nur noch mit Hängen und Würgen hin. Was meinst du, wie ich erst drauf sein werde, wenn sich rausstellen sollte, dass Lena unwiederbringlich über alle Berge ist?«

Sascha steht auf der anderen Seite des Tischs und guckt skeptisch, unterbricht mich aber nicht.

»Hey, natürlich will ich auf keinen Fall, dass Ewald mich feuert! Aber was habe ich denn für eine Wahl? Außerdem hat Nora recht, *Radio Hearts* war nie mein

Ding. Vielleicht ist es echt an der Zeit, sich nach etwas Neuem umzusehen.«

»Klar doch. Die werden dir die Moderatorenjobs massenweise nachwerfen, wenn bekannt wird, dass du mal kurz deine eigene Sendung gekapert hast…« Sascha zieht eine Schnute. Aber ich glaube, es liegt eher an der Vorstellung, dass ich sie allein im Sender zurücklassen könnte.

»Nee, vermutlich nicht«, räume ich ein. »Aber vielleicht lassen sie mich hinter den Kulissen arbeiten. Irgendwas wird sich schon finden.«

»Klingt ja nach super Aussichten«, grummelt sie.

»Mann, Sascha, meinst du, ich wüsste nicht selbst, wie unglaublich beschissen das alles ist? Aber es gibt nun mal keinen anderen Weg, Lena zu erreichen!«

»Da ist was dran…« Sie lehnt sich gegen den Billardtisch. Dann leert sie ihr Bier auf ex, kommt rüber und bleibt vor mir stehen.

»Okay, ich bin dabei.«

»Du bist die Beste.«

»Aber dass eins klar ist: Offiziell weiß ich von nichts. Falls mich jemand fragen sollte, hatte ich keine Ahnung von deinen Plänen. Sorry, aber es nutzt schließlich auch nichts, wenn wir am Ende beide auf der Straße stehen. Schlimm genug, dass ich demnächst vermutlich ohne dich in die doofe Tretmühle muss.« Bei den letzten Worten hat sie tatsächlich eine Träne im Augenwinkel.

Ich nehme sie in die Arme.

»Echt, Sascha – danke.«

»Schon okay.« Sie drückt mich so fest, dass mir fast die Luft wegbleibt. »Hauptsache, du kriegst die Kleine am Ende.«

26.

Als ich am nächsten Morgen ins Wohnzimmer komme, ist das Sofa verwaist, Kissen und Decke liegen ordentlich gefaltet auf dem Sessel. Auch Ewalds sämtliche Klamotten – und sogar sein Teegeschirr – sind verschwunden.

Wirklich unfroh bin ich darüber nicht, jedenfalls nicht im ersten Moment. Dabei hätte ich es eigentlich auch ganz nett gefunden, wenn Ewald noch ein Weilchen geblieben wäre. Aber eben weil wir uns in den letzten Tagen noch besser angefreundet haben, hätte ich meinen Anschlag auf *Radio Hearts* ziemlich ungern geplant, während ich ihm morgens beim Rührei direkt in die Augen hätte schauen müssen. Was nichts daran ändert, dass mir die Wohnung mit einem Mal ganz schön leer vorkommt.

In der Küche finde ich erneut einen Zettel: Susanne und Ewald haben offenbar Waffenstillstand geschlossen, und er ist mit Jule wieder in die Vorstadt gezogen.

Für meine Hilfe sei er mir auf ewig dankbar, schreibt er. Ich kann nur inständig hoffen, dass das seine Wut mildert, wenn ich den Radiopiraten gebe.

Als ich unter die Dusche springe, fällt mir auf, dass Ewald locker die Hälfte seines Krams vergessen zu haben scheint – Duschzeug, Zahnbürste, Rasierzeug und ein paar T-Shirts, alles noch da und kunterbunt im Bad verteilt. Vor allem wird mir aber klar, wie sehr er sich mit seinen Sachen während der letzten Tage überall in der Wohnung ausgebreitet hat, ohne dass es mich besonders genervt hätte oder mir auch nur groß aufgefallen wäre.

Noch vor ein paar Wochen hätte ich ganz anders reagiert. Bei Nora hat es mich schon gestört, wenn sie mal mehr als ein Wochenende blieb. Garantiert hätte ich mir da auch keinerlei Kopf darum gemacht, ob Ewald mir die Freundschaft kündigen könnte – so gern ich ihn mag.

Und ganz bestimmt hätte ich mich nicht ständig darum gesorgt, dass ich bereits alle Chancen bei Lena verspielt haben könnte, und ob ich sie und Herkules überhaupt je wiedersehen würde.

Bei dem Gedanken muss ich schlucken. Ich will mir gar nicht vorstellen, wie es sich anfühlen wird, falls ich tatsächlich nie mehr etwas von Lena hören sollte. Oder wie es wäre, ohne sie zu leben.

Doch dann stelle ich die Dusche auf kalt – und reiße mich von meinen Grübeleien los. Immerhin, ich habe eine Chance. Sie mag nicht gerade groß sein, und was ich vorhabe, ziemlich aberwitzig. Aber ich werde, verdammt noch mal, alles tun, um sie so gut wie möglich zu nutzen.

Nach dem Duschen brühe ich mir einen extra starken Kaffee auf, gehe ins Wohnzimmer und setze mich, zu allem entschlossen, vor den Laptop. Mir bleibt eine Woche bis zum alles entscheidenden Moment, nur ein paar spärliche Tage, um für Lena die Sendung meines – und hoffentlich ihres – Lebens auf die Beine zu stellen. Gut, vermutlich die kürzeste Sendung aller Zeiten, aber trotzdem brauche ich natürlich einen Plan – und zwar den besten, der mir einfällt.

Für die nächsten zwei Stunden bleibt das Öffnen eines leeren Dokuments allerdings alles, was ich hinkriege. So mit 14, 15 ließen sich Beziehungskrisen viel unkomplizierter lösen – da gab es höchstens mal Ärger, weil man vor seinen Kumpeln nicht mit der Freundin Händchen halten wollte oder mehr Lust auf Fußballgucken hatte, statt schon wieder Eis essen zu gehen.

Was aber sagt man einer Frau, die man richtig mies im Regen hat stehen lassen? Bei der man auf ganzer Linie versagt hat und noch nicht mal weiß, wie man sie erreichen soll? Und wie vermittelt man ihr glaubhaft, dass man entschlossen ist, sich künftig keinerlei weitere Ausflüge ins Vollidiotenparadies zu erlauben? Und das alles, während außer ihr ein voraussichtlich nicht unbeträchtlicher Teil der Bevölkerung zuhört?

Damit ich nicht weiter auf den verstörend weißen Bildschirm glotzen muss, tippe ich für den Anfang das Wort »Anmoderation«. Dann beschließe ich schon mal, den Hörern gleich zu Beginn zu verklickern, dass sie diesmal kein *Radio Hearts* in der üblichen Form bekommen werden. Mit etwas Glück schaltet der ein oder andere bereits nach dieser Info um.

Und dann? Sinnigerweise sollte ich Lena umgehend eine möglichst aussagekräftige Nachricht vermitteln. Anschließend würde ich ihr gern ein Musikprogramm von noch nie dagewesener Genialität präsentieren, das in minimaler Zeit maximalen Eindruck schindet. Aber wie soll das aussehen?

Je länger ich auf meine Plattenregale starre, desto klarer wird mir, dass ich völlig auf dem Schlauch stehe. Ich moderiere zwar eine Radiosendung, bei der es absolut romantisch zugeht, aber schließlich habe ich nicht vor, Lena ausgerechnet mit Céline und Mariah zu kommen. Sicher würde sie das auch kein bisschen beeindrucken, schließlich weiß sie, was ich wirklich davon halte. Und seit ich versucht habe, eine Frau mit einem Musikmix für mich zu gewinnen, sind Jahre vergangen.

Dabei war ich früher ein Superheld in Sachen Sampeln. X-mal habe ich als Teenie mit einer perfekt durchdachten Songauswahl das Eis gebrochen. Sogar Bille, der blöden Kuh, hab ich noch haufenweise Mixtapes zusammengestellt – sogar, als alle Welt längst angefangen hatte, seelenlose CDs zu brennen und irgendwann mit den ersten MP3-Playern durch die Gegend lief. Wenn ich noch eine Ahnung hätte, welche Songs ich damals verwendet habe, wäre ich ein gemachter Mann.

Und da fällt sie mir plötzlich ein, die Kiste auf dem Speicher meiner Mutter. In das sperrige Ding, das von meinem Opa stammt, habe ich damals von ausnahmslos jedem meiner Tapes eine Kopie gelegt – für den Fall, dass mich im Greisenalter von 50 oder so das Bedürfnis überkommen sollte, in Erinnerungen zu schwelgen.

Ob das Teil noch da oben steht? Binnen zehn Minuten bin ich für die Außenwelt halbwegs präsentabel und sitze im Auto.

Irgendwie ist es eindeutig ungünstig, wenn man während der Planung einer Aktion, die einen Kopf und Kragen kosten könnte, Zeit zum Nachdenken findet. Auf dem Weg in die Vorstadt packt mich die Nervosität. Keine Frage, ich werde die Sendung für Lena auf jeden Fall machen. Trotzdem ist die Vorstellung, dass ich in einer Woche ohne Job dastehen könnte, doch etwas beängstigend.

Ein bisschen was habe ich gespart. Dennoch habe ich, bei aller Hoffnung, dass die Aktion mir Lena zurückbringen könnte, ein ungutes Gefühl in der Magengegend. Auch der Gedanke, wie es wäre, künftig ohne Sascha und Ewald zu arbeiten, heitert mich nicht gerade auf.

Logisch, dass das auch meiner Mutter nicht entgeht.

Kaum hat sie die Tür aufgemacht, legt sich ihre Stirn in Falten.

»Was ist dir denn über die Leber gelaufen?«

Doch ich muss zuerst wissen, ob die Kiste noch da ist. »Ich geh nur kurz auf den Speicher, dann trinken wir einen Kaffee.«

Sie nickt und ich renne die Treppe hoch, nehme den Stock zum Öffnen der Speicherluke vom Haken, ziehe die Leiter runter und starre ins Halbdunkel. Es muss zehn Jahre her sein, seit ich zum letzten Mal auf dem Dachboden war. Hoffentlich ist die Kiste nicht längst auf dem Sperrmüll.

Unterm Dach erwarten mich unzählige Kartons, diverse Kleinmöbel und jede Menge anderes Zeug. Hier meine Kiste zu finden, dürfte eine ziemliche Herausforderung werden. Eine ganze Weile durchforste ich den Raum, hieve Sachen von links nach rechts und gucke unter jeden Kleidersack. Die Kiste könnte überall sein. Ist sie nur leider nicht. Nach einer Dreiviertelstunde gebe ich auf.

In der Küche wartet meine Mutter mit Kaffee und selbst gebackenem Kirschstreusel. »Na, fündig geworden?«

Ich schüttle den Kopf.

»Was ist denn so wichtig, dass du mitten in der Woche noch vor Mittag vorbeikommst? Na, iss erst mal ein Stück Kuchen.«

Essen scheint für meine Mutter die Antwort auf so

ziemlich alles zu sein. Ein Wunder eigentlich, dass ich meine Jugend überstanden habe, ohne auf die Maße einer Riesenqualle anzuschwellen. Erstaunlicherweise fühle ich mich nach dem ersten Stück Kuchen aber tatsächlich besser. Nur blöd, dass die Tapes weg sind. Irgendwie hätte ich die so zur Inspiration echt hilfreich gefunden.

»Und, verrätst du mir nun, was eigentlich los ist?« Während ich mit der Kuchengabel die letzten Krümel von meinem Teller picke, sieht sie mich eindringlich an.

Eigentlich würde ich gern vermeiden, dass sie sich noch mehr Sorgen macht, aber ich kann sie nicht ins offene Messer laufen lassen. Natürlich wird sie mithören, wenn ich am Freitag auf Sendung gehe. Wenn ich sie nicht einweihe, kriegt sie am Ende noch einen Herzinfarkt.

»Ich hab da was vor, was dich nicht besonders begeistern wird«, sage ich vorsichtig. »Aber es geht nicht anders.«

Sie schaut sorgenvoll, bleibt aber ruhig. »Und was genau soll das sein, von dem du meinst, dass es mich um den Schlaf bringen würde?«

Ich atme einmal tief durch, dann erzähle ich ihr von Lena und ihren Nachhilfestunden. Wie aus der Theorie reale Gefühle wurden und ich in Panik geraten bin, als ich das mit dem Baby erfuhr. Und dass ich keine andere Chance sehe, als die Show zu kapern, wenn ich irgendeine Hoffnung haben will, dass sie zu mir zurückkommt.

Als ich fertig bin, schweigt sie. Ich fange schon an, mich zu fragen, ob sie mich überhaupt verstanden hat, da sagt sie doch noch was.

»Und was hast du auf dem Speicher gesucht?«

»Ich wollte nachsehen, ob die alte Armeekiste noch da ist.«

»Was ist denn da drin, das du so dringend brauchst?« Ihr Gesicht verrät noch immer nicht, was in ihr vorgeht.

»Ich hab doch früher immer Musik aufgenommen für meine Freundinnen. In der Kiste müssten zig Kassetten von damals sein.«

»Und inwiefern sollten dir die bei deinem Plan von Nutzen sein?«

Ich zucke mit den Schultern. »Ich bin noch nicht ganz sicher, was ich Lena sagen will oder wie, aber ich habe das Gefühl, dass ein paar gute Songs helfen könnten. Und zurzeit tappe ich noch ziemlich im Dunkeln, was die Auswahl angeht. Ich dachte, wenn ich mir die alten Tapes anhöre, kommen mir ein paar Ideen.«

Sie nickt nachdenklich. Dann steht sie auf und geht zur Küchentür. »Komm mal mit.«

Ich folge ihr durch den Flur und die Treppe hinauf. Vor meinem alten Zimmer hält sie kurz inne, dann gehen wir hinein. Ich sehe mich um – ihr Nähtisch, neben dem Fenster der Kleiderschrank von Opa Willi. »Was machen wir hier?«

Sie hebt die Hand und signalisiert mir, einen Moment Geduld zu haben. Dann geht sie zum Schrank, dreht den Schlüssel um und öffnet die breiten Flügeltüren. Sie zieht die Mäntel und Jacken auf den Bügeln auseinander – es riecht ziemlich nach Mottenkugeln – und deutet hinein: »Schau mal da.«

Und da steht sie, meine alte Kiste. Ich strahle übers ganze Gesicht. »Du hast sie nicht entsorgt…«

Sie schüttelt den Kopf. »Alles noch da.« Sie bückt sich, schiebt den Metallriegel zur Seite und klappt den Deckel hoch. Tatsächlich, all meine Tapes, der Heilige Gral der romantischen Sampler. Und plötzlich ist er wieder da, mein Optimismus. Ich muss ein-, zweimal schlucken, bis ich mich wieder gefangen habe. »Aber wieso hast du das alles aufbewahrt?«

»Ich habe immer gehofft, dass du dich irgendwann an sie erinnerst. Oder an den, der du damals warst«, sagt sie leise.

»Warum?«

Sie schweigt eine Weile. »Nach dieser furchtbaren Bille hast du dich so verändert.« Sie streichelt mir über den Kopf. »Ich habe mich all die Zeit gefragt, wann du dir je wieder erlauben wirst, eine Frau zu lieben.«

Ich muss schon wieder schlucken.

»Und, liebst du sie?«

Ich nicke, und sie lächelt.

»Dann kämpf um sie – und lass dich von nichts in der Welt aufhalten, mein Großer.«

27.

Auf dem Rückweg aus der Vorstadt halte ich an einem Supermarkt und decke mich mit Tiefkühlpizzen, Cola und Bier für eine knappe Woche ein. Ich habe nicht vor, die Wohnung zu verlassen, bevor der Plan für die Sendung steht.

Die nächsten Tage arbeite ich wie ein Besessener. Mit einem Kassettendeck, das ich in den Untiefen meines Kellerabteils gefunden habe, vertiefe ich mich noch einmal in sämtliche Tapes aus meiner Glanzzeit des Sampelns. Es sind wirklich viele Kassetten. Sieht so aus, als wäre ich große Teile meiner Jugend deutlich mehr mit Tapemixen beschäftigt gewesen als mit Knutschen.

Irgendwann habe ich halbwegs den Überblick und fange an, über passende Songs für Lena nachzudenken. Ich experimentiere mit unterschiedlichen Kombinationen und verwerfe sie wieder, schreibe mir von vielen Titeln Inhalt oder Textschnipsel auf. Schließlich soll es perfekt passen.

Es bleibt nicht aus, dass beim Hören der Songs von früher Erinnerungen hochkommen – jeder einzelne Sampler ein musikalischer Ausschnitt meines Lebens.

Meine erste Compilation überhaupt widmete ich Pauline. Sie war vierzehn, ich im Stimmbruch und unsäglich genervt von Ricky Martin und seinem ewigen *Un, Dos, Tres*, auch wenn die halbe Nation den Song frenetisch feierte. Ich stand mehr auf New Model Army und Die Ärzte und lutschte Eis mit Pauline, die nach meiner Mandeloperation an meinem Krankenhausbett wachte. Weshalb ich mich auf der Stelle unsterblich in sie verknallte und sicher war, dass es für immer so bleiben würde. Wir teilten uns eine Decke im Freibad, hielten Händchen und hörten Walkman mit nur einem Kopfhörer – das ganze Programm. Unser Lieblings-Song auf dem Sampler: Bon Jovi, *Always*. Auch der änderte aber nichts daran, dass unsere Zuneigung den Sommer nicht überlebte.

Sampler Nummer 2 ging an Babs. Babs war zwei Jahre älter als ich, machte Leistungssport und hatte ein Kreuz wie ein Schrank. Vermutlich deshalb versuchte ich, sie mit Hard Rock zu beeindrucken. Nach vier Wochen verließ sie mich trotzdem für einen finster dreinblickenden Typen aus der Oberstufe, was ihr Sampler Nummer 3 einbrachte – ich rief ihr mit Tic Tac Toe *Verpiss dich* hinterher. Die Band fand ich ätzend, doch Babs' Englisch war unter aller Sau und ich wollte sichergehen, dass sie mich verstand.

Das nächste Jahr war musikalisch gesehen ein finsteres Tal. Inzwischen lag mein fünfzehnter Geburtstag hinter mir, und so um den Dreh schlug nicht nur die Geburtsstunde von Célines *My Heart Will Go* On, auch Modern Talking heulten einem von überall ihr Remake von *You're My Heart, You're My Soul* hinterher – als wäre die eine Version in den 80ern nicht nervig genug gewesen. Lucie und mir war das egal. Zum allerersten Mal durfte ich mich beim Knutschen am Öffnen von BH-Verschlüssen versuchen (die mich mehrfach an den Rand der Verzweiflung trieben), außerdem gab es Sampler Nummer 4 bis 17, was gar nicht nötig gewesen wäre, weil wir sowieso fast andauernd Aerosmith' *I Don't Want to Miss a Thing* hörten.

Diesmal war ich es, der ein Mädchen verließ. Nachdem ich eines Nachmittags herausgefunden hatte, dass Lucie heimlich Jürgen Drews und Matthias Reim hörte, war es zwischen uns einfach nicht mehr dasselbe, und ohnehin war ich ziemlich verstört davon, dass sie schon anfing, die Namen unserer künftigen Kinder festzulegen.

Ein Dreivierteljahr später hatte ich den Schock überwunden und mir meine erste Secondhand-Lederjacke zusammengespart, was mir ausreichend Selbstbewusstsein verlieh, um meine Chancen bei Bille auszuloten. Sie war vorher auf einer anderen Schule gewesen und grinste mir eines Morgens im Kunstraum von ihrer Leinwand aus zu. Ich war sofort in sie verschossen, brauchte aber sechs Tapes, bis sie das erste Mal mit mir auf einer Party knutschte – zu blink-182s *All the Small Things*.

Bis wir mit neunzehn unsere erste gemeinsame Wohnung bezogen, folgten unzählige weitere Sampler. Bille durfte ihre dann aber nicht behalten. Nach ihrer Nummer mit meinem Kumpel fand ich, sie habe mein musikalisches Feingefühl nicht länger verdient.

Bei meinem Auszug packte ich ihre sämtlichen Kassetten ein und versenkte sie ein paar Wochen später feierlich – und hochdramatisch – in der kleinen Bucht unseres Lieblingsbadesees, an dem wir unzählige gemeinsame Sommertage verbracht hatten.

Danach war Schluss mit den Tapes. Die Kiste mit meinen gesammelten Werken geriet in Vergessenheit, mein Interesse an Beziehungen flaute auch deutlich ab.

Und jetzt? Ich will gerade weitermachen mit der Songauswahl für Lenas Sendung, da klingelt es. Ich gucke auf die Uhr. Es ist kurz nach halb zehn, draußen wird's schon dunkel. Ich mache auf, und Sascha steht vor der Tür.

»Wir stecken bis zum Hals in der Scheiße«, sagt sie. Dann stapft sie mit ihren lila Dreadlocks entschlossen an mir vorbei Richtung Wohnzimmer.

»Sag mal, hast du in den letzten Tagen mal eine Dusche von innen gesehen?« Sie hat sich aufs Sofa gefläzt, die Füße auf meinem Wohnzimmertisch.

Ich stehe vor ihr. »Wieso?«

»Nimm's mir nicht übel, aber: du müffelst. Könnte allerdings auch die Wohnung sein. Du weißt schon, dass die Fenster diese praktische Funktion haben, dass sie sich öffnen lassen?«

Ich hebe den Arm und schnuppere an meiner Achselhöhle. »Sorry, ich war im Planungsfieber. Ich spring schnell unter die Dusche.«

»Nee, lass mal, wir haben Wichtigeres zu klären.«

»Gib mir fünf Sekunden.«

Ich sprinte ins Bad, schiebe zumindest eine schnelle Katzenwäsche ein und sprühe mich ordentlich mit Deo ein. Dann hole ich zwei Bier aus der Küche. Zurück im Wohnzimmer reiße ich die Fenster auf und setze mich ihr gegenüber in den Sessel.

»Sag an, wo brennt's?« Ich öffne beide Flaschen und schiebe Sascha eine rüber. »Du erzählst mir jetzt hoffentlich nicht, dass Ewald am Freitag bloß wegen mir Überstunden macht.«

»Nee, der hat einen Termin, das hab ich gecheckt.«

»Dann ist doch alles in Butter.«

»Von wegen. Dominik will übermorgen dabei sein.«

»Wieso übermorgen?«

»Weil heute Mittwoch ist und deine nächste Sendung üblicherweise freitags stattfindet? Sag mal, kriegst du noch irgendwas mit?«

»Mist, irgendwie dachte ich, das Wochenende sei gerade erst um. Egal, was heißt denn, Dominik will dabei sein?«

»Na, er will sich zu mir in die Kabine setzen, um sich deine Bewährungssendung anzuhören! Du weißt doch, was für ihn und dich auf dem Spiel steht.«

»Mann, der schlägt doch sofort Alarm, wenn er mitkriegt, was läuft! Dann wird es selbst mit ein paar Minuten auf Sendung nichts!«

»Eben!«

»Verdammt.« Ich nehme einen Schluck Bier. »Und jetzt?«

»Was weiß denn ich, Fred? Du bist doch der, der kurz mal seine eigene Sendung kapern will.«

»Aber mit so was hatte ich nicht gerechnet. Wer hört denn sonst um die Zeit im Sender schon mit – und dann auch noch direkt auf dem Stuhl neben dir?«

»Normalerweise kein Mensch, schon klar.« Sie scheint zu überlegen. »Aber selbst, wenn ich's schaffe, Dominik zu verklickern, dass es mich stört, wenn er mir bei der Arbeit fast auf dem Schoß sitzt – wo ich doch noch Anfängerin bin und all meine Konzentration brauche: In der Redaktion bleibt er garantiert. Und wenn er schnallt, was los ist, klingelt er nicht nur auf der Stelle Ewald raus und tut alles, was der dann für nötig hält – dir den Strom abstellen oder sonst irgendwelchen technischen Kram, von dem ich keine Ahnung habe. Wenn du Pech hast, spielt der am Ende noch den Helden und fesselt dich an deinen Stuhl oder so!«

»So eine Kacke!« Ich springe auf und fange an, im Wohnzimmer auf und ab zu laufen.

Sascha beobachtet mich und nippt zwischendurch an ihrem Bier. Dann steht auch sie auf, geht zum Fenster und lehnt sich raus in die Abendluft.

»Man müsste ihn irgendwie ablenken«, meint sie nach einer Weile.

Ich tigere immer noch durchs Zimmer. »Ja, aber wie?«

Sie schweigt.

»Was ist denn das da alles?«, will sie wenig später wissen. Ich drehe mich um und folge ihrem Blick. Sie zeigt auf die Kiste mit den Samplern.

»Meine alten Tapes. Hab ich früher für Mädels aufgenommen.«

»Als Teenie? Wenn du verknallt warst?«

»Jep.«

»Wie cool!« Sie lässt sich im Schneidersitz vor der Kiste nieder und fängt an, die Inhaltsverzeichnisse auf den Rückseiten der Kassettenhüllen zu studieren.

»Aaaaah, Nirvana – und die Pixies. *Und* die Violent Femmes! Wie unfassbar süß! Hast du damals auch diese kleinen Briefe geschrieben? *Willst du mit mir gehen – ja, nein, vielleicht?*«

Ich grinse. »Lass mich in Frieden. Meine Sampler waren Kunst.«

»Auf jeden Fall! Ich gründe höchstpersönlich einen Fred-Fanclub.« Sie lächelt mich an. »Fred?«

»Ja?«

»Du biegst das schon wieder hin mit Lena. Du spielst

für sie einfach die schönsten Songs, die es gibt, ja? Die wäre ja bekloppt, wenn sie nicht zu dir zurückkäme.«

»Und wenn sie längst über alle Berge ist und sich die Sendung nicht mal anhört?«

»Wird sie. Und dann rast sie zu dir, egal von wo. Du wirst sehen.«

Ich lächle gequält.

Dann stößt Sascha einen Schrei aus, dass mir fast das Herz stehen bleibt. »Ich weiß jetzt, was wir wegen Dominik machen!«

»Und was?«

»Ina aus der Redaktion kennt doch Dutzende berühmter Leute und weiß immer, was in der Stadt so los ist!«

»Und?«

»Na, wir organisieren Dominik einen Termin mit einem Promi! Genau für die Zeit, in der du auf Sendung gehst! Vielleicht tritt irgendwo jemand auf, mit dem bislang nichts geplant ist, oder wir nehmen einen Künstler, der hier wohnt. Auf so was ist Dominik total scharf. Und da muss er dann auch das Handy ausschalten und kann nicht mithören!«

»Das wäre ja genial.«

»Das kriege ich hin! Ich setze mich gleich in die Bahn und fahre zu Ina. Ich klingele durch, sobald ich was weiß.« Sie steht auf und geht zur Tür, dreht sich aber noch mal um. »Und Fred: Gib die Hoffnung nicht auf, ja?«

Bis weit nach Mitternacht höre ich nichts von Sascha.

Ich tüftle noch immer an meinem Programm. Egal, was ich tue, ich bin nicht zufrieden. Mein Gefühl sagt mir, ich bräuchte mehr als nur ein paar richtig tolle Songs. Doch der eine, ganz besondere Dreh fällt mir nicht ein. Ich bin schon völlig verzweifelt, als Sascha schließlich doch noch anruft.

»Alles gebongt mit Ina. Sie hat sich echt das Hirn zermartert. Ich hab ihr gesagt, Dominik hätte sich die letzten Wochen für *Radio Hearts* den Hintern aufgerissen und würde sich bestimmt über einen richtig coolen Termin freuen.«

»Scherzkeksin.«

»Naja, ein bisschen komisch geguckt hat sie, aber Hauptsache, wir haben was.«

»Nämlich?«

»Wenn du Freitag auf Sendung gehst, trifft sich Dominik mit einem Musicalsänger.«

»Ach was?«

»Ja, der ist hier aufgewachsen, tourt inzwischen aber um den halben Erdball und ist am Wochenende mit seinem Ensemble in der Stadt.«

»Mega!«

»Ja, oder? Und weil der Typ eigentlich gar keine Zeit hat, kann er natürlich auch nicht ins Studio kommen, sondern Dominik muss zu ihm, während der Proben. Die Story nimmt Ewald mit Kusshand!«

»Und Dominik steht auf Musicals. Perfekter geht's nicht!«

»Irgendwas mit Oper hätte er wahrscheinlich auch super gefunden. Oder einen Interviewtermin mit Helene Fischer.« Sie kichert. »Aber die hätte dann selbst mir leidgetan. Vermutlich hätte er mit ihr stundenlang Gespräche über die Geschichte jedes einzelnen Songs geführt.«

In Gedanken bin ich schon wieder bei der Sendung für Lena. Doch während Sascha redet, kommt mir plötzlich eine Eingebung: »Was hast du da gerade gesagt?«

»Dass Dominik auf Opern abfährt?«

»Nee, danach.«

»Irgendwas über die Story hinter Helenes Songs?«

Ich denke kurz nach. »Sascha, du bist ein Genie.«

»Du hast jetzt aber nicht vor, Lena am Freitag mit Schlagerhymnen zu quälen, oder?«

»Nein. Aber ich weiß jetzt endlich genau, was ich in der Sendung machen werde.«

»Und das wäre?«

»Sorry, keine Zeit für Erklärungen. Wenn ich das alles in sechsunddreißig Stunden hinkriegen will, muss ich mich beeilen.«

»Kein Ding, wir sehen uns Freitag. Und denk dir was aus, was sie vollkommen umhaut, ja?«

»Worauf du dich verlassen kannst.«

28.

Der große Tag ist da, und ich habe kein Auge zugetan. Als ich es endgültig aufgebe, ist es gerade mal 6 Uhr. Seit gestern Abend ist an Entspannung nicht mehr zu denken.

Um kurz vor 8 hab ich sie abgeschickt, die SMS an Lena. Sie gebeten einzuschalten, wenn ich heute auf Sendung gehe. Irgendwas in mir hatte gehofft, dass sie doch ein Lebenszeichen von sich geben würde. Aber da kam nichts, nicht ein einziges verdammtes Wort.

Was, wenn sie mir nicht zuhört oder die SMS erst viel zu spät liest? Oder wenn sie einschaltet und das, was ich sage, Lena nicht überzeugt? Bis in die späte Nacht habe ich an meinem Plan für die Sendung gefeilt. So lange, bis mir absolut nichts mehr einfiel, um es noch besser zu machen. Aber was, wenn sie mir trotzdem nicht verzeiht?

Auch beim dritten Kaffee werde ich die Vorstellung nicht los, dass Lena mit Herkules auf Nimmerwiedersehen in den Sonnenuntergang fährt, während ich in einem Karton die Habseligkeiten von meinem Schreibtisch aus dem Sender trage.

Schließlich mache ich mich auf den Weg. Auch wenn mein Konzept steht, muss ich vor den anderen die Illusion aufrechterhalten, dass ich nachher eine ganz normale Ausgabe von *Radio Hearts* über den Äther schicke. Außerdem werde ich so wenigstens nicht jede Sekunde darüber nachdenken, was schiefgehen könnte.

Bei meiner Ankunft im Büro gibt es ein großes Hallo. Einige wünschen mir Glück, Sascha umarmt mich.

»Nervös?«, flüstert sie mir ins Ohr.

»Wie verrückt.«

»Glaub mir, es wird alles gut gehen.«

Wir setzen uns und machen uns an die Arbeit. Jedenfalls tun wir so, als ob. Erst gebe ich vor, an meiner Moderation zu feilen, dann mimen wir regen Austausch über die Kandidaten der heutigen Ausgabe von *Radio Date*. Sascha hat tatsächlich welche ausgewählt – wir mussten ja den Schein wahren. Maya, 32, wird nicht begeistert sein, dass wir sie um ihr Traumdate bringen.

Zwischendurch schaut Ewald rein.

»Entschuldige, dass ich neulich so plötzlich weg war, Fred. Ich wollte eigentlich noch mal vorbeikommen und mich bedanken, aber du weißt ja, wie das ist.«

»Kein Ding Ewald, echt.«

»Du, mir tut das total leid, dass ich nachher nicht dabei sein kann.«

»Um die Zeit bist du doch freitags meistens weg.«

»Für deine Sendung wäre ich natürlich geblieben.« Er blickt sich um, um sicherzustellen, dass sonst keiner zuhört, dann beugt er sich zu mir runter. »Aber weißt du, mit Susanne und mir läuft es wieder besser, und wir wollten diese Woche unbedingt noch zu einer Sitzung bei Dr. Moebius. Das verstehst du bestimmt.«

»Klar. Freut mich, dass ihr euch wieder vertragen habt.« Ich komme mir vor wie der letzte Arsch.

»Aber ich schaue auf jeden Fall später noch mal rein, ja? Und toi, toi, toi! Du weißt, ich glaube an dich, Fred.« Über seine Brille hinweg sieht er mich aufmunternd an. Dann ist er schon wieder weg.

Ich fühle mich wie ein mieser Verräter.

»Jetzt mach dir keinen Kopf«, flüstert Sascha mir über den Schreibtisch hinweg zu. »Arbeitstechnisch wird er es scheiße finden, schon klar. Aber menschlich gesehen versteht er's garantiert. Auf lange Sicht. Irgendwann.«

Wir machen weiter, und ich versuche, Ewald und Lena für einen Moment zu vergessen. Stattdessen gehe ich noch mal mein Programm durch. Hin und wieder schaue ich auf die Uhr über der Tür. Noch drei Stunden. Noch zwei. Noch eineinhalb. Das Büro leert sich.

Eine knappe Stunde vor dem Start mache ich einen Kontrollgang über die Flure, um zu checken, wer oder was mir bei meinem Plan eventuell doch noch in die Quere kommen könnte.

Im Pausenraum läuft das aktuelle Radioprogramm

eigentlich immer, da ist um diese Zeit aber schon kein Mensch mehr. Auch in der Kaffeeküche herrscht ab Freitagnachmittag gähnende Leere. Die wenigen Büros sind ebenfalls verwaist, bis auf einen der beiden Sporttypen. Doch auch der befindet sich im Aufbruch. Als ich zurück an meinem Schreibtisch bin, ist es nicht mehr lang hin bis zum Beginn der Sendung – Zeit, dem Löwen ins Maul zu blicken.

Ich packe meinen Krempel und kontrolliere fünfmal, ob ich die Playlist für Lena in der Tasche habe und den Notfallstick mit einem der Titel, von dem ich nicht sicher bin, ob wir ihn in der Datenbank haben. Zur Sicherheit habe ich auch den Stapel Notizen zu den Songs auf meinen Samplern von früher dabei, falls ich länger auf Sendung sein sollte als geplant. Ich organisiere noch zwei Kaffee für mich und Sascha, dann gehen wir rüber zu den Studios. Ich will schon an mein Pult, da hält sie mich zurück und holt tief Luft.

Ich schaue sie fragend an.

»Fred, bist du absolut sicher, dass du das tun willst? Ich meine, ganz, ganz sicher?«

Ich nicke entschlossen. Ich bin noch immer tierisch nervös, trotzdem will ich nur noch eins: endlich anfangen.

»Okay, dann ziehen wir das jetzt durch.«

Wir umarmen uns, und ich gehe rein. Kurz vor Beginn der Sendung schließe ich von innen ab – falls doch jemand den Wunsch verspüren sollte, mich vom Mikro wegzuzerren, wird er ein paar Minuten brauchen, um im Sekretariat den Zweitschlüssel fürs Studio zu finden.

Dann geht es tatsächlich los.

»Hey, ihr da draußen. Hier ist euer Fred. Wir haben uns ein paar Wochen nicht gehört, und ich weiß, ihr erwartet jetzt die übliche Freitagsausgabe von *Radio Hearts.*« Aus der Kabine zwinkert Sascha mir zu und nickt aufmunternd.

»Aber ich muss euch enttäuschen. Heute geht es nicht um euch, Leute. Auch nicht um eure Musikwünsche oder irgendwelche Blind Dates. Heute dreht sich alles um eine einzige Frau. Eine, die aus gutem Grund beschlossen hat, mich in die Wüste zu schicken, und von der ich noch nicht mal sicher weiß, ob sie mir gerade zuhört. Lena, ich hoffe, du bist jetzt irgendwo da draußen.«

Sascha sitzt hinter ihrer Glasscheibe und hängt an meinen Lippen, was mich etwas beruhigt. Schließlich gibt es kein Skript. Ich habe die Songfolge geplant, aber es wäre mir bescheuert vorgekommen, Lena eine auswendig gelernte Rede vorzutragen.

»Ich weiß, Lena, ich hab echt Scheiße gebaut«, fahre ich fort. »Große Scheiße. Ich bin weggerannt, als du mir gesagt hast, dass du schwanger bist, habe dich eineinhalb Tage nicht mal angerufen. Und ich will das jetzt auch nicht entschuldigen oder rechtfertigen, weil es einfach daneben war, ganz egal, was der Grund war.«

Hinter der Scheibe reckt Sascha beide Daumen nach oben und nickt bekräftigend.

»Ich will bloß, dass du weißt, dass ich etwas verstanden hab in den letzten Wochen, dass sich etwas verändert hat. *Ich* habe mich verändert.« Einen Augenblick suche ich nach den richtigen Worten. »Nicht nur, weil du mir gezeigt hast, was Romantik ist und ich mich bis über beide Ohren in dich verliebt habe, sondern auch, weil ich endlich kapiert habe, wie das ist, wenn man nicht mehr versucht, alles im Leben allein durchzustehen – wegen Sascha und Kalli, die immer für mich da waren; wegen Ewald, der mir klargemacht hat, was wirklich zählt; wegen Nora, die mir eine lange überfällige Standpauke gehalten hat.« Ich grinse. »Und nicht zuletzt wegen Herkules, dem definitiv coolsten Hund der Welt.«

Saschas Augen glänzen, das sehe ich sogar aus ein paar Metern Entfernung.

»In erster Linie aber wegen dir, Lena – wegen allem, was ich mit dir erlebt habe und was du für mich getan hast. Weil dich an meiner Seite zu haben einfach tausendmal besser ist, als als einsamer Wolf durchs Leben zu ziehen. Und du sollst wissen, dass ich bei dir sein will, bei dir und dem Baby. Das heißt, falls du mich noch willst.« Ich muss schlucken, bevor ich weiterrede.

»Weißt du, ich hab wirklich ewig darüber nachgedacht, wie ich dich überzeugen könnte, was ich tun könnte oder sagen. Ich bin nur leider nicht besonders gut darin, große Worte zu machen. Dafür kenne ich erfreulicherweise ein paar Leute, die das hervorragend draufhaben.« Wenn nur dieser bescheuerte Kloß im Hals nicht wäre. Ich hole tief Luft.

»Das hier ist für dich, Lena – unsere Geschichte in Songs. Es war nicht einfach, von dem Sommer mit dir nur eine Handvoll Momente auszuwählen, aber vermutlich sind das für eine ganze Weile meine letzten Minuten im Radio, also musste ich mich kurzfassen. Weißt du noch? Alles begann mit ein paar Bären…«

Ich schiebe den Regler hoch. Hoffentlich gefällt es Lena. Der erste Song ist vermutlich nicht exakt das, was man als Frau in so einer Situation erwartet, aber ich wollte etwas Spezielles.

Man hört ein paar Bläser, dann setzen die Streicher und weitere Instrumente ein, bevor schließlich die Stimme von Bing Crosby erklingt. Seine Version des *Teddy-Bears'-Picnic*-Songs stammt aus dem Jahr 1950. Doch das Kinderlied über eine Horde Bären, die ein Picknick im Wald veranstaltet, ist noch deutlich älter, und so altmodisch es auch ist: Man kann nicht anders als lächeln, sobald man es hört. Ich sehe direkt vor mir, wie Lena und ich auf der Decke im Gras dösen und Bruno und Bea beim Knutschen beobachten. Ich hoffe, sie strahlt jetzt übers ganze Gesicht, so wie ich.

Mit dem nächsten Song springe ich mehr als fünf Jahrzehnte weiter. Nach keinem der Lieder für Lena habe ich so lange gesucht. Es hätte auf der Hand gelegen, den Ausflug zum *PeLoH*-Festival mit einem Lied aus der Hippiezeit einzufangen, doch ich wollte unbedingt einen Song, der die federleichte Stimmung dieses Tages wiederspiegelt.

»Hier kommt eine meiner schönsten Erinnerungen an dich, Lena: Sommerlaune und barfuß tanzen im Gras. Weißt du, ich glaube, das war der Moment, in dem ich mich in dich verliebt habe. Auch wenn ich dann doch noch eine Weile gebraucht hab, um mir das einzugestehen. Und ich finde, keiner könnte die Atmosphäre dieses Tages besser rüberbringen als diese beiden gnadenlos sympathischen, leicht durchgeknallten Norweger. Hier kommen Øye und Bøe von den Kings of Convenience mit *I'd Rather Dance With You.*«

Weiche Gitarrenklänge, ein paar sparsam dosierte Töne vom Klavier, dazu die leise, sanfte Stimme von Erlend Øye. In Gedanken bin ich zurück auf der Festivalwiese, schwinge in der Dunkelheit mein Feuerzeug und tanze mit Lena.

Nervös werfe ich einen Blick auf die Uhr: Etwas über sieben Minuten sind schon um – höchste Zeit für den nächsten Song.

Ganz ohne Hippiesound geht es nicht in einer Show für Lena. Ohnehin hätte das sonnige Gute-Laune-Hoch, auf dem wir in unseren ersten Tagen als Pärchen schwebten, niemand musikalisch perfekter inszenieren können als eine Band aus dieser Ära – und zwar nur diese eine.

»Es hat ein bisschen gedauert, bis endlich alles klar war zwischen uns beiden, oder, Lena? Aber dann war es der absolute Hammer, jedenfalls für eine Weile. Ich hoffe, dir ging es wie mir in dieser Zeit, denn ich bin ziemlich sicher, dass ich noch nie vorher in meinem Leben so glücklich war. Willst du wissen, wie sehr?«

Zeitsprung zurück. Die Beach Boys, *Wouldn't It Be Nice*. Man kann sich der Fröhlichkeit und Unbeschwertheit des Beach-Boys-Surfsounds schwer entziehen. Und man kann diesen Song unmöglich hören, ohne auf der Stelle einen Sommertag zu zweit vor Augen zu haben. Ich wünschte, wir hätten mehr davon gehabt.

»Alles hätte perfekt sein können, Lena. Wenn ich nicht so ein gigantischer Schwachkopf gewesen wäre. Ich kann dir nicht sagen, wie unglaublich leid es mir tut. Ich wünschte, ich wäre für dich da gewesen, ich wünschte, ich hätte dich aufgehalten. Und mehr als alles andere wünsche ich mir, dass du zu mir zurückkommst – auch, damit ich dir das hier endlich persönlich sagen kann.«

Es gibt vermutlich Tausende Songs, in denen sich jemand entschuldigt – vor allem eine Menge grauenvoll schlechte. Doch ich wollte kein melodramatisches Geheule. Stattdessen habe ich einen leisen, puristischen Song ausgesucht. Was Ehrliches. Gitarre, Stimme, Punkt. Es heißt, das Album von William Fitzsimmons, von dem auch *Please Forgive Me (Song of the Crow)* stammt, sei unter dem Eindruck seiner eigenen Scheidung entstanden. Wenn man ihn hört, glaubt man das sofort.

Während er von seinen inneren Dämonen singt, tauche ich für einen Moment auf aus der Erinnerung und bin zurück in der realen Welt – exakt in dem Augenblick, als in der Kabine die Tür neben Sascha aufschwingt. Es ist Ewald. Verdammt. Nun muss ich ihm auch noch in die Augen sehen, während ich seinen Sender boykottiere. Zu allem Übel ist es viel zu früh, ich bin mit meinen Songs für Lena noch nicht durch.

Ewald redet auf Sascha ein. Er wirkt stinksauer, kein Wunder. Sascha versucht anscheinend, ihn zu beschwichtigen. Dann hat sie wohl einen Hörer in der Leitung, und während Sascha spricht, steht Ewald hinter ihr, sieht ihr über die Schulter und studiert eingehend den Bildschirm. Nach dem Telefonat erneute Diskussion. Worüber zum Geier quatschen die da? Beinahe hätte ich den Einsatz für meinen nächsten Song verpasst.

»Hör zu, Lena: Wie's aussieht, bleibt mir nicht mehr viel Zeit. Deshalb sag ich's jetzt einfach, falls ich gleich weg sein sollte, okay?« Ich atme einmal tief durch und versuche, Ewald und Sascha nebenan auszublenden. »Ich liebe dich, Lena – auf diese verrückte Art, wo man nachts unbedingt bei jemandem unterm Fenster stehen will, weil man's einfach nicht mehr bis zum Morgen aushält, es ihm zu sagen. Und es ist mir auch egal, wenn alle Welt findet, dass ich mich jetzt gerade zum absoluten Vollidioten mache. Also, wenn du irgendwie kannst, gib uns noch eine Chance, ja?« Ich schließe die Augen, bevor ich den letzten Satz ins Mikro spreche, mein Herz klopft bis zum Hals. »Ich hab dir meine Version unserer Geschichte erzählt, Lena. Das Ende schreibst du.«

Ich schiebe erneut den Regler hoch. Ich habe wegen des letzten Songs ewig mit mir gerungen. Geworden ist es *Love You 'Till the End* von den Pogues. Für mich gibt es nur wenige Lieder, die es so schaffen, einen traurig und dabei dennoch hoffnungsvoll zu stimmen, die so schön sind, ohne schmalzig zu sein. Und dieser eine sagt absolut alles, was ich Lena sagen will.

Ich sehe noch mal zur Kabine. Sascha telefoniert wieder. Ewald steht hinter der Scheibe, die Hände in den Hosentaschen. Er schaut mir direkt in die Augen – und immer noch ziemlich finster drein.

Ich weiß nicht, wie ich sein Verhalten deuten soll. Aber jetzt ist ohnehin alles egal. Also lege ich noch einen drauf.

»Offenbar habe ich doch noch eine oder zwei Minuten, Lena. Was sich ganz gut trifft, weil ich hier noch einen Song in Reserve habe. Für einen ganz besonderen Menschen, der diesmal nicht du bist. Das hier ist für die kleine Kaulquappe in deinem Bauch. Ich hoffe, ich darf sie irgendwann kennenlernen.« Und da ist er wieder, der dicke Kloß in meinem Hals.

Ich räuspere mich zweimal, doch als ich wieder ins Mikro spreche, ist meine Stimme immer noch belegt. »Tja, Leute, das ist jetzt wirklich der letzte Song, den ich für heute ausgesucht habe, und vermutlich auch der Letzte, den ich hier je spielen werde. Danke fürs Zuhören euch allen – heute und überhaupt immer.« Ich atme noch einmal tief durch. »Und Lena, ich weiß nicht, wo du bist oder was du jetzt vorhast, aber falls das hier so was wie unser allerletzter Kontakt sein sollte: Bitte pass auf dich und Herkules und das Baby besonders gut auf, ja?«

Bob Dylan soll *Forever Young* als Schlaflied für einen seiner Söhne geschrieben haben. Doch dieses Lied ist viel mehr als das – eine Art Geleitsong für ein ganzes Leben, fast schon eine Hymne, getragen von dem Wunsch, dass der Adressat in Zukunft glücklich und wahrhaftig und mutig werden möge. Und dass er nach den Sternen greift.

Es ist eine Liveversion, die ich für Lena spiele. Als der Gesang zu Ende ist, ziehen sich der instrumentelle Teil und der Applaus noch ziemlich lange hin. Es ist dieser Moment, in dem die Anspannung der letzten Tage endlich von mir abfällt. Es ist geschafft. Ich habe alles gesagt, alle Songs gespielt, die ich für Lena spielen wollte – jetzt kann ich nur noch hoffen.

Während die letzten Töne verklingen, schaue ich noch einmal zur Kabine rüber. Jeden Moment dürfte Ewald mir den Hahn zudrehen. Doch im Moment debattieren er und Sascha wieder, diesmal etwas weniger aufgeregt, wie es aussieht. Dann studieren sie erneut Saschas Bildschirm, schließlich nickt Ewald, sagt noch ein paar Worte zu Sascha und geht Richtung Tür. Noch einmal dreht er sich zu mir um und wirft mir einen Blick zu, den ich nicht zu interpretieren weiß. Dann ist er verschwunden.

29.

Es wäre wohl die Untertreibung des Jahres zu behaupten, dass ich mir den Ausgang dieses Tages nicht anders ausgemalt hätte. Völlig anders.

Ich war sicher, dass die Aktion mit der Sendung mich meinen Job kosten würde. Und natürlich hatte ich gehofft, Lena würde sich melden: per Handy, übers Hörertelefon oder optimalerweise, indem sie überglücklich ins Studio stürmt und mich abknutscht. Nichts von alledem ist passiert.

Inzwischen ist es Abend, und der Himmel über der Stadt hinter Ewalds Fenster ist diesmal nicht rosarot, eher rötlich-orange. Das kommt immerhin relativ nah an die Gesichtsfarbe heran, die Ewald hatte, als ich vor zwanzig Minuten in seiner Bürotür auftauchte. Wohlgemerkt, Stunden später, als ich damit gerechnet hatte. Tatsächlich hat er mich die ganze Sendung durchziehen lassen. Bis zum Schluss.

Die Hörer seien ausgeflippt, hat mir Sascha hinterher erzählt. Innerhalb kürzester Zeit hätten sich Unmengen von Leuten gemeldet und mir zu meinem Mut gratuliert, mir die Daumen gedrückt, dass Lena zurückkommt. Anscheinend hat die halbe Stadt gebannt vor den Radios gesessen und mitgefiebert, was wohl auch der Hauptgrund für die Diskussion zwischen Ewald und Sascha war. Bei dem Erfolg konnte er mich schlecht abwürgen.

Ich stand allerdings ziemlich belämmert da, als mir klar wurde, dass die Sendung einfach weiterläuft. Aber dann habe ich mir die Notizen zu den Tracks von meinen alten Samplern geschnappt und einfach losgelegt, ein Programm mit Songs der 70er bis 90er gemacht und ein bisschen was dazu erzählt. Anekdoten über die jeweilige Band, Dinge, die ich über die Entstehung der Songs weiß. Oder was ich selbst mit dem einen oder anderen davon verbinde.

Eigentlich sollte das nur ein Notbehelf sein, aber offensichtlich hat es umwerfend funktioniert, denn auch nachdem der Teil der Sendung für Lena vorbei war, blieb der Zuspruch riesig. Ich bin noch nicht mal dazu gekommen, mich in seinem Büro an den Tisch zu setzen, da hat Ewald mir schon verkündet, dass ich *nicht* gefeuert bin. »Auch wenn du's verdient hättest. Aber so was von.«

Inzwischen hat sein Gesicht wieder einen halbwegs gesunden Farbton und seine Wut ist offenbar verraucht. Doch bis es so weit war, musste ich mir natürlich eine ellenlange Predigt anhören. In Gedanken war ich ohnehin nur bei Lena – und bin es noch. Denn so gut mein Programm bei allen anderen angekommen sein mag: Was Lena angeht, war es ein kompletter Fehlschlag. Nicht ein einziger Ton von ihr. Ich kann es immer noch nicht glauben.

»…jedenfalls hast du heute eindeutig bewiesen, dass es Perlen vor die Säue wäre, wenn du weiter Wunschsongs präsentierst oder Blind Dates zwischen den Hörern arrangierst«, sagt Ewald mitten in meine Gedanken hinein.

»Aha.« Ich nicke geistesabwesend.

»Natürlich können wir auch noch mal darüber reden, ob du *Radio Hearts* weiter moderierst, falls du das unbedingt möchtest«, fährt er fort. Er klingt schon fast wieder entspannt.

»Das überlasse ich ganz dir.« Ich zucke mit den Schultern.

»Naja, die Überlegung ist eher die, dir eine andere Sendung zu geben. Was vollkommen Neues.«

»Verstehe.«

»Weißt du, von der reinen Musikauswahl mal ganz abgesehen, war es wirklich wahnsinnig beeindruckend, wie du das Ganze präsentiert hast. Die alten Songs, dazu deine eigenen Erinnerungen und die Geschichten von den Bands – eine tolle Kombi.«

»Danke, Ewald. Nett von dir.«

»Und deshalb wäre es klasse, wenn wir zusammen

ein Format in genau diesem Stil entwickeln würden. Songs der 70er bis 90er, plus das, was du jeweils über die Musik erzählen willst. Eine Sendung mit deiner ganz persönlichen Note. Ehrlich, mein Gefühl sagt mir, das könnte wahnsinnig gut laufen.« Er wirkt richtig euphorisch.

»Natürlich. Gern.« Ich sollte mich vermutlich auch begeistert anhören, aber irgendwie kriege ich das gerade nicht auf die Reihe.

»Die Details besprechen wir dann nächste Woche in Ruhe, ja, Fred? Das hat ja alles noch Zeit. Ich hoffe, du freust dich. Ich meine, dir ist hoffentlich klar, dass das heute auch ganz anders für dich hätte ausgehen können…« Er wirft mir doch noch mal einen mahnenden Blick zu.

»Absolut, Ewald. Ich bin dir wirklich dankbar für die Chance«, sage ich tonlos. »Tut mir leid, wenn ich das im Moment nicht so rüberbringen kann.«

Ein paar Sekunden herrscht Schweigen.

»Sie hat sich nicht gemeldet, oder?«, fragt Ewald dann.

»Nein.«

»Kein einziges Wort? Nicht mal eine SMS?«

Ich schüttle den Kopf. »Absolute Funkstille.«

Er seufzt. »Du, das tut mir leid, Fred. Weißt du, so als dein Chef kann ich natürlich nicht gutheißen, dass du eine Sendung für deine persönlichen Zwecke genutzt hast, das ist ja klar.«

»Glasklar.«

»Aber als Freund hätte ich dir wirklich gegönnt, dass du sie zurückbekommst. Wenn du reden willst oder auf ein Bier in die Altstadt oder so?«

»Danke, Ewald. Für alles.« Ich schlucke. »Aber ich glaube, ich muss jetzt allein sein.«

»Klar. Kann ich total nachvollziehen.« Er sieht mich mitfühlend an.

Ich bedanke mich noch mal für sein Angebot, dann verlasse ich das Büro.

Keine zehn Minuten später sitze ich im Auto. Bevor ich aus dem Sender raus bin, hat auch Sascha noch mal gefragt, ob wir zusammen eine Runde um die Häuser ziehen sollen. Zum inzwischen vierten Mal nach der Sendung.

»Ich will nicht, dass du jetzt deprimiert zu Hause rumhängst und die Wände anstarrst«, hat sie gesagt und dabei beinahe selbst angefangen zu heulen. »Wir trinken einfach so lange Tequila, bis du sie vergessen hast, ja?«

Doch mir ist nicht nach Trinken. Auch nicht nach Sascha oder Ewald oder überhaupt irgendeinem Menschen. Und schon gar nicht nach Feiern, obwohl die Sendung, die Ewald mir gerade angeboten hat, exakt das ist, wovon ich geträumt habe, seit ich mit neunzehndreiviertel die ersten verlegenen Worte in ein Radiomikro gestammelt habe. Lena ist weg. Ich werde sie nie wieder sehen, nie mehr ihr Lachen hören, nie erfahren, ob ihr Baby ein Mädchen oder ein Junge ist.

Es ist ewig her, dass ich zum letzten Mal geweint habe – genau genommen kann ich mich nur an zwei Gelegenheiten deutlich erinnern: an den Tag im Spätsommer vor ziemlich genau zwanzig Jahren, als meine Mutter mir klarmachte, dass mein Vater nicht zurückkommen würde. Und an den Morgen ein paar Jahre danach, als ich meinen Krempel aus Billes und meiner Wohnung schleppte. Ich wische die Tränen mit dem Handrücken weg und presse die Lippen aufeinander. Muss ja nicht sein, dass jemand mitkriegt, wie ich flenne.

Und dann ist auch noch in der Nebenstraße, in der ich meistens parke, jede Lücke belegt. Eine halbe Ewigkeit kreise ich um den Block, bis ich endlich vier Straßen weiter eine Parkmöglichkeit finde.

Mit gesenktem Kopf gehe ich zu meiner Wohnung. Vielleicht hätte ich das Angebot von Sascha doch annehmen sollen. Fühlt sich an, als ob da, wo sonst üblicherweise das Herz sitzt, bei mir bloß noch ein schwarzes Loch ist. Wer hat überhaupt diese beschissene Nummer mit dem Liebeskummer erfunden?

Frustriert trete ich gegen einen kleinen Stein, der auf dem Bürgersteig liegt. Und höre kurz darauf ein Aufheulen, dann ein leises Grunzen, das schnell näher kommt. Plötzlich steht Herkules vor mir und blickt aus seinen dunklen Knopfaugen fröhlich zu mir hoch. Ich schaue in die Richtung, aus der er gekommen ist. Lena sitzt auf den Stufen vor meiner Haustür, genau da, wo ich neulich Ewald aufgelesen habe. Mein Herzschlag setzt einen Augenblick aus.

»Hey«, sagt sie, als ich vor ihr stehe. »Ich warte hier schon eine Weile auf dich.«

»Hey.« Ich setze mich neben sie. »Wo kommst du denn jetzt her?« Ich kann noch gar nicht fassen, dass sie wirklich, endlich da ist.

»War eine ziemlich lange Fahrt.« Die tiefstehende Sonne blendet, sie beschirmt die Augen mit ihrer Hand. »Aber ich habe gehört, mein Typ würde hier verlangt. Also habe ich eine Nachbarin gefragt, ob sie mir ihr Auto leiht. Es klang ganz schön dringend.«

»War es auch. Ist es auch«, erwidere ich leise. »Lebensnotwendig, sozusagen.«

Sie nickt.

Herkules setzt sich auf einen ihrer Füße. Dann legt er sich hin. Eine Weile sagt keiner von uns ein Wort.

»Hör zu«, durchbricht sie schließlich die Stille und fixiert dabei einen Punkt auf dem Bürgersteig vor sich, »ich hätte ehrlich nie von dir erwartet, dass du nun plötzlich Vater werden willst.« Sie hält kurz inne. »Du musst das hier nicht tun.«

Und da wird mir klar, was Sieglinde meinte, als ich neulich aus ihrer Praxis gestürmt bin. Lena hat nie irgendwas von mir verlangt, sie hat es mir einfach nur erzählt. Ich war derjenige, der gleich Amok gelaufen ist.

»Ich hatte mir allerdings auch nicht vorgestellt, dass du gleich mit fliegenden Fahnen wegrennst, weißt du?«, fährt sie fort. »Ich dachte, wir könnten darüber reden, ganz in Ruhe. Und irgendwie zusammen rausfinden, wie es für uns beide funktionieren könnte.«

»Ich weiß«, sage ich. »Sorry, dass ich so ein Volltrottel gewesen bin. Ich wollte dir wirklich nicht wehtun.«

Sie nickt erneut und schaut einem vorbeifahrenden Radfahrer hinterher. »Und? Machst du jetzt weiter mit *Radio Hearts*?«

»Nein.«

»Mist.« Sie guckt entsetzt. »Die haben dich echt gefeuert?«

»Nicht so direkt.«

»Sondern?«

»Naja, ich kriege eine neue Sendung. Das Konzept wollen Ewald und ich zusammen entwickeln.«

»Das ist ja der Hammer!« Sie drückt mich, das erste Mal überhaupt, seit sie zurück ist.

Dann sieht sie mich an. »Die Sendung war unglaublich. Wunderschön, deine Songs für mich.« Sie lächelt, während sie in die Sonne blinzelt. »Sieht aus, als hättest du mit Romantik nicht mehr so ein großes Problem, oder?«

Ich überlege. »Naja, vermutlich werde ich nie der Typ sein, der Herzchen in Bäume ritzt. Wahrscheinlich mutiere ich auch nicht zum Romeo, bloß weil Valentinstag ist, oder streue dir jeden Abend Rosenblätter aufs Kopfkissen. Aber eins weiß ich jetzt: Dass ich nicht mehr ohne dich sein will, egal, was kommt.«

Sie greift nach meiner Hand. Wir sitzen eine Weile da und schauen in die untergehende Sonne.

»Ich würde gern irgendwo ans Wasser fahren oder so. Hast du Lust?« Sie lächelt mich an.

»Mit dir würde ich überall hinfahren. Jederzeit.«

Wir stehen auf und schlendern Hand in Hand zum Auto, Herkules im Schlepptau.

Als wir drin sitzen, starte ich den Motor und fahre einfach Richtung Sonnenuntergang. Irgendeinen See oder Fluss werden wir schon finden. Und wenn nicht, chauffiere ich Lena eben ans Meer, ganz egal. Ich bin ohnehin so wahnsinnig glücklich, dass ich mit dem Grinsen gar nicht mehr aufhören kann.

Nur eine Sache geht mir nicht mehr aus dem Kopf.

»Und wenn ich mich nun aber doch einbringen will? Wenn ich gern Papa für den kleinen Rocker oder die Prinzessin in deinem Bauch wäre?«

»Wir werden sehen«, sagt Lena, und schenkt mir ein Lächeln, von dem ich weiß, dass es heißt, dass sie noch immer ein winziges bisschen skeptisch ist und ich vermutlich noch ein Weilchen unter besonderer Beobachtung stehen werde, am Ende aber ganz bestimmt alles gut werden wird zwischen uns. Ich fasse es einfach nicht, dass ich das Glück habe, mit dieser Frau zusammen zu sein.

An einer roten Ampel halte ich und schalte das Radio an – und wir müssen beide lachen. Es läuft: Mariah Carey.

»Weißt du, Fred«, meint Lena nach ein paar Sekunden, »falls du das tatsächlich ernst meinst mit dem Daddyspielen und so…«

»Ja?«

»Dann zieh dich schon mal warm an…«

»Wieso?«

Sie grinst. »Naja, ich bin mir nicht ganz sicher. Aber wenn ich das richtig deute, tanzt er oder sie gerade ziemlich begeistert.« Sie legt meine rechte Hand auf ihren Bauch.

Tatsächlich. Wie das entfernte Flattern eines Schmetterlings. »Wow.« Ich lächle. »Da steht aber jemand mächtig auf Balladen.«

Lena nickt. »Und, kriegst du jetzt doch noch Panik?« Die Ampel steht immer noch auf Rot.

Ich schüttle den Kopf. »Das steh ich durch.«

Und endlich, mitten im dichten Feierabendverkehr, küssen wir uns, während unter meiner Hand ein Baby zu Mariah Carey tanzt.

DANKSAGUNG

Ein Buch zu schreiben dauert eine Weile – und wenn man noch andere Geschichten zu erzählen hat, manchmal auch deutlich länger. Tatsächlich sind zehn Jahre vergangen, seit sich Fred und seine Geschichte in meinen Kopf geschlichen haben und ich ihn auf den ersten Seiten von *Radio Hearts* in ein Mikro sprechen ließ. Und ich hätte dieses Buch nicht schreiben können, ohne liebe Menschen, die mich dabei unterstützt haben.

Mein wärmstes Dankeschön geht an meinen Mann Sven, der mir nicht nur den Anstoß gab, mich nach meinem vorherigen Projekt noch einmal diesem und damit meiner humorvollen Seite als Autorin zuzuwenden, sondern auch unermüdlich alle Szenen einem kritischen Blick aus Männersicht unterwarf.

Mein ganz besonderer Dank gilt außerdem:

Babette, der Besten. Du weißt schon. Für alles. Immer.

Markus und Bastian, weil sie immer da sind und sich mitfreuten – und unbedingt: for all the fun.

Meinen Eltern, die stets an meiner Seite waren und meine Regale in meiner Kindheit mit einem nie endendem Vorrat wundervoller Bücher füllten, obwohl sie fanden, dass ich ruhig ein wenig häufiger auf Bäume klettern könnte.

Für ihren wertvollen Rat danke ich:

Marion, die ein Auge auf die Therapieszenen hatte – und mir mit ihrem schallenden Gelächter das Gefühl gab, dass sie im Buch bestens aufgehoben sind.

Claudia, die ich mit unzähligen Detailfragen zur Arbeit im Radiostudio und Abläufen in einem Sender löchern durfte, und die mir bestätigte, dass die Geschichte auch aus technischer Sicht realisierbar war.

Kirstin, die mich für die Tierklinikszene beriet und Herkules damit literarisch die Pfote hielt.

Ein ganz spezielles Dankeschön an:

Michael, der mir half, den Blick aufs Wesentliche zu richten, und mir die Zuversicht verlieh, die es braucht, um sich auch dann freudig ans Manuskript zu setzen, wenn andere ins Grüne losziehen.

Und: meine beiden unglaublich netten Lektorinnen, die mein Buch mit viel Herz betreuten, sowie alle im Hause dtv, das mich so nett empfangen hat.

Zum Schluss ein besonders lieber Gruß an Ulrike, die mich einmal fragte, ob das Schreiben nicht hin und wieder eine etwas einsame Angelegenheit sei:

Ich finde, ich war in wunderbarer Gesellschaft.